Kriminalroman

**Delikte
Indizien
Ermittlungen**

Robert Carlsson ist ein erfolgreicher Chirurg, stolzer und geliebter Vater einer erwachsenen Tochter, ein charmanter Mann. Kaum vorstellbar, daß er auch ein Mörder ist. Doch da liegt nun mal eine Leiche in seinem Haus, und er ruft nicht die Polizei, er denkt vielmehr darüber nach, wie er die Tote los würde. Eine Frau, die er kennt und die Erinnerungen weckt: an Doktor Roland Carl und an eine sehr unglückliche Zeit seines Lebens.

Werner Toelcke

DIE

Delikte
Indizien
Ermittlungen

Die Operation

Verlag Das Neue Berlin

ISBN 3-359-00654-2

© Werner Toelcke
2. Auflage 1991 (1980)
© Eulenspiegel · Das Neue Berlin
Verlagsgesellschaft mbH, Berlin
(für diese Ausgabe)
Alle Rechte vorbehalten
Umschlagentwurf: Erhard Grüttner
Printed in Germany
Satz: IBV Satz- und Datentechnik GmbH, Berlin
Druck und Bindung: Dresdner Druck- und Verlagshaus GmbH

1

Niederschrift nach vorliegendem Videoband G 5/MR 1 V/1-4-78, 6. 3. 78, 11 Uhr 15

Kruger: Wir möchten durch Sie ein paar Angaben und Lebensdaten in einem Fragebogen überprüfen lassen. Ich habe das bei unserem gestrigen Telefongespräch ja schon angedeutet, nun weiß ich allerdings nicht, ob sich Ihr Detektivbüro überhaupt mit solchen Fällen befaßt.

MR: Hin und wieder tun wir das.

Kruger: Ist ja günstig! Es handelt sich bei dem Mann um eine mittlere Führungskraft. Er hat sich bei uns beworben, und er ist in der engeren Wahl. Wir wollen sicher sein, ob er alle Angaben wahrheitsgemäß gemacht hat. Ist doch einzusehen, nicht wahr?

MR: Sicher! Kein Geschäftsmann dächte heutzutage noch realistisch, wenn er solche Überprüfungen aus moralischen Beweggründen ablehnte.

Kruger: Ja, so weit sind wir gekommen.

MR: Um welche Branche handelt es sich?

Kruger: Zigarettenindustrie. Ich habe Ihnen den Fragebogen mitgebracht.

MR: Lassen Sie mal, Herr Kruger! Wenn Sie wollen, sage ich Ihnen die Punkte, die sie besonders interessieren.

Kruger: Bin ich neugierig!

MR: Zunächst: Welches Gehalt bezog Ihr Kandidat auf seinen letzten drei Arbeitsstellen, und was waren die Gründe für sein jeweiliges Ausscheiden? Wurde ihm gekündigt, oder tat er es immer selbst?

Kruger: Gut!

MR: Dann die körperliche Verfassung, die ärztliche Checkliste also! Gibt es irgendein Gebrechen?

Kruger: Und weiter?

MR: Eventuelle Vorstrafen. Organisationen. Auslandsaufenthalte, besonders die in Richtung Osten.

Kruger: Hm –!

MR: Alkohol schließlich. Frauen. Glücksspiel. Kreditwürdigkeit.

Kruger: Ganz ausgezeichnet!

MR: Um wen handelt es sich nun?

Kruger: Der Mann heißt Wolfgang Zelter, wohnhaft Hamburg neununddreißig, Hanssensweg sieben.

MR: Ich schreib' mir das eben auf.

Kruger: Reicht das schon?

MR: Ich denke.

Kruger: Und wie machen Sie es? Gehen Sie in seine Umgebung?

MR: Sie meinen den Friseur, den Kaufmann, den Nachbar?

Kruger: Ja, so ähnlich.

MR: Sie wollen doch ein objektives Bild, nicht wahr? So objektiv wie möglich, kein kleinkariertes Gewäsch. Darauf hat ja auch der Herr... Herr Zelter einen Anspruch. Nein, verlassen Sie sich nur auf mich und mein Büro!

Kruger: Ich weiß. Sie sind uns empfohlen worden.

MR: Na, sehen Sie!

Kruger: Wann kann ich nachfragen?

MR: Eilt es?

Kruger: Sehr!

MR: Das macht es ein bißchen teurer.

Kruger: Muß es dann eben!

MR: Ich schau' mal in mein Buch. Der Sechste heute. Vielleicht am Neunten? Ich ruf' Sie an. Wie kann ich Sie erreichen?

Kruger: Hier meine Karte. Hotel »Alsterseite«, Appartement siebenhundertsiebenundzwanzig.

Niederschrift nach vorliegender Tonkassette
G 5/MR 1 T/2-4-78, 8. 3. 78, 17 Uhr 00
(Speiserestaurant an den Alsterkolonnaden)
Hänschen: Was hältst du von dieser Nische hier?
MR: Fein, da haben wir einen hübschen Blick auf das Fleet.
Hänschen: Komm ans Fenster, setz dich! – Zigarette?
MR: Danke, ich rauche nicht, seit einem Jahr schon nicht.
Hänschen: Du wirst mir mit jedem Mal unheimlicher... Aber ich darf doch?
MR: Bitte, es stört mich überhaupt nicht.
Hänschen: Wie geht es dir immer?
MR: Gut, wirklich gut. Und dir?
Hänschen: Hm –!
MR: Und die Familie?
Hänschen: Alles wohlauf, danke, alles bestens!
MR: Wir wollen was essen, wie? Wir wollen mal richtig zu Abend essen; es ist zwar noch früh, aber was meinst du?
Hänschen: Nicht schlecht.
MR: Also, los geht's! – Herr Ober! – Ich lade dich ein.
Hänschen: Kommt nicht in Frage...
MR: Rede keinen Unsinn, natürlich lade ich dich ein, ich setz' es doch von der Steuer ab... Herr Ober –!

MR: Siehst gut aus, wirst gar nicht älter.
Hänschen: Wir altern beide nicht.

Ober: Möchten die Herrschaften schon speisen?
MR: Noch zu früh?
Ober: Ich werde sehen, was sich machen läßt.
MR: Bitte, tun Sie das!
Ober: Die Speisenkarte, bitte! Weinkarte.
MR: Danke!

Hänschen: Was soll ich nehmen? Keine Ahnung, ich bin unentschlossen wie immer.
MR: Ich werde für uns beide aussuchen; mal sehen, ob ich noch deinen Geschmack treffe. Was meinst du zu Fisch?

Hänschen: Kann man essen.
MR: Hör mal, die Seezunge machen sie hier prima.
Hänschen: Gebraten?...
MR: Natürlich gebraten! Und davor... laß mich nur...
Ober: Also, ich habe in der Küche nachgefragt. Sie können alles nach der Karte bestellen.
MR: Sehr schön! Was halten Sie von den Nieren?
Ober: Die Kalbsnieren in Champagner? Sie werden zufrieden sein.
MR: Und darauf die Seezunge Grenoble. Dazu den... warten Sie... den... ja, hier... den Piesporter fünfundsiebzig, der ist nicht schlecht. Und nachher Himbeeren... die sind doch frisch?
Ober: Extra für Sie eingeflogen!
MR: Ja, also dann Himbeeren! Und Kaffee... nein, nicht einfach Kaffee... wir wollen mal Ihren Irish-Coffee versuchen.
Ober: Bitte, meine Herrschaften!

Hänschen: Ist ja ein Festmenü! Haben wir was zu feiern?
MR: Haben wir, haben wir!
Hänschen: Und was?
MR: Wir kennen uns auf den Monat präzis zehn Jahre!
Hänschen: Nicht möglich...
MR: Genau! Das war nach der Dutschke-Sache, als sie dich nach Berlin schickten!
Hänschen: Ist das schon zehn Jahre her?
MR: Genau! Siebenundsechzig war der Schah-Besuch und die Ohnesorg-Panne. Und gleich achtundsechzig das Attentat auf den Dutschke. Erinnerst du dich?
Hänschen: Ja, ja!
MR: Es kam zu den Sternmärschen, und die Hamburger Studenten hatten vor dem Springerhaus die Auslieferung von »Bild« verhindert. Am neunten Februar achtundsechzig.
Hänschen: Du hast ein Gedächtnis!
MR: Dann hat das Amt dich nach Berlin geschickt, als Experten. Und gleich darauf gingen vor dem Berliner Springerhaus die Autos in Flammen auf. Da konnten sie das Demon-

strationsverbot verhängen. Heute kannst du es mir doch sagen, ob...

Ober: Ihr Wein!

MR: Hm – der ist gut!
Ober: Die Nieren sind auch gleich soweit.
MR: Wunderbar!

MR: Zum Wohl!
Hänschen: Prost! – Hm, der ist wirklich nicht schlecht.
MR: Ein Jubiläumswein!

Hänschen: Was kann ich dir heute sagen? Was meintest du damit?
MR: Ob die Autos vor dem Springerhaus auf dein Konto gingen!
Hänschen: Du machst Witze!
MR: Nein, nein! Im Auditorium maximum haben sie behauptet, es sei eine gezielte Provokation von euch gewesen.
Hänschen: Die haben damals viel behauptet, tun sie übrigens immer noch.
MR: Ihr seid aber gegen die Vorwürfe niemals angegangen.
Hänschen: Wozu, es waren grüne Jungens! Warum sollten...

Ober: Hier kommen die Nieren!
Hänschen: Nun wollen wir mal zugucken, wie Sie das machen.
Ober: Die Nieren sind gepfeffert und gesalzen. Jetzt gebe ich Weinbrand darüber, zünde an... sehen Sie... so! Nun lösche ich mit Champagner ab...
MR: Zauberhafter Duft!
Ober: Nun noch die Champignons hinein und die Petersilie darauf.

Ober: Wünsche wohl zu speisen!

Hänschen: Hm –!
MR: Ja, hm –! Wirklich gut!

MR: Die können kochen. Ich komm' gern her.
Hänschen: Dieses Jubiläum lob' ich mir.

Hänschen: Dein Klient übrigens... dieser... wie heißt der?
MR: Kruger!
Hänschen: Kruger... ulkiger Name. Na, dieser Kruger eben, das scheint ein falscher Fünfziger zu sein.
MR: Ah – ja?
Hänschen: Was will der einstellen? Eine mittlere Führungskraft in der Zigarettenindustrie?
MR: Sagt er!
Hänschen: Nie!
MR: Nie?
Hänschen: Was hätte ein Kfz-Schlosser wie dieser Wolfgang Zelter in der Chefetage eines Zigarettenkonzerns zu suchen?
MR: Ach, Schlosser?
Hänschen: Das hat er gelernt!
MR: Vielleicht ist er die Leiter hinaufgeklettert?
Hänschen: Das ist er in der Tat! Erstaunlich, wie du Bescheid weißt.
MR: Möchtest du noch von den Nieren?
Hänschen: Nein, laß mal, ich freu' mich jetzt auf die Seezunge... Aber zwischendurch eine Zigarette...
MR: Nun spann mich nicht auf die Folter!
Hänschen: Du meinst unseren Schlosser?
MR: Ja, ja, den mein' ich!
Hänschen: Also – hör zu! Wolfgang Zelter, Hamburg neununddreißig, Hanssensweg sieben, fuhr bis neunundsechzig auf einer Taxe als Fahrer. Dann machte er sich selbständig. Schaffte sich einundsiebzig eine zweite Taxe an, beschäftigte drei Fahrer, beide Autos liefen rund um die Uhr. Machte dreiundsiebzig mit der Familie den ersten Urlaub seit zehn Jahren. Costa del Sol. Am siebenundzwanzigsten August ertrank er im Mittelmeer...

MR: Er kletterte die Leiter hoch...
Hänschen: Ja, direkt bis in den Himmel!

MR: Jemand benutzt... also, der Bewerber für den Posten in der Zigarettenbranche benutzt den Paß des toten Zelter?

Hänschen: Nein, nein! Der Paß ist abgelaufen und befindet sich in Händen der Witwe.

MR: Jemand benutzt die echten Lebensdaten des Toten in einem falschen Paß?

Hänschen: Natürlich möglich, aber ich glaub's nicht.

MR: Und was glaubst du?

Hänschen: Jemand hat dir ein bißchen Spielmaterial gegeben, damit du nicht aus dem Training kommst. Will sehen, ob du wirklich so gut bist, wie du immer behauptest und wie manche Leute von dir sagen.

MR: Dem werd' ich...

MR: Er rauchte übrigens Lucky Strike.

Hänschen: Wer –?

MR: Kruger! Der Vertreter der hiesigen Zigarettenindustrie raucht die Marke der Konkurrenz! Das fiel mir natürlich gleich auf. Und wenn ich nicht irre, hatte die Schachtel eine amerikanische Steuerbanderole.

Hänschen: Lucky Strike – die hab' ich nach dem Krieg stangenweise verschoben. In der Talstraße hatten wir den schwarzen Markt. Riesige Zeiten, damals!

MR: Und dann war da was in der Kleidung... auch in der Haltung. Er lachte ununterbrochen, dabei gab es eigentlich nichts zu lachen, aber er tat es.

Hänschen: Wie die amerikanischen Präsidenten –?

MR: Hm –!

Hänschen: Ein Ami –?

MR: Könnt' schon sein. Obwohl, er sprach hervorragend deutsch... Eh' ich's vergesse, er gab mir seine Visitenkarte. Hier, nimm mal und schau dir die Zimmernummer an! Überhaupt, ein hiesiger Manager wohnt im Hotel?

Hänschen: Du meinst die Schreibweise der Sieben? Ohne Querstrich?

MR: Hm –!

Hänschen: Ich geb' die Karte gleich morgen ins Labor. Hör mal, vielleicht ist das eine interessante Sache. Ich steig' mit ein ins Boot.

MR: Kannst du!

Hänschen: Du kriegst jede Information von mir, aber ich fahre mit.

MR: Sollst du!

2

Das Bad erfrischte Doktor Robert Carlsson nicht so, wie er gehofft hatte. Und wie es nötig gewesen wäre! Denn er brauchte einen klaren Kopf, um alle Dinge zu tun, die auf einmal getan werden mußten. Eilige, unaufschiebbare und vor allem unerfreuliche Dinge! Aber er lag flach im Schwimmbecken, hob nur mal eben einen Arm oder ein Bein, damit er nicht untersank; erinnerte dabei an einen Seehund, denn er war groß und massig, mit leichtem Fettansatz. Und er hatte einen runden, kahlen Schädel mit ebenso runden Augen darin, die oft einen merkwürdig erstaunten Ausdruck annahmen. In diesen Augenblicken schaute er durch die Fenster der kleinen Schwimmhalle nach draußen, soweit das bei den wildwuchernden Pflanzen vor den Scheiben überhaupt möglich war. Im vergangenen Jahr, kurz nachdem er in das Haus eingezogen war, hatte er Schlick von der Elbe kommen und den mit Kuhdung und Rasenerde vermengen lassen. Dahinein setzte er die kümmernden Pflanzen, die darauf einen überraschenden Satz nach oben machten. Schließlich hätte er auch Gärtner werden können, und vielleicht wäre das nicht schlecht gewesen, denn alle Gärtner, die er kannte, schienen ihm ausgeglichene, fröhliche Menschen zu sein.

Dies war ein böser Tag in seinem Leben, dieser 20. Mai 1978, und er war noch längst nicht zu Ende! Es begann gegen zehn Uhr in der Klinik mit einer abgekürzten Chefvisite, nur die dringenden Fälle hatte er sich angesehen. Darauf die Fahrt ins Kehdinger Land zum Doktor der Naturwissenschaften Detlev Weller. Das Gespräch mit ihm. Anschließend das Wiedersehen mit Eva und nach kurzem Entschluß die Fahrt nach Hamburg. Das für sich genommen war doch schon ein reichhaltiges Arbeitspensum für einen Tag. Aber was dann folgte, als er nach Hause zurückkehrte, sollte alles andere in den Schatten stellen. Und mit diesem Ergebnis fühlte er sich allein gelassen. Nein, das Bad hatte ihn nicht erfrischt, und dem Entschluß, den er zu fassen hatte, war er keinen Schritt nähergerückt.

Er tauchte kurz, kam prustend nach oben und durchschwamm das Bassin mit acht oder zehn Kraulschlägen. Sobald er den Kopf über den Beckenrand hob, sah er sie. Die Glastüren standen offen, und so hatte er freien Blick durch den Raum mit Kamin und Bar bis in den Wohntrakt hinein. Sie lag auf der Couch, wie hingegossen auf dem Rücken, die Arme abgespreizt und die Schenkel leicht geöffnet. Sie war ebenso nackt wie er, aber sie mußte wohl noch einsamer sein. Sie war nämlich tot!

Bedächtig stieg er die Sprossen der Leiter hoch, verließ das Becken, griff nach dem Badetuch. Er begann seinen Körper zu frottieren. Solange er aus dem Becken heraus war, hatte er nicht ein einziges Mal zu ihr hinübergeschaut. Nicht etwa, weil er vor dem Tod zurückschreckte. Der Tod war etwas Natürliches für ihn, ohne jedes Geheimnis. Ebenso wie auch der menschliche Körper. Da gab es eine bestimmte Anzahl großer, mittlerer und kleiner Knochen und darum herum Sehnen und Muskeln. Und darin verpackt Gefäße und Nerven. Eine genial konstruierte Maschine, aber eben ohne Geheimnisse. Für ihn jedenfalls. Das heißt, ganz richtig war das nicht! Gerade in der letzten Zeit hatte der menschliche Körper – der Körper einer Frau – ein wenig an Rätselhaftigkeit zurückgewonnen. Das hatte er erst mit Überraschung, dann mit Amüsement und schließlich sogar mit so etwas wie Erleichterung registriert.

Er schlüpfte in die Clogs und klapperte in den Raum mit der Bar hinüber. Er griff nach den Zigaretten auf dem Tresen, zündete eine an und inhalierte tief. Dann ging er um die Theke herum. In die Regale mit den Flaschen und Gläsern war eine verkleidete Kühlbox eingelassen, die er öffnete. Eine Menge Alkohol befand sich in den Fächern. Er griff jedoch nach einem Milchkrug, der ebenfalls darin stand, und füllte ein Becherglas. Er trank einen Schluck. Die Milch erfrischte ihn ebensowenig wie das Bad. Er ließ das halb ausgetrunkene Glas stehen und ging aus dem Raum. Ganz ungewöhnlich für ihn, denn er hatte einen peniblen Ordnungssinn, und hinter ihm war sogar die Tür der Kühlbox offengeblieben.

Auch als er durch den Teil des Wohntraktes ging, in dem sie lag, schaute er nicht zu ihr hin. Aber seine Gedanken kreisten wieder um den einen Pol, wie er sie los würde. Er konnte die Leiche nicht in die Elbe werfen. Natürlich schien das einfach zu sein, weil das Grundstück beinahe ans Ufer grenzte. Ein eigenes Motorboot hatte seinen Standplatz auch in der Nähe, und in eineinhalb Stunden würde es dunkel sein. Es war also nicht schwierig, sie mit Gewichten am Leib in die Fahrrinne zu werfen. Aber würde sie dort bleiben? Er wußte zuwenig über die Wirkung der Strömung, über Ebbe und Flut. Und es wurde dauernd gebaggert. Auch er verdankte seinen kräftigen Pflanzenwuchs dem Elbeschlick. Wenn sie also eines Tages auftrieb, kämen die Experten, und die fänden über kurz oder lang den Weg zu ihm. Nein, er konnte sie nicht einfach in die Elbe schmeißen!

Der Wohntrakt machte einen scharfen Knick nach links. Dort lagen der Arbeitsraum, das Speisezimmer und der Zugang zur Diele. Die hatte er beinahe erreicht, als er plötzlich haltmachte, sich umwandte und zu ihr zurückkehrte. Nah vor der Couch blieb er stehen, blickte hinab. Die Totenflecke begannen gerade großflächig zusammenzufließen, sie waren von normaler blaugrauer Färbung. Er drückte mit gespreiztem Zeige- und Mittelfinger gegen ihre Kiefermuskulatur. Obwohl er die Klimaanlage gleich eingeschaltet hatte, begann sich die Totenstarre schon auszubreiten. Er schaute auf das vollendet gefärbte rote Haar, das wie ein Kranz um ihren Kopf lag. Sie war schön gewesen; selbst im Tode hatte ihr Gesicht noch etwas von dem früheren Zauber, schien ihn krampfhaft festzuhalten und nicht hergeben zu wollen. Lange stand er da und starrte auf sie hinab, dann ging er zu den Fenstern hinüber und drückte auf einen Knopf. Außen senkten sich Rolladen herab. Danach lief er über die Diele und kontrollierte die Eingangstür. Natürlich war sie fest verschlossen, er hatte ja vorhin sogar den Schlüssel im Schloß verdreht. Niemand konnte herein, dachte er, nicht einmal seine Tochter Christine.

Die Schlafzimmer im ersten Stock bestanden aus einer Flucht von mehreren Räumen. Zunächst sein Schlafplatz, sparsam möbliert, aber luftig und hell. Mit breiten Fenstern und einer Tür, die auf einen Balkon hinausführte. Daran anschließend ein Ankleidezimmer mit Schränken und Spiegeln. Und dann das Bad, in dessen Wanne mindestens zwei Leute herumspielen konnten. Von der anderen Badseite abgehend, gab es noch einmal die gleiche Anordnung von Räumen. Aber die wurden, solange er hier wohnte, nicht genutzt. Auch nicht von Christine. Seine Tochter Tinka hatte, ehe er ihr die Wohnung in der Alten Rabenstraße einrichtete, in einem der Gästezimmer im zweiten Stock gehaust. Das Gebäude war viel zu groß und zu aufwendig für seine Bedürfnisse. Auch für seinen Geschmack. Sein Vorgänger hatte es errichten lassen, und es zeigte deutlich die Möglichkeiten, zumindest finanzieller Art, die sich für den Chefarzt des Städtischen Krankenhauses mit der angeschlossenen privaten Bettenstation ergaben.

Er nahm einen grauen Anzug, suchte zu dem weißen Hemd eine dunkelblaue Krawatte, auf die kleine, schlierende Kreise in hellerem Blau und Grün gedruckt waren. Und mitten im Knoten vor dem Spiegel dachte er daran, daß er diese reinseidene »simon's« von Eva geschenkt bekommen hatte. Seine Augen wanderten von dem Schlips hinauf zu seinem Gesicht. Da sah er den runden und kahlen Schädel. Und darin die Augen, die wieder diesen erstaunten Ausdruck angenommen hatten. Wußte er denn wirklich nicht, daß mit dieser Toten da unten die Dinge gelaufen waren? Solange und soviel er auch noch strampelte, für ihn konnte es nur heißen: Aus und vorbei!

3
Niederschrift nach vorliegendem Videoband
G 5/MR 2 V/3-4-78, 10. 3. 78, 11 Uhr 15

MR: Im Hinblick auf die neuralgischen Punkte in Ihrem Fragebogen kann ich Sie beruhigen, Herr Kruger! Also, was da so wäre – Alkohol, Frauen, Glücksspiel, das alles ist ohne Befund. Auch keine Vorstrafen, ebensowenig ist er Mitglied irgendwelcher Organisationen, nicht einmal der Gewerkschaft.

Kruger: Das hört sich gut an.

MR: Nicht wahr? Was mir Kummer macht, ist der berufliche Werdegang, Kfz-Lehre, wußten Sie das?

Kruger: Hm... hm –!

MR: Ich meine die Art und Weise der Beschäftigung, die Herr Zelter anstrebt. Mittlere Führungskraft, so erklärten Sie mir jedenfalls...

Kruger: Vielleicht hat er sich mit den Jahren entwickelt, ist emporgestrebt.

MR: Genau wie Sie sagen! Wir sprechen doch von dem gleichen Herrn? Wolfgang Zelter, Paßnummer C fünfzig, siebenundzwanzig...

Kruger: ...wir haben seine Paßnummer nicht...

MR: ...aber ich habe sie. Sie liegt in dem kleinen Dossier, das ich für Sie angefertigt habe. Bitte nehmen Sie! Sie finden alles darin, was ich zusammengetragen habe. Frau, drei kleine Kinder, alles Mädchen, und natürlich: Auch gegen seine Kreditwürdigkeit ist nichts zu sagen...

Kruger: Zweiundsiebzig wurde die kleine Margit geboren, und damit hören die Eintragungen auf.

MR: Ja.

Kruger: Über die letzten sechs Jahre konnten Sie keine weiteren Details in Erfahrung bringen?

MR: Herr Kruger, Sie übertrugen mir den Auftrag vor wenigen Tagen. Wenn Sie tiefergehende Ermittlungen wünschen...

Kruger: Nein, nein – entschuldigen Sie, im Grunde reicht das ja schon.
MR: Sie sind also zufrieden?
Kruger: Ja, ja!
MR: Und wie geht es weiter?

MR: Mit unserer Zusammenarbeit?
Kruger: Danke, das wäre alles, denke ich. Ich habe Ihnen Ihr Honorar... gleich in bar, wenn es recht ist... hier, in diesem Kuvert... Bitte!

Kruger: Ja, wollen Sie nicht nachzählen?
MR: Aber, ich bitte Sie, Herr Kruger!

Kruger: Ja, also, da werde ich mich verabschieden – bis zum nächsten Mal...
MR: Empfehlen Sie mich...
Kruger: Das werde ich! Auf Wiedersehen!
MR: So long!
Kruger: Wie?
MR: Tschüs denn!
Kruger: Ja, tschüs!

MR: Herr Kruger –?
Kruger: Ja, bitte?
MR: Reisen Sie sofort nach Boston zurück?

MR: Nehmen Sie ruhig wieder die Zinnschale für Ihre Asche!

MR: Vielleicht einen Kognak? Oder Whisky? Bourbon?

MR: Natürlich fiel mir auf, daß ein Vertreter der hiesigen Zigarettenindustrie Lucky Strike raucht. Aber da ist auch etwas an Ihrer Kleidung, unsere Pfeffersäcke ziehen sich konservativer an. Und überhaupt in Ihrer Haltung – eben lässig, mein Guter! Und dann lachen Sie zuviel! Unsere Manager geben sich zwar alle Mühe, Ihre Landsleute nachzuahmen, aber dieses Verkaufslächeln, das ist nun wirklich Ihnen ganz eigen! Tja, und dann ist natürlich die Adresse des Hotels »Alsterseite« ungewöhnlich für einen Hamburger Kaufmann, und durch die Sieben macht der Deutsche einen Querstrich. Alles nur Kleinigkeiten, aber zusammengenommen – eben zu viele Kleinigkeiten.

Kruger: Ich trinke jetzt in Hamburg immer mal wieder einen kleinen »Asbach-Uralt«. So ein Gläschen davon würde mir sicher ganz guttun.
MR: Zum Glück habe ich den gerade.

MR: Auf Ihr Wohl!
Kruger: Cheers!

MR: Die Untersuchung Ihrer Visitenkarte ergab, daß Papierart und Druck auf amerikanische Herstellung hinweist. Darauf Einsichtnahme in das Anmeldebuch des Hotels »Alsterseite«. Osvald Kruger, wohnhaft Boston, Pencroftdrive. Von Boston jedoch wird die »William Snyder International Inc.« verwaltet, jener Riese, dessen kleine Tochter sich vor einigen Jahren an der Unterelbe, sozusagen vor den Toren unserer Stadt, angesiedelt hat. Sie lachen schon wieder, Herr Kruger?
Kruger: Nein, nein, ich bin stark beeindruckt, wirklich!

MR: Ich habe ein kleines Dossier auch über Sie, Herr Kruger, angefertigt. Möchten Sie daraus hören?
Kruger: Unbedingt!
MR: Osvald Kruger, geboren neunundzwanzig in Mainz, Sohn eines Rechtsanwalts, Familie emigrierte im Jahre fünfunddreißig nach den USA. Studium der Rechtswissenschaft und Wirtschaftslehre ab neunundvierzig in Harvard. Stipendiat der »William Snyder Foundation«. Neunzehnhundertfünfundfünfzig Eintritt in den Konzern. Leitet heute wahrscheinlich den Sicherheitsdienst der Vereinigung. Sprachen: Englisch,

Deutsch, Französisch, Spanisch, Portugiesisch, Russisch. Verheiratet. Eine Tochter, einundzwanzig, Sylvia.

Kruger: Eine bezaubernde Tochter! Möchten Sie sie sehen?

MR: Ein hübsches Foto! Und? Steigt sie in die Fußstapfen des Vaters?

Kruger: Nein, nein, was denken Sie! Sie macht ein bißchen in Kunst. Sie malt ganz passabel.

Kruger: Sie haben mich wirklich beeindruckt. Und überzeugt!

MR: Sie machten es mir nicht gerade schwer.

Kruger: Okay! Ich habe mich nicht getarnt. Ich wollte mal sehen, wie sich die Dinge entwickeln.

Kruger: Sind Sie nicht neugierig, was ich eigentlich von Ihnen will?

MR: Sie werden es mir schon sagen.

Kruger: Ich muß noch einmal Rücksprache nehmen. Wenn ich von meinen Herren grünes Licht bekomme, möchte ich, wenn es Ihre Zeit erlaubt, noch einmal mit Ihnen reden. Nur kurz. Ginge das heute nachmittag noch?

MR: Das läßt sich einrichten.

Kruger: Sie sind wirklich gut. Egal, wo wir uns treffen? – Okay! Ich rufe Sie an!

Niederschrift nach vorliegender Tonkassette
G 5/MR 2 T/4-4-78, 10. 3. 78, 16 Uhr 50
(Anlegestelle der Alsterdampfer am Jungfernstieg)

Kruger: Sie sind von angenehmer Pünktlichkeit.

MR: Ja, natürlich!

Kruger: Wollen wir uns auf die Bank setzen? Es war den ganzen Tag schon warm, ich glaub', wir können es riskieren... Schön ist er hier... Diese Schiffe da, diese...

MR: Alsterdampfer.

Kruger: Richtig, Alsterdampfer, ich sehe die auch immer von meinem Hotelfenster aus. Sind das reguläre Verkehrsmittel?

MR: Ja, ich denke! Schließlich gibt es Hunderte von Kanälen in der Stadt, mehr als in Venedig.
Kruger: Und damit fahren die Leute zur Arbeit?
MR: Vielleicht...
Kruger: Sie wissen es nicht genau?
MR: In der Tat!
Kruger: Klingt so, als ob es nicht Ihre Stadt sei.
MR: Ist es auch nicht, ich kam erst später her.
Kruger: Und von wo?
MR: Ganz unwichtig.
Kruger: Und wie Sie zu Ihrem Beruf kamen? Auch unwichtig?
MR: Natürlich, aber wenn es Sie so interessiert: Ich erbte das Geschäft gewissermaßen von meinem Vater. Mein Vater überprüfte die Kreditwürdigkeit von Bankkunden. Ich habe die Firma ein wenig modernisiert und den Klientenkreis vergrößert.
Kruger: Interessant... Bei unserem Mann handelt es sich übrigens um den Leiter der Forschungsabteilung.
MR: Bei der »Snyder incorporated«?
Kruger: Ja, ja, der Mann heißt Detlev Weller, Doktor der Naturwissenschaften, hat in Berlin Chemie studiert und in Köln wissenschaftlich gearbeitet, bis er einundsiebzig promovierte. Also, wir haben alle Daten in seiner Akte, und unsere Personalabteilung meint, hinsichtlich seiner Angaben sei ihm voll zu vertrauen. Darum geht es also gar nicht.
MR: Worum geht es denn?
———

MR: Sie haben Schwierigkeiten mit ihm?
Kruger: Das ist viel zu hoch gegriffen.
MR: Na, hören Sie, wenn man eigens den Sicherheitschef der Bostoner Zentrale einfliegt...
Kruger: Nicht ich habe diese merkwürdige Berufsbezeichnung gebraucht...
MR: Aber Sie haben ihr auch nicht widersprochen.
———

Kruger: Na schön, ich lass' Sie jetzt in die Karten gucken...

MR: Vergessen Sie die aus dem Ärmel nicht...
Kruger: Irgendwann muß man auch Zutrauen fassen.
MR: Ja, ich weiß: entsetzlich!
Kruger: Ja, wirklich! Also es ist so: Wir haben keine Schwierigkeiten mit ihm. Er ist einer unserer fähigsten Leute. Aber es könnte der Tag kommen, an dem es trouble gibt, und dafür möchten wir gerüstet sein. Es wird doch kalt auf der Bank... Gehen wir ein Stück?

———

MR: Ist er verheiratet? Hat er Kinder?
Kruger: Ja, ja, ein phantastischer Partner, ein ebenso guter Vater. In der Richtung läuft nichts. Außerdem trinkt und spielt er nicht, er raucht wohl nicht einmal. Und er gibt weniger Geld aus, als er verdient.
MR: Ich beglückwünsche Sie zu diesem Mitarbeiter!
Kruger: Hm... Wir müssen früher ansetzen...

———

MR: In Berlin hat er studiert, sagten Sie?
Kruger: Sehen Sie, Sie wußten, was ich meine.
MR: Und was?
Kruger: Berlin ist immer ein Marktplatz für Geheimdienste gewesen. Und auf die Studenten stürzen die sich wie die Geier, denn das sind die Leute von morgen... Warum lachen Sie?
MR: Ich... ich... ich...
Kruger: Meine Güte, nun hören Sie schon zu lachen auf, ich...
MR: Ich... ich... ich...
Kruger: Ich... Sie stecken... Sie stecken mich ja an, wenn Sie so lachen...

———

Kruger: Nun... beruhigen... Sie sich mal!
MR: Es geht schon vorüber... ist schon vorbei.
Kruger: Warum haben Sie derartig gelacht?
MR: Ich dachte... nein! – Manchmal... wie soll ich sagen... manchmal wird einem nur der Beruf, in den man geraten ist, bewußt.
Kruger: Ach so –! Das geht Ihnen nicht allein so.

MR: Schlimm ist, daß es zynisch macht.

Kruger: Ich würde es anders beurteilen. Ein leichter Zynismus ist so etwas wie ein Schutzwall, den sich Ihre Seele baut... Sind Sie okay?

MR: Ja, natürlich! Also, hören Sie, Herr Kruger, falls Ihr Mann mit irgendeinem Geheimdienst liiert ist und bis heute unentdeckt blieb, übersteigt der Auftrag natürlich die Möglichkeiten meines kleinen Büros...

Kruger: Aber wer spricht denn davon, machen Sie doch nicht gleich die Pferde scheu! Wer sagt denn, daß er ein Spion ist? Aber Sie könnten doch mal ein bißchen in seine Vergangenheit gehen, nicht wahr? Er kommt, wie ich weiß, nicht aus begüterten Verhältnissen. Der Vater blieb wohl im Krieg, und die Mutter brachte den Jungen mit ihrer Hände Arbeit durch. Wie studierte er also? Hatte er ein Stipendium? Mußte er nebenher was verdienen? Wenn ja, wie tat er das? Woher bezog er Gelder? Das wäre doch interessant.

MR: Wird nicht einfach sein nach so langer Zeit.

Kruger: Natürlich nicht.

MR: Und es wird nicht billig sein.

Kruger: Geld spielt keine Rolle, wir brauchen Ergebnisse.

MR: Die Studentenschaft der sechziger Jahre war natürlich radikalisiert...

Kruger: Sie meinen, daß er möglicherweise ein Linker war?

MR: Also... Sie...

Kruger: Nein, bitte nicht! Fangen Sie nicht wieder an!

MR: Ich brems' mich schon... Spion oder Linker, das ist Ihnen gleich, nicht wahr? Am besten natürlich beides!

Kruger: Hören Sie, wir brauchen etwas, das ihn aus dem Anzug pustet... Wir müssen es zumindest in petto haben.

MR: Ja, ja! Aber die Studentenschaft von damals müssen Sie differenzierter sehen. Was heißt denn – links? Was soll das überhaupt sein? Nein, nein, das war schon ein ziemlich pluralistischer Haufen. Einig waren sie sich nur in dem Aufstand gegen eine Welt, die lediglich verwaltet wurde. Sie dachten über den Sinn oder Unsinn der Arbeit nach. Wohlstand – für wen?

Sie grübelten über den Sinn des Lebens. In diesen Regionen bewegten sich die Geister...

Kruger: Ich verstehe...

MR: Natürlich waren sie naiv, standen außerhalb eines wissenschaftlichen Gebäudes. Die Auseinandersetzung mit Marx oder was immer das sein mag, die wurde nicht geführt... Es gibt wohl auch eine Kritik der Moral – dies war sicherlich die positive Seite an der damaligen Bewegung. Im Grunde lebten sie in einer geträumten Welt, für Realismus gab es wenig Raum...

Kruger: Sie sind ein guter Anwalt!

MR: Ich habe auch studiert.

Kruger: Auch in Berlin?

MR: Und ich habe nach dem Studium ebenfalls als wissenschaftlicher Assistent gearbeitet. Ich kenne die Studenten. Und es war auch meine junge Zeit.

Niederschrift nach vorliegendem Videoband
G 5/MR 3 V/5-4-78, 16. 3. 78, 14 Uhr 00

MR: Es war amüsant, wie er sich mit mir auf der Straße traf, sich mal setzte, wieder aufstand und hin und her lief. An der Anlegestelle der Alsterdampfer am Jungfernstieg, weißt du?

Hänschen: Und du meinst, das tat er, weil er fürchtete, du könntest ihn aufzeichnen?

MR: Offensichtlich doch, nicht wahr?

Hänschen: Und? Hast du ihn aufgezeichnet?

MR: Natürlich.

Hänschen: Was du ja wohl, wie ich dich kenne, immer tust?

MR: Sicher!

Hänschen: Auch mich?

MR: Dich selbstverständlich in Video. Da kann ich dich abends anknipsen, wenn ich Langeweile habe... Lach nicht! Ich an deiner Stelle würde die Kamera suchen... Noch einen Schluck?

MR: Prost!
Hänschen: Wohlsein!

Hänschen: Merkwürdigerweise weiß man bei dir nie, wann du etwas ernst meinst, wann nicht.
MR: Ich bin ein ziemlich ernsthafter Mensch.
Hänschen: Natürlich! Laß uns mal auf deinen Weller kommen. Die Topmeldung ist sicherlich, daß ihn die Umweltschützer als Kandidaten auf ihre Grüne Liste gesetzt haben. Die haben im Juni Wahl.
MR: Hm – das Werk liegt auf niedersächsischem Boden...
Hänschen: So ist es!
MR: Er wohnt auch da?
Hänschen: In der Nähe von Stetten.
MR: Das muß die Querverbindung sein – die Kandidatur in der Grünen Liste und die »William Snyder International incorporated«. Ich hab' inzwischen über das Werk recherchiert. Es ist eine Aluminiumhütte, stellt Halbfabrikate in Form von Stäben und Blöcken her. Fahren ein Schmelz- und Walzwerk mit rund hunderttausend Tonnen Jahresdurchsatz. Sind in den roten Zahlen, seit einundsiebzig schon. Die Ölkrise. Die Vorsicht der Unternehmer mit Investitionen. Und dann hatten sie jede Menge Klagen am Hals, Klagen von Umweltschützern. Es ging um das bei der Verhüttung anfallende Fluor und dessen Abgabe an die Luft. Die Obstbäume und die Kühe vertrugen es nicht. Das Werk mußte scharfen Umweltforderungen nachkommen, und das soll Riesensummen verschlungen haben.
Hänschen: Das war allerdings vierundsiebzig ausgestanden. Seit etwa vier Jahren ist Ruhe.
MR: Hängt das mit Wellers Eintritt in das Werk zusammen?
Hänschen: Kaum. Das ist wohl mehr zufällig. Aber er ist als Leiter der Forschungsabteilung einer der wichtigen Männer dort. Hat etwa fünfzig Leute unter sich, Ingenieure und Laboranten. Seine Stellung ist unangefochten, sein Ruf tadellos.
MR: Trotzdem muß es der Konzernleitung sauer aufstoßen, wenn einer der Ihren zu den Umweltschützern geht. Der Weller

muß Erkenntnisse haben, die, wenn er sie als Kandidat der Grünen Liste unter das Volk brächte, Zündstoff bedeuteten.
Hänschen: Wahrscheinlich.
MR: Um was kann es sich handeln?
Hänschen: Keinen Schimmer! Ich hab' mal bei der Wasserwirtschaft nachfragen lassen. Die haben die Snyder inc. geradezu ins Herz geschlossen, seit Weller dort arbeitet. Der hat ein biologisches Labor eingerichtet, ist wie der Teufel hinter dem Abwasser her. Keine Vorkommnisse seitdem. Die Wasserwirtschaft entnimmt nur noch routinemäßig Proben.
MR: Und die Luftüberwachung?
Hänschen: Da ist, wie gesagt, seit vierundsiebzig Ruhe.
MR: Trotzdem, genau da muß es liegen.
Hänschen: Sicher. Aber aus dem Werk dringt nichts, das ist abgeschottet.

Hänschen: Dennoch glaube ich, du hast mit diesem Auftrag einen Treffer gezogen... Auch wir sind außerordentlich daran interessiert, verstehst du? – Und wir sind Partner!
MR: Natürlich, mein Lieber!
Hänschen: Du kriegst jede Information, jede Hilfe. Falls Unvorhergesehenes eintritt... hier hast du eine Nummer, unter der du mich auch nachts erreichen kannst. Ich hab' sie auf einen Zettel geschrieben. Leg sie vor dich auf den Schreibtisch, merk sie dir und schmeiß den Zettel nachher weg!
MR: Mann... Mann...!

Hänschen: Gib mir noch einen Schluck zu trinken!

Hänschen: Dann mal prost! – Nun zu Weller... zu dem jungen Weller... zu dem Studenten! Du kennst ihn nicht zufällig aus Berlin?
MR: Er ist Chemiker... wie sollte ich?
Hänschen: Hätt' ja sein können während der Ereignisse seinerzeit. Im Auditorium maximum, bei einer Demonstration – was weiß ich... Hier, sein Foto...

Hänschen: Sagt dir nichts?
MR: Überhaupt nichts!
Hänschen: Wir haben ihn nämlich im Computer.
MR: Seit damals?
Hänschen: Ja. Ganz kurios. Er stand nur etwa fünfzehn Meter von Ohnesorg entfernt, als der erschossen wurde. Darauf Festnahme mit vielen anderen zusammen. Die Überprüfung ergab nichts gegen ihn. Gehörte keiner Vereinigung, keiner Gruppe an. Man hat ihn laufenlassen, aber er blieb im Computer. Seitdem nichts.
MR: Und nun plötzlich die Kandidatur in der Grünen Liste.
Hänschen: Ja. Was dahintersteckt, mußt du herausfinden.
MR: Hast du noch was über ihn?
Hänschen: Ich habe dir das alles aufgeschrieben... hier... die Familie, das Wohnen... ach ja, da ist etwas über eine Verletzung, ich glaube Sportverletzung, du mußt mal selbst sehen... Und wie läuft es weiter?
MR: Ich geh' über das Wochenende nach Berlin rüber. Vielleicht kann ich noch etwas ausgraben. Am Montag treff' ich mich dann mit Kruger, anschließend mit dir...

4

Während Doktor Robert Carlsson völlig angezogen die Treppe hinunterstieg, kam ihm die Erinnerung an die merkwürdigen Leichenteilfunde aus der Umgebung von Hannover. Immer wieder hatte er in letzter Zeit beim Überfliegen der Morgenzeitungen darüber gelesen. Man vermutete in dem Täter einen Mann mit chirurgischen Kenntnissen. Die Entfernung war nicht allzuweit. Über die Autobahn zum Horster Dreieck und von dort nach Hannover hinüber. Das könnte er schaffen in dieser Nacht, mit seinem schnellen Wagen hin und zurück. Dann dachte er daran, ob die Gerichtsmediziner wohl eine abweichende Technik bei der Sektion erkennen würden? Damit müßte man allerdings rechnen.

Er lief noch einmal durch den ganzen Wohntrakt bis zur Bar neben der Schwimmhalle. Dort verschloß er sorgfältig die

Kühlbox, dann kehrte er mit dem Milchkrug nach vorn zurück. Nicht einen Blick warf er zu der toten Frau hin, als er an der Couch vorüberging. Bedächtig schob er die Schiebetür zu, die jene Wohnebene von dem Arbeitsraum trennte, und wandte sich um. Noch war es draußen hell, aber es würde bald dämmern. Er wollte auch hier die Rolladen herunterlassen und Licht anmachen.

Auf dem Tisch in der Sitzecke befanden sich ein Stoß Leitz-Schnellhefter und zwei Stapel mit Kassetten. Dabei handelte es sich um Videobänder VC 60 der Marke Philips und um Chromdioxydkassetten derselben Firma. Er hatte sich bereits einige der Bänder auf seinem Videorecorder angesehen, auch zwei der Tonkassetten abgespielt. Er hoffte, etwas über die Hintergründe zu erfahren, die zu der Katastrophe in seinem Haus geführt hatten. Aber er konnte vorhin keinen klaren Gedanken fassen. Da hatte er sich ausgezogen und war in das Schwimmbecken gestiegen, und nachdem er sich umgezogen hatte, wollte er es noch einmal versuchen.

Er griff nach dem nächsten Videoband, legte es in den Recorder N 1700 von Philips ein und drückte auf »Start«. Er lehnte sich im Sessel zurück und sah das Kassettenbild über die Mattscheibe des Fernsehers flimmern. Die Kamera blickte aus leicht erhobener Position und aus Richtung des Fensters in ein Büro. Auf dem Besucherstuhl vor dem Schreibtisch saß wieder jener Mister Kruger, ein jung wirkender Fünfziger, einer von diesen dynamischen Typen, die nichts umwirft. Er hatte dichtes braunes Haar über einer schmalen Stirn. Unter buschigen Brauen und hinter Brillengläsern lagen die Augen auf der Lauer. In diesem Moment wirkte er jedoch sorglos und heiter, ohne jeden Arg. Er hatte wohl nicht den geringsten Verdacht, daß er gerade aufgezeichnet wurde.

Rechts von Kruger stand im Hintergrund eine Sitzecke, und daneben befand sich die Tür. Darüber erkannte man eine Uhr, deren Zeiger auf 15 Uhr 31 wiesen, und auf dem Türblatt war ein Umlegekalender angebracht, der Wochentag, Monatszahl und Jahr angab, alles in großen Lettern. Zweifellos sollten damit das Datum und die Zeit dokumentiert werden.

Es war wie im Kino. Doktor Carlsson kannte das Atelier, aus dem die Aufnahme stammte. Das lag nicht in Hollywood, sondern schlicht und einfach in der Hamburger Innenstadt. In einem der Nobelgeschäftshäuser an den Raboisen. Er kannte das Büro sogar sehr gut, er kam ja vor nicht langer Zeit von dort. Und auch diesem Herrn Kruger war er schon in den Wochen zwischen dem Datum der Aufnahme und dem heutigen 20. Mai in Person begegnet. Er hegte keine besonderen Gefühle für den Mann. Schließlich verdankte er ihm all das Unheil in seinem Haus. Und dennoch, als er ihn nun über den Fernsehschirm flimmern sah, erschien ihm alles abstrakt und unwirklich. Wie im Kino. Gerade zündete sich Kruger eine Zigarette an, beugte sich vor und legte die Schachtel neben den Ascher auf den Schreibtischrand. Man sah sie deutlich, es war eine »Lucky Strike«. Doktor Carlsson empfand gleich brennendes Verlangen nach einer Zigarette und steckte sich auch eine an. Neiderfüllt blickte er auf sein Gegenüber, das den Rauch in Richtung Kamera blies. Carlsson liebte scharfe, filterlose Zigaretten. Da er aber starker Raucher war, zwang er sich zu solchen mit Filter.

Sekundenlang hatte Carlsson das makabre Gefühl, als würden sie sich den Rauch ihrer Zigaretten ins Gesicht pusten. Herr Kruger wandte sich nämlich direkt dem Kameraobjektiv zu. Nachdem sie sich eine Weile lang so angestarrt hatten, drückte der Arzt auf die Stopptaste und anschließend auf »Rewind«. Er beobachtete, wie das Kassettenbild zurücklief.

Dann griff er nach dem obersten Leitz-Schnellhefter und schlug ihn auf. Darin befanden sich die Niederschriften zu den Videobändern und Tonkassetten, die er zum Teil schon gesehen und gehört hatte. Zunächst konnte er mit den Überschriften nichts anfangen, aber allmählich kam Klarheit in die Zeichen der Geheimschrift. Oben auf dem Blatt stand: G 5/MR 4 V/6-4-78, 20. 3. 78, 15 Uhr 30. Bei dem Kürzel MR hinter dem ersten Querstrich handelte es sich um die Person, die sich vor der Kamera nicht zu erkennen gab. Dort sah man immer nur die Besucher auf dem Stuhl vor dem Schreibtisch sitzen. Das G 5 vor dem Schrägstrich konnte Carlsson nicht deuten, aber das

»V« stand zweifellos für Video und das »T« für Tonkassette. Die Zahl hinter dem zweiten Querstrich zeigte sicher die fortlaufende Nummer an, darauf folgten Datum und Uhrzeit.

Doktor Robert Carlsson hatte den aufgeschlagenen Schnellhefter auf den Knien liegen, aber sein Blick hing an der Schiebetür, hinter der sich die tote Frau befand. Was hatte er vorhin für einen Gedanken gehabt, als er vom Schlafzimmer herunterstieg? Er dachte an die merkwürdigen Leichenteilfunde, über die er gelesen hatte. Und er hatte sich ausgerechnet, daß er den Weg nach Hannover und zurück in einer Nacht schaffen könnte. Er wußte noch immer nicht, was er tun sollte, und ein bißchen hoffte er, er könne zu einem Entschluß kommen, nachdem er auch den Rest der Bänder kennengelernt haben würde. Sein Blick ging zu dem Schnellhefter zurück und auf das Datum in der Überschrift. 20. März 1978, las er. Ja, damals vor zwei Monaten hatte es begonnen. Da lag das Ende der Schlinge, die sich in weiten Kreisen, und dann immer enger werdend, um ihn zusammenzog. Bis hin zu den Ereignissen des heutigen Tages, bis hin zu der Leiche hinter der geschlossenen Schiebetür.

Niederschrift nach vorliegendem Videoband
G 5/MR 4 V/6-4-78, 20. 3. 78, 15 Uhr 30

MR: Es ist alles ohne den geringsten Befund! Einen Tag lang hab' ich in alten Unterlagen von Berliner Instituten herumgekramt. Nichts, gar nichts! Oder wenn Sie wollen: sehr viel Positives! Er hat niemals eine Stunde gefehlt, er ging stets als Erster durch die Seminare, durch alle Prüfungen. Während seiner Berliner Jahre, und es waren drei, hat er in einer möblierten Bude in der Lutherstraße gewohnt, in Steglitz, bei der Witwe Stübing. Die Frau ist heute über achtzig, ich hab' mit ihr gesprochen. Sie legte vielleicht die Motivation für dieses Strebertum bloß. Nach ihrem Bericht wurde Wellers Vater in der letzten Kriegswoche von einem rollenden SS-Kommando an einer Berliner Gaslaterne aufgeknüpft. Das Großdeutsche Reich war damals noch etwa drei oder vier Quadratkilometer groß und bestand aus ein paar Straßen um die Reichskanzlei, unter der sich die Ratten verkrochen hatten. Wellers Vater wollte nach

Hause, um seinen Sohn zu sehen, der gerade ein halbes Jahr alt war und den er noch nicht kannte. Ja, so war das!

MR: Die Mutter hat nicht wieder geheiratet. Sie hat den Jungen allein durch die Oberschule und durch das Studium gebracht. Was sollte der Knabe anderes tun, als brav zu lernen, und da er hochbegabt war, lag er immer vorn. Es gefällt Ihnen nicht, was Sie da hören?

Kruger: Ganz im Gegenteil! Sie vergessen, daß unsere Herren in der Firma Doktor Weller außerordentlich schätzen.

MR: Hm –!

MR: Ich bin dann gestern abend noch von Berlin nach Köln rüber. Hab' heute morgen mit einigen Leuten von der Uni gesprochen. Dieselben Auskünfte. Er hat seinen Doktor summa cum laude gemacht. Die wissenschaftlichen Veröffentlichungen kennen Sie ja. Die Snyder inc. hat sich diesen Senkrechtstarter ja auch gleich gegriffen.

Kruger: Und es nicht bereut.

MR: Hören Sie mal, Herr Kruger: Falls Sie Differenzen haben mit Ihrem Mitarbeiter, an Weller liegt es nicht...

Kruger: Moment, Moment –! Ich hab' Ihnen gesagt, daß wir gewisses Hintergrundmaterial brauchen, falls er eines Tages...

MR: ...falls es eines Tages Ärger mit ihm geben sollte. Und ich sage Ihnen, wenn es dazu kommt, liegt es nicht an diesem Mitarbeiter, sondern an der »William Snyder International incorporated.«

Kruger: Sie legen sich mächtig ins Zeug!

MR: Ja, er hat noch was davon, das einmal in Deutschland hoch im Kurs stand – Tüchtigkeit und Zuverlässigkeit.

Kruger: Sind wir überhaupt noch im Geschäft?

MR: Natürlich...

MR: Ich bin dabei, Ihnen meinen Bericht vorzutragen...

Kruger: Ich höre...

MR: Lassen Sie mich in meine Unterlagen sehen!

Kruger: Sie haben mir da, als wir uns vor einigen Tagen trafen, einen kleinen Vortrag gehalten. Über die geistige Situation der damaligen Berliner Studentenszene. Nichts davon bei Weller?

MR: O doch. Er ist sogar im Computer!

Kruger: Im Computer?

MR: Ja, er stand in der Nähe von Ohnesorg... Verzeihen Sie, Sie sind ja Ausländer! Am zweiten Juni siebenundsechzig kam es anläßlich des Schah-Besuchs in Berlin zu Protestdemonstrationen. Ein Wachtmeister schoß. Er traf den Benno Ohnesorg. Der Student starb auf dem Straßenpflaster.

Kruger: Ja, ich erinnere mich. Natürlich, ich habe darüber gelesen. Und... unser Weller?

MR: Stand in der Nähe. Wurde mit anderen festgenommen. Da nichts gegen ihn vorgebracht werden konnte, ließ man ihn laufen.

Kruger: Aber er kam in den Computer?

MR: Ja.

Kruger: In welchen Computer?

Kruger: Sie sind wirklich bestens informiert.

MR: Das muß ich sein. Sie zahlen schließlich gutes Geld dafür, daß ich es bin.

Kruger: Wenn aber wirklich nichts gegen ihn vorlag, warum ist er dann noch drin in dem Computer?

MR: Weil diese Dateien ein Geschwür unserer Zeit sind, gefährlich wie Krebs. Sie kommen wegen irgendeiner Lappalie hinein, und niemand wird Sie je wieder herausholen. Es hängt Ihnen ein Leben lang an.

MR: Also, ein Linker ist Doktor Weller zweifellos nicht. Er ist ein an seiner Umwelt Interessierter. Vielleicht auch Engagierter. Aber kein Kommunist.

MR: Schade? Und mit dem Spion Weller kann ich auch nicht dienen, seine Ostkontakte beschränken sich auf das Besorgen von Zigaretten aus den sogenannten Intershops. Ob wir ihm daraus einen Strick drehen können?

Kruger: Ihr Zynismus ist besonders charmant, wenn er sich gegen mich richtet.

MR: Verzeihen Sie... das ist der Schutzwall, den sich meine Seele gebaut hat.

MR: Wie ich sehe, liegen die Dinge so: Bei seiner Konzentration auf das Studium hatte er gar keine Zeit, irgendwelche Kontakte zu knüpfen. Da sind ja auch keine Mädchenbekanntschaften. Die erste Frau, die er findet, heiratet er, ganz typisch. Aber er wird sogar glücklich mit ihr... Gott hat es so gefügt! Fünfundsiebzig wird das erste Kind geboren und voriges Jahr das zweite. Eine junge, eine erfolgreiche, eine zufriedene Familie... Ich wünsche denen von Herzen, daß sie es bleiben.

MR: Und was Sie angeht, Herr Kruger, und die Snyder inc., so schätzen Sie sich glücklich, daß Sie einen solchen Mitarbeiter haben... Allerdings bin ich nicht sicher, ob Sie ihn auch verdienen.

MR: Hier haben Sie das Dossier, das ich über Weller angefertigt habe. Bitte, nehmen Sie! – Ich habe meine Rechnung angefügt. Begleichen Sie die, oder wenn Ihnen die Höhe nicht zusagt, lassen Sie es. Ich möchte den Auftrag hinter mich bringen, er gefällt mir nicht.

Kruger: Hier steht etwas von einer Sportverletzung... Was ist damit?

MR: Ach ja, er hat immer Geräteturnen getrieben, schon während der Studentenzeit. Das einzige Hobby, das er sich leistete. Aber wohl auch nur, weil es den Ausgleich zu seiner Stubenhockerei bot, wie ich annehme. Er hat es gründlich praktiziert, wie alles, was er anpackt, und ist auch in den letzten Jahren dabei geblieben. Und da passierte es eines Tages. Er stürzte unglücklich! Etwas mit der Achillessehne. In Eppendorf haben sie es versaut...

Kruger: Eppendorf?

MR: Die Hamburger Universitätsklinik. Irgendein Assistenzarzt muß das nicht richtig zusammengeflickt haben. Seit der Zeit hat er Beschwerden.

Kruger: Deshalb humpelt er also!

MR: Nun war er in Duselburg bei einem Arzt.

Kruger: Duselburg...

MR: Ein Kuhdorf elbabwärts. Schräg gegenüber von Ihrem Werk auf der anderen Flußseite, Sie kommen mit der Autofähre 'rüber... Na ja, dieser Arzt hockt da in einem kleinen Kreiskrankenhaus, und er soll phantastisch operieren. Und die Extremitäten müssen sein Steckenpferd sein. Brücke und was alles so anfällt, also wohl auch die Achillessehne. Der Mann hat in den letzten beiden Jahren immer stärkeren Zulauf bekommen. Na ja, Weller war auch da, und sie haben vereinbart, irgendwann in ein paar Monaten die Nachoperation zu machen.

5
»Robert, ich bring' es nicht fertig!«

»Doch, Tinka, du schaffst es schon!«

»Nein, Robert, ich bring' nicht einen Fuß vor den anderen.«

»Aber ja, ich helfe dir dabei!«

»Ich habe nicht die geringste Lust, aus diesem Haus zu gehen. Warum sollte ich also?«

Behutsam versuchte Doktor Robert Carlsson, das Gespräch auf eine lustigere Ebene zu führen. Er sagte: »Weil die Koffer gepackt in der Diele stehen.«

»Wir packen sie wieder aus!«

»Und die bildhübsche kleine Wohnung in der Alten Rabenstraße?«

»Wir geben den Mietvertrag zurück!«

»Weißt du noch, wie wir die Räume gewitschert haben? Wir haben keinen Maler reingelassen, wir haben alles selber gemacht.«

Sie antwortete nicht.

»Und wie wir die Möbel gemeinsam ausgesucht haben? Sogar die Gardinen haben wir angebracht.«

»Aber genäht hast du sie nicht, Robert.«

»Nein.«

»Aber du hättest es, wenn du es ebenso elegant könntest, wie du Bäuche zusammennähst.«

»Klar, Tinka, was denkst du denn...«

Sie griff lächelnd nach den Zigaretten auf dem Tisch, zündete zwei davon an und reichte ihrem Vater eine. Sie machte einige Züge, wobei sie tief inhalierte, wie er mißvergnügt bemerkte. Dabei starrte sie auf die noch gefüllten Teller. Makkaroniauflauf – eines seiner Leibgerichte, wie er behauptete. Merkwürdigerweise wußte sie nie, ob er es wirklich gern aß oder ob er nur ihretwegen so tat. Nun, sie hatte sich jedenfalls Mühe gegeben mit all den Kräutern und Pasten, mit Käse und Schinken. Gegessen hatten sie kaum davon, nur so herumgestochert darin. Es war ihr letzter gemeinsamer Abend in dem Haus, ab morgen begann ein neuer Abschnitt. Obwohl sie natürlich herkommen konnte, wann sie wollte, würde es doch anders sein. Es würde dann ein bißchen wie zu Besuch sein.

»Warum können die Dinge nicht bleiben, wie sie sind?« fragte sie plötzlich.

»Das Leben hat es an sich, daß nichts bleibt, wie es ist.«

»Ich hasse Veränderungen!«

Eine Weile blieb es still, dann sagte er mit neuem Anlauf: »Hör mal, Tinka, du hast das drei Semester lang getan, jeden Tag nach Hamburg 'rüber und zurück. Jetzt geht es aufs Physikum zu, und das Studium wird dich immer mehr fordern.«

Sie beobachtete ihn über eine dichte Rauchwolke hinweg und erwiderte: »Es steckt eine andere Frau dahinter, Robert Carlsson, gib es nur zu! Deshalb willst du mich aus dem Haus haben.«

Er ging auf ihren leichten, verspielten Ton nicht ein. »Du mußt von meinem Rockzipfel wegkommen, Tinka! Auch die Selbständigkeit will gelernt sein! Und eines Tages, sicherlich gar nicht mehr lang, wirst du einen Freund haben. Und ich will nicht, daß dir dein alter, dummer Vater dazwischen herumtrampelt.« Er machte eine Pause und sah sie an. »Aber vielleicht hast du längst einen, nicht wahr, und traust dich nicht her mit ihm...«

Er stockte plötzlich, und sie schauten sich in die Augen. Dann wandte sie sich ab, und da wußte er, daß er mit seiner Bemerkung ins Schwarze getroffen hatte. Das gab ihm einen tiefen, schmerzenden Stich.

Es mußte ungefähr zur gleichen Zeit gewesen sein, als dieses Gespräch zwischen ihm und seiner Tochter Christine stattfand, überlegte Doktor Robert Carlsson. Er hatte den Videorecorder schon vor einer Weile ausgeschaltet. Nun saß er weit zurückgelehnt im Sessel, hielt mit beiden Händen das Becherglas mit Milch, von der er hin und wieder nippte; in der großen Aschenschale häuften sich die Zigarettenenden. Ja, zur gleichen Zeit, als sich diese Leute in dem Detektivbüro besprachen, hatte er ahnungslos mit Christine die Wohnung in der Alten Rabenstraße eingerichtet. Das war Anfang März gewesen. Mitte März jedenfalls übersiedelte sie. An jenem Abend begleitete er sie nach Hamburg, übernachtete bei ihr in der neuen Wohnung, um dem Ganzen etwas vom Ungewohnten zu nehmen. Nach einem fröhlichen, beinahe ausgelassenen Frühstück brachte er sie zur Universität. Als sie in der Menge der Studenten davonging, sich noch einmal winkend umwandte, spürte er nichts mehr von dem ängstlichen, sich vor Veränderungen fürchtenden Mädchen in ihr. Sie hatte die Hürde genommen.

Am Dienstag nach Ostern fand dann jenes Karajan-Konzert in der Hamburger Musikhalle statt. Er hatte Karten bekommen, und sie freuten sich beide auf den Abend. Lange vor Beginn lief Doktor Robert Carlsson im Vorraum auf und ab und wartete auf Christine. Sein Pünktlichkeitstick war gefürchtet, besonders bei seinen Mitarbeitern; nur seine kleine Tochter schien davon keine Notiz zu nehmen. Er wollte jedoch nicht den geringsten Unmutsgedanken aufkommen lassen. Er zündete sich eine Zigarette an und nahm seine Wanderung durch das Foyer wieder auf.

Etwa zehn Minuten vor Beginn des Konzertes wurde er schließlich doch unruhig. Besucher trafen ein, gingen durch die Halle, passierten Schwingtüren, verteilten sich auf die Garderoben. Auch im Foyer hielten sich Leute auf, zwei oder drei, die wie er auf Partner warteten. Und viele andere, die sich noch die Chance auf eine Karte ausrechneten. Und da merkte Doktor Robert Carlsson plötzlich, daß er im Mittelpunkt des Interesses stand. Besonders ein junges Mädchen hatte es auf ihn abgesehen. Die Kreise, die es um ihn zog, wurden immer dichter und die Blicke immer einladender. Verwirrt schaute er auf die Eintrittskarten in seiner Hand, steckte sie endlich in die Tasche und zündete sich eine weitere Zigarette an. Nun wurde es aber Zeit, sagte er sich, jetzt wurde es selbst für seine kleine Tinka Zeit. Noch knappe fünf Minuten bis zum Beginn!

Nahe der Eingangstür stand eine Frau. Es war ihm nicht recht klar, ob sie auch auf einen Partner wartete, der sich wie Christine verspätete, oder ob sie auf eine zurückgegebene Karte hoffte. Sie unternahm nichts. Weder drängte sie sich mit den Unverdrossenen um den Kassenschalter, noch strich sie durch das Foyer wie das kleine Mädchen, das nicht von Carlssons Seite wich. Sie stand einfach neben der Eingangstür. Aber merkwürdigerweise sah auch sie Robert Carlsson ununterbrochen an. Und daran merkte der Arzt, daß sie ebenfalls auf eine Eintrittskarte aus war.

Es konnte ja irgend etwas Unvorhergesehenes Christine am Kommen hindern. Sie hatte den Nachmittag über in der Universitätsklinik zu tun, das wußte er. Vielleicht mußte sie länger bleiben. Kein sehr schöner Gedanke, aber in dem Fall würde er der Frau bei der Tür die Karte geben. Das beschloß er vier Minuten vor Beginn, während er sich eine neue Zigarette anzündete. An der Frau gefiel ihm nicht nur die Bescheidenheit, mit der sie auf ihre Gelegenheit wartete. Sie war beinahe so groß wie er und schlank. Vielleicht dreißig Jahre alt oder schwach darüber. Lebhafte, ziemlich weit auseinanderliegende Augen. Hettie damals, die hatte... Ja, sie hatte ähnliche Augen gehabt, aber sie waren nicht von so intensivem Blau gewesen. Die schwache Linie, die von der Nase um die vollen Lippen führte und in Richtung Kinn versickerte, machte den Mund ein wenig ordinär. Er mochte so einen Mund. Hettie... ja, diesmal stimmte es genau, Hetties Mund war auch so gewesen! Sie hatte langes rotes Haar. Die Farbe konnte kaum echt sein, aber es war vollendet gefärbt. Sie trug es aus der Stirn genommen und im Nacken in einem Zopf geflochten. Die Frisur ließ sie streng und züchtig erscheinen, aber sie war wohl beides nicht. Dem widersprachen der Mund und die Augen. Aber der Kontrast zwischen der Frisur und dem Ausdruck in ihrem Gesicht wirkte auf Carlsson prickelnd wie Champagner. Er stand nur noch fünf Meter von ihr entfernt, und die Uhr über dem Kassenschalter rückte auf die volle Stunde. Er würde ihr die Karte geben, und er hatte nicht den geringsten Zweifel, daß sie die annahm. Minutenlang hatten sie sich nicht mehr aus den Augen gelassen, allerhand hatten ihre Blicke schon miteinander getrieben. Er fragte sich, ob die leichte Verworfenheit, die in der Linie um ihren Mund zu liegen schien, wirklich echt war.

Christine kam buchstäblich in den letzten zehn Sekunden. Er hatte schon zwei von den fünf Schritten auf die Frau zu gemacht, und er sah, wie sich ihre Lippen öffneten – es war fast wie ein Kuß – und eine Reihe weißer, sehr weißer Zähne sichtbar werden ließen. In diesem Augenblick tauchte Christine in ihrem Rücken auf.

»Entschuldige, Papa, es ist nicht meine Schuld«, brachte sie keuchend hervor, »der Wagen sprang nicht an!«

Sie stand atemlos vor ihm. Wie immer sie schließlich hergekommen sein mochte, ob mit Bus oder Taxi, die letzten Meter war sie gerannt. Nun sah sie das Lächeln in seinem Gesicht, nahm den leicht spöttischen Schimmer darin wahr, der allerdings nicht ihr, sondern der Frau dahinter galt, und sofort änderte sich ihr Ton. »Hör mal, Robert Carlsson, ich habe dich niemals angelogen. Und wenn ich dir sage, der Wagen tat es nicht, dann tat er es nicht!«

Damit nahm sie seinen Arm und zog ihn mit sich fort. Ihm blieb nichts weiter übrig, als der Frau zuzublinzeln. Er glaubte ein leichtes Bedauern in ihrem Gesicht zu sehen, aber das galt sicher der zweiten Eintrittskarte und nicht ihm. Unterdessen hörte er Christine plappern: »Plötzlich kam ich auf die Idee, die Motorhaube hochzumachen, und da sah ich die Bescherung. Die Kerzenstecker waren abgezogen. Ist doch merkwürdig, nicht wahr?«

Natürlich kamen sie zu spät. Das Konzert hatte schon begonnen, als sie auf Zehenspitzen zu ihren Plätzen gingen. Und während Doktor Robert Carlsson krampfhaft versuchte, sich auf Mozart zu konzentrieren, dachte er an die Frau aus der Vorhalle und an den kleinen, hübschen Flirt, den sie mit den Augen gehabt hatten. Nun lief sie durch das nächtliche Hamburg nach Hause. Aber wohin nach Hause? Er würde sie nicht wiedersehen. Es kam ihm fast wie ein Verrat vor, als er zu Christine blickte, aber er konnte es nicht ändern. Die Frau ging ihm nicht aus dem Sinn.

Das blieb auch in den nächsten Tagen so, während er zwischen Operationssaal, Visiten, Konsilien und Verwaltungskram hin und her pendelte. Mitten in einer Arbeit erinnerte er sich plötzlich an sie. Beim Diktieren von Operationsberichten etwa, da gab er dem ledernen Drehstuhl einen Schubs, damit er zum Fenster hinausschauen konnte. Und darüber drifteten seine Gedanken ab.

»Wie war das mit dem Küntschernagel?« hörte er Frau Kuhlmanns Stimme wie aus weiter Ferne. »Sie wollten mir etwas über dessen Länge und Dicke sagen... Chef! Chef, Sie träumen!«

Sie hatten ihn vor einem knappen Jahr zum Leiter des Krankenhauses gemacht. Als sein Vorgänger die Augen schloß, fanden die Leute vom Stadtrat keinen Nachfolger; niemand wollte in das kleine, verschlafene Städtchen elbabwärts von Hamburg. Von den am Krankenhaus tätigen Ärzten schien ihnen Doktor Robert Carlsson der geeignete Mann zu sein. Und so wurde er eines Tages in das Amt eingeführt, recht widerstrebend von seiner Seite. Er hielt sich zwar für einen passablen Operateur, aber er bezweifelte seine Fähigkeiten, andere Menschen anzuleiten. Und er hatte keine Lust am Verwalten! Es kam ihm vor, als verplempere er Zeit, wenn er den Streit seiner Mitarbeiter schlichten, Schriftwechsel führen und Rechnungen durchsehen sollte. Aber eine schwerwiegende Verbesserung brachte das neue Amt auch. Er konnte die Leitung der Chirurgischen Abteilung dem jüngeren Oberarzt Doktor Sonnenburg übergeben, einem tüchtigen, dynamischen Mann von Mitte Dreißig. Während der nun weitgehend die »Von-Kopf-bis-Fuß-Chirurgie« betrieb, zog sich Carlsson auf sein eigentliches Gebiet zurück, auf die Chirurgie des Bewegungssystems. So brauchte er nur noch an einem Tag in der Woche zu operieren, wenn er nicht aushelfen oder während des Bereitschaftsdienstes Unfallchirurgie machen mußte. Auf diese Weise rückte er seinem Traum von der Spezialisierung zumindest für seine Person näher, und das söhnte ihn mit dem neuen Amt schließlich doch noch aus.

»Was ist das für ein Termin um elf Uhr dreißig, Kuhlmann?« fragte er durch die Sprechleitung ins Vorzimmer hinaus.

»Einen Moment, ich komme!« dröhnte ihre Stimme zurück. Gleich darauf wurde die Tür geöffnet, und sie stand vor seinem Schreibtisch – Bettina Kuhlmann, fünfzig, nicht verheiratet, resolut, die Seele vom Geschäft! Sie hatte es an ihren mächtigen Busen gedrückt und ihn dazu, ob er es wollte oder nicht. Sie nahm ihm viel vom Verwaltungskram ab und schien dadurch unentbehrlich zu sein. Sie wußte das und nutzte es schamlos aus; bis zu einer Grenze, über die sie nicht ging. Sie war auch eine kluge Frau.

»Sie meinen sicher die kleine Adams, Chef?«

»Ich kenne keine kleine Adams, ich sehe hier nur einen Termin für elf Uhr dreißig, von Ihnen notiert!«

»Ja, das ist Eva Adams! Ich habe Ihnen von ihr erzählt.«

»Haben Sie nicht, Kuhlmann!«

»Habe ich doch, Chef!«

»Dann tun Sie's noch mal!«

Er kippte den Schreibtischstuhl nach hinten ab und sah sie über die Halbgläser seiner Brille hinweg an. Gewitterwolken hingen über dem Raum. Aber er merkte auch, daß Frau Kuhlmann ihn nicht fürchtete, das gefiel ihm. Und amüsierte ihn.

Natürlich hatte sie von der Adams berichtet, einer Journalistin, freischaffend, die an einem Krankenhausreport arbeitete, um ihn an diverse Zeitschriften und Illustrierten zu verhökern. An anderen medizinischen Einrichtungen war sie schon gewesen, nun hatte sie ein ungünstiger Wind hierhergebracht. Das war genau die Art von Publicity, die er fürchtete. Die er fürchten mußte!«

»Sie können die kleine Frau nicht abwimmeln, Chef!« meinte Frau Kuhlmann unterdessen. Sie kannte seine Scheu vor der Öffentlichkeit, jedermann im Krankenhaus kannte sie, und alle hielten sie für eine Marotte.

»Hören Sie mal zu, Kuhlmann«, meinte er sanft, »dies ist ein hartes Geschäft, das wir treiben, eines, bei dem es um Leben und Tod geht...«

»Das liest sich gut in einer Illustrierten, Chef!« unterbrach sie ihn.

»Schluß jetzt!« brüllte er. »Sie halten mir die Frau vom Betriebsgelände fern! Und nun 'raus mit Ihnen!«

Aber sie ging nicht. Die etwas massigen Beine fest in den Fußboden gerammt, blieb sie stehen. Sie sagte: »Die kleinen Schwestern würden es nicht verstehen und die Assistenzärzte auch nicht. Es ist ihre Gelegenheit, einmal in eine Zeitung zu kommen. Es wäre nicht gut fürs Betriebsklima, Chef, wenn Sie sich bockbeinig anstellten. Und die Kranken, die für sich und ihr Wehwehchen auf einen Platz in der ›Bunten‹ hoffen? Das fördert doch den Heilungsprozeß. Und die Herren von der Kreisbehörde schließlich, die Ihnen die neuen und reichlich kostspieligen Geräte bewilligen sollen, ob die für Ihre Sprödigkeit Verständnis aufbringen?«

Natürlich nicht! Niemand würde es! Wenn er seine Weigerung, sie auf das Gelände zu lassen, aufrechterhielt, würde es ein dummes Licht auf ihn selber werfen. Nein, er mußte eine elegantere Lösung finden, um sie sich vom Halse zu schaffen.

Noch immer starrten sie sich an, der Chefarzt und seine furchtlose Vorzimmerdame. Sie stand nicht mehr vor dem Schreibtisch, inzwischen saß sie auf dem Besucherstuhl davor und hatte einen der massigen Oberschenkel über den anderen gelegt. Bei all ihrer Fülle wirkte sie nicht unattraktiv, ganz im Gegenteil.

»Was ist das für eine Frau?« fragte Doktor Carlsson, über die Halbgläser seiner Brille hinwegstarrend.

»Eine sehr nette Frau, sie wird Ihnen gefallen!«

»Mir gefällt nur meine Tochter.«

»Das ist allgemein bekannt, Chef, und das ehrt Sie ja auch sehr. Aber wenn Sie sich darüber hinaus noch etwas an Urteilsfähigkeit bewahrt haben sollten, was Frauen anlangt, diese müßte Ihnen gefallen.«

»Wie alt?«

»In einem sehr angenehmen Alter!«

»Das ist keine Antwort, Kuhlmann!«

»Dreißig, Chef!«

Pause, in der er sie fixierte. Dann: »Schicken Sie sie zu Sonnenburg!«

»Es macht keinen guten Eindruck, Chef, wenn die kleine Frau dem Leiter des Krankenhauses nicht guten Tag sagen darf!«

»Es war mein letztes Wort, Kuhlmann!« grollte er. »Sonnenburg ist jung, der macht das gern. Und er ist Chirurg, die kommen bei Frauen an.«

»Sie sind auch Chirurg, Chef«, meinte sie gelassen. »Und bei Frauen ankommen, das tun Sie auch. Und Sie wissen es! Sie haben es nämlich faustdick hinter den Ohren!« Damit erhob sie sich und ging hinaus. Sie hatte immer einen Sinn für das letzte Wort und für einen guten Abgang.

Er starrte das hochglanzlackierte Türblatt an, hinter der sie verschwunden war. Nach einer ganzen Weile sagte er dem Türblatt: »Natürlich! Natürlich habe ich es faustdick hinter den Ohren!«

Und das stimmte. Aber wie sehr er es hatte, das wußte niemand in Duselburg. Auch Frau Kuhlmann nicht.

Die ersten beiden Wochen, nachdem Christine aus dem Haus ausgezogen war, erschienen ihm in der Rückerinnerung besonders schlimm. Eigentlich wartete er von einem Tag zum anderen, bis das Wochenende herankam, das sie gemeinsam verbrachten. An den Abenden unternahm er weite Wanderungen durch das Haus. Er hatte zu tun, bis er vom Speisezimmer über Arbeitsraum und erster und zweiter Wohnebene zur Bar gelangte. Dort lehnte er dann am Tresen und warf einen Blick auf die Regale mit den Flaschen dahinter. Er rauchte eine Zigarette, und manchmal schweiften seine Gedanken weit zurück. Und da tauchte dann aus dem Nebel seiner Erinnerung auch das Bild einer Frau auf: jung, temperamentvoll und schön. Lebenshungrig. Liebegierig. Und sehr oberflächlich. Hettie –!

Carlsson ging um den Tresen herum, öffnete das Kühlfach und holte den Kristallkrug mit der Milch hervor. Er trank ein Glas davon, und dann wanderte er durch die Räume zurück. Vielleicht legte er sich auch für eine Weile auf die Couch, von der man das Schwimmbecken übersehen konnte, und döste. Oder er blätterte in einem Buch. Bücher, in denen er gerade las, lagen überall herum. Oder er spielte mit dem Videorecorder N 1700 von Philips, den er sich zu Weihnachten geschenkt hatte. So verbrachte er seine Abende zwischen den Wochenenden. Einsame, nicht sehr glückliche Abende!

Und dann geschah es eines Tages! Es war während der Mittagspause in der Kantine, in der er sein Essen einnahm. Da sah er sie plötzlich sitzen, und ihm blieb buchstäblich der Bissen im Halse stecken.

Er aß auch noch in der Kantine, als sie ihn zum Leiter des Krankenhauses gemacht hatten. Jeden Mittag reihte er sich vor der Essenausgabe ein und wurde fuchsteufelswild, wenn ihn jemand vorlassen wollte. Dann ging er suchend mit dem Teller umher und setzte sich, wo er Platz fand. Eine angenehme Nebenwirkung hatte diese sonderbare Angewohnheit eines Leiters: Das Betriebsessen in der Kantine blieb von stets gleich guter Qualität.

Sie saß schräg gegenüber von ihm, in einen lustig geführten Disput mit dem Leiter der chirurgischen Abteilung, Oberarzt Doktor Sonnenburg, verstrickt. Ihr langes rotes Haar trug sie auch heute aus der Stirn genommen. Hinter den Ohren hatte sie es zusammengebunden, und von da ab ließ sie ihm Freiheit. Es fiel mächtig in ihren Rücken hinein. Doktor Robert Carlsson fühlte die Erregung in sich aufsteigen. Er starrte zu ihr hinüber und schluckte mehrmals. Natürlich bemerkte sie ihn nicht, dafür war sie viel zu sehr mit seinem jüngeren und gutaussehenden Kollegen Sonnenburg beschäftigt. Aber den anderen, vor allem den Schwestern, fiel das merkwürdige Wesen ihres Chefarztes auf. Er beugte sich über den Teller, und dabei wurde er seiner Aufregung allmählich Herr.

Wie gelangte die Frau aus dem Foyer der Musikhalle in seine Klinik? War sie Sonnenburgs Patientin? Seine neue Freundin, die er unbedingt präsentieren mußte? Nicht einen Augenblick kam Carlsson der Gedanke, daß dies die Journalistin Eva Adams sei; die hatte er längst vergessen.

Er richtete es so ein, daß sie gleichzeitig mit dem Essen fertig wurden und sich erhoben. Und da stand er plötzlich vor den beiden. Sie erkannte ihn nicht wieder. Uninteressiert glitt ihr Blick über ihn hin, und dann wandte sie sich zum Gehen.

Da sagte Doktor Sonnenburg: »Darf ich Sie mit unserem Chefarzt bekannt machen, Frau Adams? Doktor Carlsson!« Und sich umwendend, fuhr er fort: »Chef, das ist Frau Adams, die sich für so eine Art Krankenhausreport bei uns umschauen möchte. Frau Kuhlmann hat Sie wohl bereits darüber informiert.«

O ja! Sie hatte ihm auch gesagt, daß ihm diese Frau gefallen würde. Es war atemberaubend, wie sehr ihn Frau Kuhlmann in dem knappen Jahr durchschaut hatte. Robert Carlsson fragte: »Kommen Sie zurecht, Frau Adams? Erhalten Sie Hilfe?«

»Danke, Herr Chefarzt! Doktor Sonnenburg ist wirklich sehr nett zu mir!«

Es war wie der Einstich einer feinen Kanüle, die tief ins Gewebe fuhr. Doktor Robert Carlsson verstand etwas von Nadelstichen. Ihm wurde nachgesagt, er könne auf der linken Wange jener schönen Frau, die auf den Zwanzigmarkscheinen abgebildet war, genau fünfhundert davon unterbringen. Das stimmte. Bis hin zum letzten Stich.

Doktor Robert Carlsson lächelte. »Haben Sie ihn schon operieren sehen?«

Sie lächelte zurück. »Heute morgen. Es war sehr aufregend!«

Sein Blick ging zwischen der Frau und dem jüngeren Oberarzt hin und her. Dabei schoben sich seine Lippen vor, und um seinen Mund spielte jenes leicht spöttische Lächeln, das bei den Frauen immer Verwirrung anrichtete. Bei ihr nicht! Er stellte es mit Überraschung fest. Darauf wandte er sich um und ging schnell aus der Kantine. In der Vorhalle jedoch wurden seine Schritte irgendwie langsamer, und als er durch die Tür ins Freie trat, hatten ihn die beiden wieder eingeholt. Da standen sie dann ein paar Sekunden schweigend und schnupperten die frische Luft. Schließlich sagt Doktor Sonnenburg: »Ich muß mich an die OP-Berichte machen. Unser Chefarzt verlangt detaillierte Angaben...«

Dazu sagte Doktor Robert Carlsson nichts. Nach einem Jahr seiner Leitungstätigkeit schien ihm dieser Punkt ausdiskutiert zu sein. Der OP-Bericht war schließlich die Visitenkarte des Operateurs.

Sonnenburg fuhr in leicht ironisierendem Ton fort: »Es ist ein bißchen wie in der Schule, Aufsatz mit Gliederung und so. Und ich war immer schlecht in Aufsätzen. Wollen Sie nicht ein bißchen Stil in die Sache bringen, Frau Adams?«

Sie lächelte höflich, antwortete jedoch nicht.

Er fuhr fort: »Aber Sie wollten wohl auf die Kinderstation heute nachmittag?«

»Ja.«

»Na schön! Vergessen Sie nicht, bei mir reinzuschauen, ehe Sie gehen. Ich warte auf Sie!«

Damit sprang er die Treppen hinunter, ziemlich leichtfüßig für seine Mitte Dreißig, wie Carlsson fand. Wieder einmal nahm er sich vor, morgens seine Frühgymnastik zu machen.

»Zigarette?«

»Danke, ich rauche nicht.«

Sie sahen sich an. Und auf einmal war es wieder da, spürte er, was schon im Foyer der Musikhalle zwischen ihren Augen geknistert hatte. Und sie erinnerte sich nicht?

»Setzen wir uns auf die Bank?«

»Ja, gern!«

Sie taten es. Und nun schauten sie sich nicht mehr an, bewunderten vielmehr die sauber gepflanzten Stiefmütterchen. Die standen ebenfalls im Elbeschlick, den Doktor Robert Carlsson hatte anfahren lassen.

»Neulich abend, das war meine Tochter«, sagte er.

»Ach –?«

Robert Carlsson schämte sich plötzlich, denn wieder kam ihm seine Haltung wie ein Verrat vor. Nach einer längeren Pause von ihm: »Haben Sie noch eine Karte bekommen?«

»Natürlich nicht!«

»Und? Was haben Sie gemacht?«

»Ich bin an der Außenalster längs bis nach Eppendorf. War auch ganz nett.«

Wieder eine längere Pause. Und schließlich: »Ich operiere morgen. Wollen Sie zusehen?«

»Ja, gern!«

Sie kam pünktlich am nächsten Morgen, aber für ihn und sein Team nicht pünktlich genug. Er war schon mitten beim Waschen. Neben ihm beugte sich Doktor Freders, der assistieren würde, über das zweite Becken. Sieben Operationen standen auf dem Plan, darunter ein komplizierter, gesplitterter Bruch von Schien- und Wadenbein bei einem Siebzigjährigen, eine Hüftgelenks-Ersatzplastik, aber auch die Amputation einer sogenannten Hammerzehe. Beginnen würden sie mit der Reposition und inneren Fixation eines Oberschenkelbruches, den sich ein zehnjähriger Knabe zugezogen hatte.

Carlsson schwenkte den Wasserhahn zu, ließ abtropfen. Durch den Spiegel blickte er zu ihr hin und bemerkte, wie sie ihn beobachtete. Nicht nur sie tat es, obwohl die anderen es nicht so offen zu erkennen gaben. Die Scheu des Chefarztes im Umgang mit Fremden war bekannt. Ebenso hatte sich herumgesprochen, er habe der Schriftstellerin Eva Adams den Antrittsbesuch verwehrt. Auf den Gängen wurde es sich zugeflüstert, denn es geht nirgends klatschsüchtiger zu als in einem Kleinstadtkrankenhaus. Und nun stand sie hier, mitten im Allerheiligsten des Doktor Carlsson, in seinem Operationssaal!

»Wir fangen an mit einem kleinen Jungen, der vom Kirschbaum gefallen ist. Auch noch von dem in Nachbars Garten.«

Carlsson deutete durch das Spähfenster in den Operationssaal. Gerade wurde der Kleine aus der Anästhesie hereingebracht. Er lag auf dem fahrbaren Operationstisch und schlief bereits. Carlsson warf einen kontrollierenden Blick auf den Ticker und sah, daß der angeschlossen war. Es gab bei ihm keinen Eingriff ohne dieses Überwachungsgerät, das bei jedem Pulsschlag blinkte und tickte. Er fuhr fort: »Sie können sich das einmal anschauen, nachher habe ich für Erklärungen nicht mehr viel Zeit.« Er wies auf den Betrachter, an den die Röntgenaufnahme geheftet war, und sie traten heran. »Es ist keine komplizierte Sache«, sagte er, »ein glatter Bruch. Wir reponieren zunächst, also – wir richten die Geschichte ein, und dann wird frakturfern ein Stahlnagel in die Markhöhle eingeschlagen. Natürlich unter Röntgenkontrolle.«

»Das klingt alles ganz einfach«, meinte sie.

»Ist es ja auch, Frau Adams! Der Junge wird morgen schon aufstehen, allerdings ohne Belastung des kranken Beines. Nach etwa einer Woche wird er in ambulante Weiterbehandlung entlassen. Volle Gehbelastung nach sechs und Sport jeder Art nach acht Wochen. Endresultat: volle Belastung des gebrochenen Beines.«

»Sie sind ein Zauberkünstler, Doktor!«

»Natürlich!«

Wieder sahen sie sich an, wie sie es bereits einige Male seit dem Foyer der Musikhalle taten, nun hatten sie schon einige Übung darin.

Da ertönte es lautstark aus der Tür zum Operationssaal: »Wir müssen anfangen, Herr Oberarzt, die Zeit läuft uns weg!« Das war Schwester Rosi, Mitte Zwanzig, sehr energisch, sehr tüchtig und absolute Herrin über alle Instrumente und deren einzuhaltende Keimfreiheit. Außerdem überwachte sie den Zeitplan. Was diese Dinge anlangte, hatte sich ihr jeder zu beugen, selbst Robert Carlsson. Und so machte er auf dem Absatz kehrt, wechselte die OP-Schuhe und betrat den aseptischen Bereich. Hinter ihm kam Eva Adams.

Sein Assistent wartete schon neben dem Tisch. Er trug Mütze und Mundtuch, grünen Hemdkittel und grüne Hose, darüber einen blauen Mantel. Die Hände hatte er oberhalb des Nabels gefaltet. Der kleine Patient atmete gleichmäßig, die Narkosemaske fest auf dem Gesichtchen aufgeschnallt.

»Alles in Ordnung?« fragte Carlsson zum Anästhesisten hinüber.

»Alles in Ordnung, Herr Chefarzt!«

Carlsson fuhr in den blauen Mantel, den ihm Schwester Rosi hinhielt, dann in die Handschuhe. Das ging alles wie von selbst, war tausendmal praktiziert. Er hatte Zeit, Eva Adams zu beobachten, die ebenfalls in einen Mantel gehüllt wurde. Auch sie erhielt Mundtuch und Mütze, unter der die Flut ihrer Haare verschwand. Nun sah man nur noch die Augen, und Robert Carlsson fand, daß sie weder die roten Haare noch diesen Mund brauchte, um auf ihn zu wirken. Die Augen taten es ganz allein.

»Stellen Sie sich hierher«, sagte er. »Die Hände legen Sie auf den Rücken, und dort halten Sie sie fest! Möglichst die ganze Zeit über!«

Dann trat er an den Tisch. Sein erster Blick ging nach dem Kopf des Jungen mit der aufgeschnallten Atemmaske. Der Anästhesist nickte beruhigend. Ein paar Pulsschläge lang lauschte er dem blechernen Ticken des Überwachungsgerätes, während er auf das gebrochene Bein schaute, das als einziger Körperteil nicht mit Tüchern bedeckt war. Dann ging sein Blick hoch und wanderte von einem seiner Mitarbeiter zum anderen. Er spürte, wie die Spannung in dem kleinen Team anstieg. Eva Adams schien er vergessen zu haben. Er lächelte. Und dann sagte er beinahe heiter: »Na los, Leute, worauf warten wir noch? Auf geht's!«

6
Niederschrift nach vorliegendem Fernsprech-Mitschnitt
G 5/MR 1 F/7-4-78, 21. 3. 78, 15 Uhr 40
 MR: Ja, bitte?
 Kruger: Hier ist der Herr von gestern.

MR: Ja...

Kruger: Wissen Sie?

MR: Ich erkenne Ihre Stimme.

Kruger: Die schriftliche Niederlegung Ihres Berichtes hat bei unseren Herren Anerkennung gefunden.

MR: Hm –

Kruger: Das Honorar habe ich anweisen lassen, diesmal auf Ihr Geschäftskonto.

MR: Danke!

Kruger: Übrigens... Ihre Kritik, die in dem Bericht hier und da durchschimmert, ist auf Verständnis gestoßen.

MR: Ah ja?

Kruger: Was denken Sie denn? Auf unserer Etage ist man Kritik gegenüber immer aufgeschlossen.

MR: Dort müssen kluge Menschen hausen.

Kruger: Ja, sicher! Sonst wären wir längst aus dem Rennen. Jedenfalls sind die Herren so entzückt von Ihnen, daß man unsere Geschäftsverbindung aufrechterhalten möchte. Sind Sie noch offen für Verhandlungen?

MR: Ich bin immer offen für Verhandlungen.

Kruger: Es geht um...

MR: ...nicht am Telefon!

Kruger: Natürlich nicht! Aber Sie erinnern sich doch an den Arzt, bei dem sich mein... Freund operieren lassen will?

MR: Ja.

Kruger: Mein Freund möchte wissen, ob dessen guter Ruf begründet ist. Wäre das etwas für Sie?

MR: Weiß ich nicht. Kann ich so nicht sagen.

Kruger: Wir treffen uns natürlich und besprechen die Einzelheiten. Ich wollte Sie nur mal vorwarnen. Lassen Sie es sich durch den Kopf gehen. Ich ruf' morgen wieder an, und wir verabreden eine Zusammenkunft. Okay?

MR: Ja, ist gut.

Kruger: Wiederhören!

MR: Wiederhören!

Niederschrift nach vorliegendem Fernsprech-Mitschnitt
G 5/MR 2 F/8-4-78, 21.3.78, 22 Uhr 20
 MR: Hallo, ich bin's!
 Hänschen: Ja... natürlich! Grüß' dich!
 MR: Ich... Eigentlich wollte ich nur mal sehen, ob das mit der Nummer klappt, die du mir gegeben hast.
 Hänschen: Es klappt.
 MR: Ja, ja... Hörst du?
 Hänschen: Natürlich.
 MR: Du erinnerst dich sicherlich an die Leute, für die ich tätig war?
 Hänschen: Ja.
 MR: Die wollen ihren Auftrag erweitern.
 Hänschen: Ist phantastisch.
 MR: Ich muß deine Freude trüben, ich steig' aus.
 Hänschen: Nein!
 MR: Doch, die Leute sind mir zu smart.
 Hänschen: Meine Güte! Du hast dein Leben lang mit Schlitzohren zu tun gehabt.
 MR: Eben! Ich kann nicht mehr! Ich steig' aus!
 Hänschen: Das geht vorüber.
 MR: Nein!
 ———

 Hänschen: Von wo rufst du mich?
 MR: Von zu Haus.
 Hänschen: Ich komm' hin!
 MR: Ist schon zu spät!
 Hänschen: Ich bin in 'ner halben Stunde da!

Niederschrift nach vorliegender Tonkassette
G 5/MR 3 T/9-4-78, 21.3.78, 22 Uhr 50
 Hänschen: Durch die halbe Stadt rase ich mitten in der Nacht wegen deiner Hysterie.
 MR: Ich hatte dir gesagt, es ist spät.
 Hänschen: Gib mir erst einmal ein Bier!
 MR: Hör mal, ich möchte nicht, daß du dich hier festsetzt. Es ist spät, und ich habe morgen einen anstrengenden Tag.

Hänschen: Es ist ja schließlich nicht meine Schuld! Also gib mir schon das Bier!

MR: Im Kühlschrank sind einige Büchsen. Geh in die Küche!

Hänschen: Du bist heute von geradezu atemberaubender Gastfreundschaft.

———

Hänschen: Ah... das schmeckt nicht schlecht so kühl, sogar aus der Büchse... Kann ich das als Ascher nehmen?

———

Hänschen: Nun erzähl mal, was war!

MR: Ich traf ihn gestern vormittag und gab ihm den Bericht. Heute nachmittag ruft er an und sagt, der sei bon angekommen in der Chefetage. Besonders habe den Herren meine hier und da durchschimmernde kritische Haltung gefallen.

Hänschen: Ja, das ist vielleicht deine größte Masche! Einen, den man noch nicht zu sich hinübergezogen hat, um den muß man werben. Und dann gibt es dem Ganzen so einen Hauch von Engagement.

MR: Aber ich bin engagiert an dem, was ich tue!

Hänschen: Ja, ja – natürlich! Erzähl weiter!

MR: Da ist nicht viel zu sagen! Dieser Doktor Weller läßt sich in ein paar Monaten operieren, irgendwas mit seinem Bein, eine Nachoperation. Ich soll Erkundigungen einziehen über den Arzt, der die Korrektur vornehmen wird.

Hänschen: Und was steht dem im Wege?

MR: Ich habe das Gefühl, daß da ein linkes Ding im Gange ist. Und da will ich meine Finger nicht zwischen haben...

———

Hänschen: Red weiter!

MR: Dieser Weller hat sich zu den Grünen Listen geschlagen, das ist das eine. Und dann gibt es die »William Snyder International incorporated«, seit einundsiebzig in den roten Zahlen. Natürlich hat Weller intime Kenntnisse über das Werk und sicher auch über die Bemühungen seiner Manager, aus dem Minus aufzutauchen. Die Konzernleitung schnüffelt im Vorleben ihres Mitarbeiters. Warum? Um ihn gegebenenfalls zu erpressen, denke ich. Aber da ist nichts in Wellers Vorleben! Da ist alles so blütenrein, daß es einem Tränen der Rührung in die Augen treiben kann. Aber dieser Weller will sich operieren lassen... Ich sage dir, die Sache ist faul.

Hänschen: Möglicherweise planen sie ein Verbrechen, und du könntest es verhindern.

MR: Das ist nicht mein Job. Für die Verbrechensbekämpfung gibt es die Polizei.

Hänschen: Es ist ja noch keins geschehen, nicht wahr? Und so eine Art Vorbeuge-Polizei, das wären dann wir. Eine schöne, höchst moralische Seite unseres Berufes... Du guckst mich an, als ob ich den größten Blödsinn erzähle.

———

Hänschen: Gut, dann ist es eben Blödsinn! Dann will ich es mal anders sagen: Seit langer Zeit möchten wir einen Fuß in der Tür zu diesen Snyders haben. Jetzt schickt uns der Himmel – weiß Gott, es muß der Himmel sein – den Mister Kruger. Begreifst du es immer noch nicht? Du bist unser Fuß in dieser Tür, und ich bin ganz sicher, daß du sie aufstoßen wirst.

MR: Gib dich keinen falschen Hoffnungen hin, da spielt sich nichts ab!

Hänschen: Was glaubst du eigentlich, wer du bist?

———

Hänschen: Als ich seinerzeit nach Berlin kam, hast du meine Kollegen hin und wieder mit Informationen versorgt. Ein kleiner, mieser Spitzel warst du damals, weiter nichts.

MR: Haben dir deine Herren Kollegen auch gesagt, daß sie mich erpreßten? Mein Stipendium wollten sie mir streichen lassen, wenn ich nicht für sie arbeiten würde. Und das ein Jahr vor dem Staatsexamen.

Hänschen: Und du glaubst, das hätten sie gekonnt?

MR: Du und ich, wir beide wissen, daß man alles drehen kann, wie man will. Wenn man es will!

———

Hänschen: Als ich dich dann später in Hamburg zum ersten Mal besuchte, hattest du gerade die lächerliche Auskunftei deines verstorbenen Vaters übernommen. Erinnerst du dich noch an das Mansardenbüro am Steindamm? Ein wurmstichiger

Tisch, ebenso ein Stuhl und eine Remington von der Jahrhundertwende. Und Neskaffee mit 'nem Tauchsieder, das heißt, wenn noch ein bißchen Pulver in der Büchse war. Und heute? Drei elegante Büroräume in einem der Raboisen-Häuser. Eine Vorzimmerdame und einige Mitarbeiter. Das alles in der Nachbarschaft von renommierten Maklern, Staranwälten, Unternehmern. Und Klienten, die Menge! Zahlungskräftige Klienten wohlgemerkt. Wer hat das aus dir gemacht?

Hänschen: Den ersten weiblichen Detektiv in der Branche...?

Hänschen: So eine Art James Bond mit Kurven! Davon hast du ja reichlich. Und hübsch anzusehen. Dazu dein rotes Haar. Alles bestens also!

Hänschen: Ist doch klar, daß jeder aus den Wolken fällt, wenn er davon erfährt.

Hänschen: Und natürlich zieht das für eine Weile. Aber auf die Dauer ist nur einer erfolgreich, der Qualität liefert. Und woher hattest du deine Informationen? Hervorragendes Material und schnell besorgt, manchmal über Nacht. Wer hat denn sozusagen den ganzen Apparat für dich arbeiten lassen? Wer war denn das?
MR: Du warst es! Zufrieden?
Hänschen: Ja, ich! Vergiß das niemals!

Niederschrift nach vorliegendem Fernsprech-Mitschnitt
G 5/MR 3 F/10-4-78, 22.3.78, 11 Uhr 05
 MR: Ja, bitte?
 Kruger: Ich bin's...
 MR: Ja.
 Kruger: Wir telefonierten schon gestern.
 MR: Ja.
 Kruger: Und ich machte Ihnen einen Vorschlag.
 MR: Ja.

Kruger: Haben Sie es sich überlegt?
MR: Ja.
Kruger: Und?
MR: Ich mache es.
Kruger: Fein. Ich komme...
MR: Nein, ich komme! Ich möchte, daß wir uns bei Ihnen treffen.
Kruger: In meinem Hotel?
MR: Nein, ich möchte, daß wir dem Ganzen einen offiziellen Charakter geben. Ich komme zu Ihnen ins Werk! Und ich möchte außer Ihnen noch einen Ihrer klugen, kritikoffenen Herren kennenlernen, irgendeinen, der gerade Zeit hat.
Kruger: Das trifft sich ja gut. Eben wollte ich Ihnen etwas in dieser Art vorschlagen. Hinreißend, wie unsere Intentionen übereinstimmen.

Kruger: Hallo –?
MR: Ja?
Kruger: Ich rufe wieder an!
MR: Ist gut!

Niederschrift nach vorliegendem Fernsprech-Mitschnitt
G 5/MR 4 F/11-4-78, 22.3.78, 12 Uhr 10
MR: Ja, bitte?
Kruger: Wäre Ihnen morgen recht? Könnten Sie das noch einrichten?
MR: Ja.
Kruger: Ist aber schon Gründonnerstag.
MR: Macht nichts.
Kruger: Vormittags elf Uhr fünfzehn ist eine ziemlich gute Zeit, da ist man noch frisch.
MR: Sie sagen es!
Kruger: Finden Sie zu uns heraus?
MR: Natürlich!
Kruger: Sie müssen beim Pförtner vorbei, und der ist ein bißchen korrekt, aber er ist informiert. Er dirigiert Sie zum Gästeparkplatz. Von dort hole ich Sie ab. Okay?

MR: Ja.
Kruger: Bis morgen dann, ich freu' mich.
MR: Auf Wiederhören!

Niederschrift nach vorliegender Tonkassette
G 5/MR 4 T/12-4-78, 23.3.78, 11 Uhr 15
(Auf dem Gelände der »William Snyder International incorporated«)
Kruger: Sie sehen fabelhaft aus, darf ich Ihnen das auch mal sagen?
MR: Danke!
Kruger: Dabei fällt mir ein, daß wir bisher kaum ein persönliches Wort miteinander geredet haben.
MR: Mir ist es recht, wenn man in mir ausschließlich den Geschäftspartner sieht.
Kruger: Aber doch keinen geschlechtslosen?
MR: Natürlich nicht.
Kruger: Wollen mal aus dem Wind gehen, nicht wahr?

Kruger: Ganz überraschend, wie sich hier die Küste schon bemerkbar macht. Ziemlich rauh! Dabei sind es bis zur Elbmündung noch vierzig Kilometer.

Kruger: So, hier herüber zu den Fahrstühlen, bitte!

Kruger: Hatten Sie viel Arbeit die letzten Tage?
MR: Ach ja!
Kruger: Hoffentlich nur Erfreuliches?
MR: Gemischt, wie es halt kommt!
Kruger: So, hier herein! Wenn Sie ablegen wollen! Ich helfe Ihnen – den Mantel hängen wir auf einen Bügel... So, hübsch ordentlich... Nun, bitte hier herüber!

Kruger: Hören Sie das?
MR: Hm...
Kruger: So ein Piepsen, nicht?
MR: Ganz eigenartig!

Kruger: In diesem Türbogen sind elektronische Abtaster eingebaut, verstehen Sie?

MR: Wie auf den Flughäfen?

Kruger: Ganz ähnlich. Wir befinden uns in einer Art Schleuse. Und dieses Piepsen signalisiert uns, daß wir noch etwas vergessen haben.

MR: Und was?

Kruger: Wir müssen leider Ihre hübsche, kleine Handtasche in der Ablage lassen.

MR: Es wird das Kleingeld in der Börse sein?

Kruger: Meinen Sie?

MR: Oder vielleicht mein Lippenstift? Dessen Hülse ist metallisch.

Kruger: Ja, das kann gut sein, daß es in dem Stift steckt.

MR: Was...?

Kruger: Hören Sie, ich will es gar nicht wissen. Ich muß Sie nur bitten, die Tasche in die Ablage zu tun. Einverstanden? Für deren Unantastbarkeit verbürge ich mich natürlich.

MR: Aber bitte! Wenn es Sie beruhigt.

Kruger: Wissen Sie, unsere Herren hier oben wunderten sich lange Zeit, daß Werksinterna aus der Suite hinausdrangen. Nach Sitzungen, Sie verstehen? Da kam ihnen die Idee mit der Schleuse. Und bald darauf hatten sie einen mit einem kleinen Sender. Das Tonband lief weitab von hier, unten im Wagen auf dem Parkplatz. Ja, ja, ein junger Mann von der Gewerkschaft war es. Ein Heißsporn, der sich bei seinen Bossen angenehm machen wollte.

MR: Vielleicht habe ich das Ding, das Sie suchen, im Kleid?

Kruger: In diesem Kleid? Das anliegt wie eine zweite Haut? Und Schmuck tragen Sie ja auch nicht. Keine Clips, keine kleine Gemme, kein Medaillon an einer Kette. Nicht einmal einen Ring! Beneidenswert eine Frau, die so auf jeden Schmuck verzichten kann! Nein, nein, treten Sie nur getrost heran!

Niederschrift eines Gedächtnisprotokolls auf Tonband
G 5/MR 1 GaT/13-4-78, 23.3.78, 18 Uhr 30

Nachdem wir ein zweites Mal die Schleuse passierten und der Abtaster diesmal wirklich Ruhe gab, kamen wir in ein Vorzimmer. Wir wurden von einer Frau empfangen, die uns über die Sprechleitung anmeldete. Es dauerte nicht lange, bis eine Tür im Hintergrund geöffnet wurde. Aus ihr trat der Firmenboß oder doch einer der Direktoren, eine imposante Erscheinung jedenfalls. Mit offenen Armen kam er auf mich zu, griff nach meinen beiden Händen und schüttelte sie kräftig.

Kruger sagte: »Darf ich Sie mit Mister Alec Willies bekannt machen, Frau Rohr?« Und sich an seinen Landsmann wendend: »Alec, das ist Frau Marlies Rohr!«

Der Riese ließ meine Hand los, aber nur eine, legte mir statt dessen seine Pranke um die Schulter und zog mich in Richtung des Chefzimmers. Wie hatte sich denn diese merkwürdige Erscheinung in die Leitung eines Konzerns verirrt, fragte ich mich, so eine Mischung aus Philosoph und Showman, ein bißchen Einstein und ein bißchen Bernhard Wicki. Ein verträumter Blick unter buschigen Brauen und darüber dichtes schwarzes Haar. Vielleicht Mitte Vierzig, vielleicht etwas älter, schwer zu sagen.

Sein Büro, ein ziemlich großer und modern eingerichteter Raum, lag im 16. Geschoß des Verwaltungsgebäudes. Ringsherum hatte es Fenster, so daß man sich wie auf der Kommandobrücke eines Riesentankers vorkam. Unter uns lag die Elbe. Rechts ahnte man die ersten Häuser von Stetten. Links ging es stromabwärts auf Brunsbüttelkoog zu. Schräg gegenüber auf der anderen Flußseite mußte Duselburg liegen, wo dieser wundersame Beindoktor operierte. Man konnte jedoch nichts erkennen, es war diesig heute, und das andere Elbufer verschwand im Dunst.

Ich wandte mich zu den beiden Männern um und sah, daß sie mich beobachteten. Gerade hatte Mister Alec Willies den Showman in sich angeknipst, die Ähnlichkeit mit dem Schauspieler Bernhard Wicki war wirklich verblüffend. Er wandte sich lächelnd Kruger zu und fragte: »Weshalb steht die junge Dame nicht längst in unseren Diensten, Osvald?«

Kruger zuckte lächelnd die Achseln. Ich lächelte auch, und

ich merkte überrascht, wie ich etwas von meiner Zurückhaltung aufgab.

Ich sagte: »Vielleicht einfach deshalb, weil ich so gar nichts von Aluminium verstehe.«

Alec lachte breit. »Glauben Sie denn, ich verstehe etwas davon? Ich verkaufe es doch nur.« Das Schlitzohr blinzelte mir zu, fuhr fort: »Sie in unserer PR-Abteilung, Mary, was glauben Sie, wie das die Absatzzahlen in die Höhe treibt.«

»Marlies!« korrigierte ich. »Ich heiße Marlies.«

»Maa-lies...?« Er schüttelte den Kopf. »Das kann ich nicht aussprechen. Mary ist hübsch, nicht wahr, ich habe auch Erinnerungen an Mary!«

Wir setzten uns, und ich gab acht, daß ich einen Platz kriegte, von dem ich ihn gut beobachten konnte. Ich sah, wie er den Showman ausknipste, wie sich Nachdenklichkeit auf seinem Gesicht auszubreiten begann.

»Wollen wir mal zur Sache kommen...« Aber gleich unterbrach er sich wieder. »Verzeihen Sie, ich bin unaufmerksam. Möchten Sie etwas? Kaffee, Tee, Juice –?«

Ich schüttelte den Kopf.

Er blickte auf seine Uhr, eine Omega, wie ich bemerkte, mit schwerem goldenem Gliederarmband. »Es ist halb zwölf. Für zwölf habe ich einen kleinen Lunch bestellt. Sie machen mir doch die Freude? Nur ein paar Happen?«

Die beiden Männer zündeten sich Zigaretten an, »Luckies«, und Alec fuhr fort: »Nun wollen wir mal in aller Offenheit an unser Problem herangehen, Mary! Sie wissen inzwischen von Doktor Weller, nicht wahr? Sie haben sogar Nachforschungen angestellt. Sie wissen auch, daß er sich als Kandidat hat aufstellen lassen. Man hält ja Wahlen ab im Juni, und Doktor Weller kandidiert für die Grüne Liste. Wußten Sie das, Mary?«

»Ja.«

»Aber Sie schreiben darüber nichts in Ihrem Bericht.« Er zog den Schnellhefter an sich heran, der mein Traktat enthielt, und blätterte darin. »Oder hab' ich das überlesen?«

»Ich ließ es unerwähnt.«

»Hm –!« Er sah mich eine Weile lang an. Er wollte wohl prüfen, inwieweit ich auf dem Parkett, auf dem wir uns gerade bewegten, eine Partnerin für ihn sein könnte. Es war schwer abzuschätzen, zu welchem Ergebnis er kam. »Hm –!« machte er noch mal. »Gerade auf diesen Punkt kommt es uns aber an, Mary, hier liegt das Problem! Die Wirtschaft kommt ohne Intensivierung, ohne Steigerung der Produktion nicht aus. Es geht um die Abdeckung von Bedürfnissen und um den Erhalt von Arbeitsplätzen. Sie verstehen das?«

Er sah fragend zu mir her, und als ich nickte, fuhr er fort: »Schön, Mary, dann brauch' ich darauf nicht weiter einzugehen. Jede moderne Industrie ist aber zumindest umweltbelastend, okay? Als die Snyders hier Anfang der Siebziger zu produzieren begannen, gab es eine Menge trouble, das können Sie glauben. Unsere Anwälte kamen aus den Gerichtssälen gar nicht heraus. Die Bürgerinitiativen waren es, die gingen mit uns von Prozeß zu Prozeß. Und aus ebendiesen Initiativen hat sich die Grüne Liste entwickelt, es sind die gleichen Leute. Natürlich hatten die damals recht. Es handelte sich um das Fluor. Die Blätter fielen von den Bäumen, und die Kühe gaben keine Milch. Glauben Sie, uns machte das froh, Mary? Schließlich waren wir Gäste an diesem Fluß, und da wollten wir uns unseren Gastgebern gegenüber von der besten Seite zeigen. Nun, wir haben nachgedacht und hart gearbeitet. Und jetzt? Heute belasten wir die Umwelt nicht mehr mit unserem Fluor. Da können Sie getrost Erkundigungen über uns einholen, Mary!«

»Das habe ich getan«, erwiderte ich trocken. »Alle sind des Lobes voll, und die Wasserwirtschaft – nun, Sie sollen inzwischen deren liebstes Kind sein.«

Einen Moment lang schaute er verblüfft zu Kruger hinüber. Dann begann er lauthals zu lachen, er schlug sich vor Vergnügen auf die Schenkel dabei, und es wirkte nicht einmal albern. Er sah nur plötzlich sehr jung aus. Und verflixt gut!

»Haben Sie das eben gehört, Osvald?« fragte er.

»Ich hatte Ihnen bereits gesagt, Alec, sie ist okay!« erwiderte Kruger.

»Oh, mein Gott, das ist sie wirklich!« Willies sah mich strahlend an. »Mary, Sie sind mein Fall!« Dann wurde er ernst, nur die Lachfältchen in den Augenwinkeln blieben noch für eine Weile. »Also, wenn Sie sich über uns erkundigt haben, wenn Sie wissen, daß wir sauber sind, brauche ich mich auch darüber nicht länger auszulassen.«

»Aber wenn Sie sauber sind, Mister Willies...«

»O nein, bitte! Bitte, sagen Sie Alec zu mir!«

Ich lächelte ihm zu. Es herrschte wirklich eine Atmosphäre, in der ich immer zutraulicher wurde. »Also gut – Alec! Wenn das so ist, wie Sie sagen, warum lassen Sie den Weller dann nicht zu der Grünen Liste? Einen werbewirksameren Gag könnte es doch gar nicht geben.«

»Richtig, Mary, sehr richtig! Das war auch unsere Überlegung. Und Osvald und ich haben den Fall durchgespielt. Nicht nur einmal, mehrmals! Und es ist doch nicht gut!«

Ich sah ihn fragend an, und er fuhr erklärend fort: »Diese Grüne Liste auf der einen Seite und die Industrie, die ihre Umwelt belasten muß, auf der anderen, das sind zwei getrennte Lager. Man kann nicht mit einem Fuß bei denen stehen und mit dem anderen bei uns. Das geht nicht, Mary! Ebensowenig wie man zwei Herren dienen kann. Natürlich sind wir heute sauber, aber was ist morgen, wenn wir vielleicht eine neue Technologie abfahren? Vielleicht kommen wir da schnell an kritische Werte. Und dann? Das wollen wir doch dann werksintern klären, nicht wahr, und nicht bei der Grünen Liste diskutiert wissen. Und wenn Weller solche Dinge auch nicht hinausträgt – ich persönlich glaube übrigens nicht, daß er es täte –, aber in eine Konfliktsituation brächte es ihn immerhin. Sehen Sie das auch so, Mary?«

»Ja.«

»Jeder, der nur ein bißchen cool an die Dinge herangeht, muß es so sehen.«

»Nur Weller nicht!«

Alec Willies nickte.

Ich fragte: »Warum untersagen Sie ihm nicht die Kandidatur? Sie haben doch wohl einen Arbeitsvertrag mit ihm, der ihn auch zur Loyalität gegenüber dem Werk verpflichtet.«

Alec schüttelte den Kopf. »Ich möchte die Macht, die mir

übertragen wurde, nicht mißbrauchen. Es liegt mir nicht, Befehle zu erteilen; es ist nicht mein Stil. Ich möchte durch bessere Argumente überzeugen.«

»Und Weller zeigt sich diesen Argumenten gegenüber unzugänglich?«

»Noch!«

»Ist er ein Querulant?«

»Natürlich nicht! Er ist ein ernsthaft nachdenkender und dabei höchst liebenswerter Mensch, der sich Sorgen macht über den Weg, den die Industriegesellschaft geht.«

»Sind die Sorgen begründet?«

»Ja! Leider ja!«

Wir schauten uns eine Weile lang schweigend an. In diesen Minuten war nichts von dem Showman in seinem Benehmen. Schließlich fragte er mich: »Was für eine Entscheidung würden Sie treffen, Mary, wenn Sie an meiner Stelle wären?«

Ich überlegte, und er ließ mir Zeit. Dann erwiderte ich: »Ich glaube, ich würde ihn mit seiner Familie in das Stammwerk hinübernehmen.«

Wieder wechselten Willies und Kruger einen Blick miteinander und lächelten.

»Ist es ein dummer Gedanke?« fragte ich.

»Es ist die Lösung, auf die wir auch gekommen sind!« Willies strahlte. »Ich muß Ihnen sagen, Mary, daß ich Sie immer besser leiden kann. Und ich bin wirklich riesig froh, weil Sie für uns arbeiten wollen.«

»Und wie?« fragte ich. »Wie stellen Sie sich diese Zusammenarbeit vor?«

Willies machte eine ausholende Geste zu Kruger hin. »Das ist der Punkt, an dem Osvald einsteigt. Das ist sein Job! Wie es euch gelingt, Weller für uns zurückzugewinnen, ist eure Sache. Ich will darüber gar nichts wissen. Ich warte auf Ergebnisse, natürlich auf positive!« Für einen Moment lag Härte auf seinem Gesicht, aber das verging wie ein Hauch, und schon lächelte er wieder. »Ich geh' jetzt nach vorn und diktier' ein paar Briefe, während ihr eure Dinge besprecht. Und dann lunchen wir zusammen, ja? Bis gleich, Mary!«

Damit stand er auf, und mir zunickend, ging er aus dem Raum. Kruger sah mich fragend an: »Wie gefällt er Ihnen?«

»Sehr gut!« Ich mußte nicht einmal lügen, ich meinte es wirklich so. Nach einer Weile sagte ich: »Mir kommt es vor, als ob sich Weller nichts aus einer Übersiedlung in die Staaten macht. Ist das richtig?«

»Ja.«

»Und warum nicht?«

»Es scheint, als ob er an diesem Land hinge. Als ob er seine Kinder an der Elbe aufwachsen sehen möchte...«

Plötzlich fielen mir die Lebensdaten dieses Mannes ein, dessen Vater sicher einmal Krüger geheißen hatte und der vor einem verbrecherischen Regime hatte fliehen müssen. Der Sohn wuchs in den Vereinigten Staaten auf und wurde dort großzügig ausgebildet. Nun kehrte er als erwachsener Mann zurück. Natürlich verachtete er das Land seiner Väter. Und die Menschen darin, konnte er die achten? Ich sah in sein Gesicht, aber ich wurde nicht schlau aus ihm.

Schließlich brach er unser Schweigen, sagte: »Und dann ist da diese Korrektur, die er vornehmen lassen will.«

»Ja, richtig!«

»Es ist geradezu lächerlich! Er hat keine Ahnung, was wir drüben für Kliniken haben, auf welchem Stand unsere Medizin ist. Aber ihn zieht es zu einem Landdoktor, unfaßbar! Was ich nun von Ihnen will, ist folgendes: Ich brauche jede Einzelheit über diesen Arzt! Robert Carlsson heißt der Mann.«

»Aber weshalb?« fragte ich. »Weshalb brauchen Sie diese Informationen?«

Kruger sah mich grübelnd an, dann antwortete er: »Wir wollen wissen, ob Carlsson wirklich so gut ist, wie behauptet wird, ob sein Renommee begründet ist. Schließlich ist Doktor Weller einer unserer wichtigsten Leute, und da wollen wir bei dem Eingriff kein Risiko eingehen. Deshalb wünschen wir genaue Informationen über den Arzt. Haben wir uns verstanden, Frau Rohr?«

Nachtrag zu 1 GaT/13-4-78, 23 Uhr 45

Nachdem wir das Honorar für meine weitere Mitarbeit ausgemacht und ein Drittel der Summe in Form eines Barschecks verrechnet hatten, fragte Kruger mich, wie ich denn vorgehen wolle. Ich sagte ihm, daß ich mich an den Arzt heranmachen und ihn wohl auch elektronisch abhören würde. Wir witzelten darüber. Kruger meinte, das gelänge mir sicherlich, denn Carlssons Verständnis fürs Abhören würde sich bestimmt auf das Auskultieren seiner Patienten beschränken.

Das kleine Frühstück, das wir dann nach zwölf zu uns nahmen, war ausgezeichnet. Es gab schnuckelige Sachen. Und es erwies sich als höchst amüsant. Über Geschäfte wurde nicht mehr gesprochen. Die beiden Männer überboten sich in Albernheiten – zwei muntere Hähne, die im Sande scharrten und die Federn aufplusterten. Ich wurde immer fröhlicher, und ganz beschwingt fuhr ich schließlich nach Hause.

2. Nachtrag zu 1 GaT/13-4-78, 2 Uhr 30

Etwas im Zusammenhang mit der Ausforschung des Arztes stimmt nicht. Aber was? Alec Willies Argumente überzeugten mich. Ich habe mir eben das GaT noch einmal angehört. Natürlich konnte ich mir nicht jedes Wort merken, aber den Grundton unseres Gesprächs habe ich, wie ich glaube, gut getroffen. Sollte Weller nichts anderes als einer dieser Fachidioten sein, ein intellektueller Spinner? Wenn Willies schon nicht auf seinen geschätzten Mitarbeiter verzichten möchte, ihm auch nicht den Spleen mit der Grünen Liste ausreden kann, müßte es aber doch eine Möglichkeit geben, den Menschen mit einem verlockenden Angebot von seiner geliebten Elbe fortzubringen. Es müßte ihm wohl auch plausibel gemacht werden können, daß seine medizinische Versorgung in den Vereinigten Staaten in ungleich besseren Händen läge. Es muß noch anderes dahinterstecken. Aber was? Und welche Rolle soll dieser Arzt dabei spielen? Ich weiß es nicht, und das macht mich ganz kribbelig. Das vereinbarte Honorar ist beachtlich. 20 000 Mark. Die Summe zergeht einem auf der Zunge. Und da mag man eigentlich gar nicht länger an den Dingen herumnörgeln. Für amerikanische Verhältnisse ist der Betrag vielleicht nicht allzu hoch. 10000 Dollar, das ist, wie ich glaube, ein angemessener Preis für eine renommierte Auskunftei drüben. Aber für deutsche Verhältnisse ist es doch sehr günstig. Der Vertrag wurde übrigens in die Form eines Beratervertrages innerhalb ihrer Werbeabteilung gekleidet. Ich soll mithelfen, die Snyder International im Bewußtsein der Menschen besser zu propagieren. Soll mir recht sein.

3. Nachtrag zu 1 GaT/13-4-78, 4 Uhr 00
Ich finde einfach keine Ruhe. Ich weiß immer noch nicht, wie ich an den Arzt herankommen kann. Dabei muß es gleich nach Ostern sein. Er soll eine Tochter haben. Vielleicht mach' ich es über die.

7
»Herzstillstand!«
Der Alarmruf knallte wie ein Schuß in die Stille des Operationssaales. Er wurde ausgestoßen von Doktor Baumert, dem Anästhesisten, am Kopfende des Patienten. Das erste, was Doktor Robert Carlsson fühlte, war lähmendes Entsetzen. Mit ihm erstarrten die Assistenten am Tisch: Doktor Freders, der mit Schwester Rosi auf der anderen Seite stand, und rechts von ihm der zweite Assistent, Doktor Montag. Dabei hatte Carlsson es schon zwei oder drei Pulsschläge vorher gewußt, jene Schläge nämlich, die das Überwachungsgerät nicht mehr anzeigte; das blecherne Ticken hatte aufgehört. Aber im ersten Augenblick wollte er es nicht wahrhaben. Dann kam diese Art Lähmung, die alle ergriff. Der Tod befand sich mitten unter ihnen. Aber auch das ging vorbei. Es waren etwa sechs Sekunden seit dem Herzstillstand verstrichen.
»Zurück mit dem Halothan!« hörte sich Carlsson sagen. Seine Stimme klang ruhig, ganz normal.
»Ist!«
Sie standen alle wie versteinert, und Carlsson spürte, daß sie auf eine Entscheidung von ihm warteten. Sein Blick ging von

Freders zu Rosi, hing für einen Moment an deren weit aufgerissenen Augen, wanderten hoch zur Uhr hinter ihr. Zehn Sekunden! Trotz Zurücknahme der Halothan-Konzentration im Narkosegasgemisch sprang der Motor nicht an. Dabei waren sie bereits erleichtert gewesen im Team, denn nach einer komplizierten und langwierigen Bauchoperation hatte Carlsson damit begonnen, die Faszienaht anzulegen.

»Arterenol?« fragte der Anästhesist. Es handelte sich um ein stark herz- und kreislaufwirksames Medikament.

»Intubieren Sie!« ordnete Carlsson an. »Und dann Sauerstoff!«

Er schaute auf die Tuchklammern, die Schwester Rosi in der Hand hielt, und nickte. Darauf verschloß Doktor Freders die Operationswunde. Genau vierzig Sekunden nach der Alarmmeldung begann Doktor Carlsson mit der Herzmassage bei geschlossenem Brustkorb. Neunzigmal pro Minute drückte er mit beiden Händen das Brustbein in Richtung Wirbelsäule; mit voller Wucht und doch so, daß er keine Rippen brach. Schnell spürte er den Schweiß kommen, und es dauerte nicht lange, bis ihm das Wasser aus allen Poren den Körper hinablief. Aber das panikartige Gefühl war gewichen.

Unter der Massage wurde der Speichenaderpuls spürbar. Der Blutstrom gelangte also auch bis ins Hirn. Normalerweise hält das Gehirn einen Kreislaufstillstand bis zu vier Minuten aus, ohne dauernden Schaden zu nehmen. Bis zu Carlssons wirksamer Herzmassage waren jedoch nur etwa vierzig Sekunden vergangen. Zur gleichen Zeit hatte Baumert den Schlauch in die Luftröhre eingeführt und die Beatmung mit Sauerstoff fortgeführt.

Der Chefarzt arbeitete verbissen, während ihm das Wasser vom Gesicht tropfte. Er spürte, wie er mit dem Herzen unter sich eins wurde. Plötzlich war es, als sei er selber zur Maschine geworden, die der anderen Hilfestellung gab. In dem Operationssaal herrschte atemlose Spannung. Trotz der Anstrengung empfand Robert Carlsson, daß sie alle nur einen Gedanken hatten: Spring an! Nun spring doch endlich an!

Außer Carlssons keuchendem Atem hörte man nichts im OP.

Nur noch Freders monotone Stimme, die alle zehn Sekunden seit Herzstillstand die Zeit ansagte. Aber der Chefarzt wußte sie auch so. Sosehr er eins war mit dem Herzen unter sich, sosehr war er auch eins mit den verstreichenden Sekunden.

Und dann endlich! Genau nach drei Minuten und zwölf Sekunden sprang das Herz an. Es begann kräftig zu schlagen. Carlssons Hände merkten es sofort. Sie hoben sich von dem Brustkorb und verharrten in dieser Stellung. Das Herz schlug weiter. Noch immer lief ihm der Schweiß von der Stirn über das Gesicht und vermischte sich mit etwas, das aus seinen Augen kam. Doktor Carlsson weinte. Das tat er aus Erschöpfung und vor Freude. Und da war noch etwas, das in seinem Innern fest eingeschlossen lag. Er machte die Augen zu, und unter dem Mundtuch preßte er die Lippen zusammen. Und dann ging auch das vorüber.

Er fragte: »Puls?«

»Hundertvierzig Schläge.«

Er hörte es ja auch. Das vertraute Ticken des Überwachungsgerätes war wieder da. Es klang wie Musik in seinen Ohren. Er blickte zu Doktor Freders hin, der ihn fragend anschaute, und nickte. Sein Assistent nahm die Tuchklammern weg, und darauf begann der Chefarzt, die restliche Operationswunde zuzunähen. Als das geschehen war, hatte er völlig zu seiner Beherrschung zurückgefunden. Er sagte: »Ich möchte mich bei Ihnen bedanken, bei Ihnen, Rosi, und bei Ihnen, meine Herren! Sie waren alle sehr gut!« Und zum zweiten Assistenten gewendet, fuhr er fort: »Frau Kuhlmann soll kommen!«

Dann trat er zum Kopfende und sah der Frau, die er zurückgeholt hatte, ins Gesicht. »Puls?« fragte er noch einmal.

»Konstant hundertvierzig!«

Er zog ein Augenlid ab und sah sich die Pupille an, die war eng. Darauf verließ er den Operationssaal. Im Vorraum half ihm Schwester Rosi aus dem Mantel und löste ihm das Mundtuch, während er selbst die Gummihandschuhe abstreifte. Dann setzte er sich vorsichtig auf einen Hocker und legte einen Arm auf den Waschbeckenrand. Alle Kleidungsstücke klebten am Körper. Doktor Freders kam mit einer Zigarette, die er bereits angezündet hatte. Normalerweise hätte sich der jüngere Kollege diese Vertraulichkeit nicht erlaubt, aber es war eine Stunde, in der alle Barrieren fielen. Carlsson nahm die Zigarette an. Er machte einen Zug und stellte fest, daß sie großartig schmeckte. Auch die Kleider, die an seinem Körper klebten, störten ihn nicht. Er lebte! Und die Patientin nebenan tat es auch!

»Was haben wir noch, Rosi?« fragte er.

»Diesen Bruch! Aber ich denke...« Sie sah den Chefarzt abwartend an.

Er erwiderte: »Wir verschieben nur um eine halbe Stunde, Rosi! Veranlassen Sie das!«

»In Ordnung, Chef!«

Er rauchte weiter. Die Zigarette schmeckte wundervoll. Dann entdeckte er, daß sie filterlos und eine »Gouloise« war. Eine Zigarette also, die er sich sonst nicht leistete. Schließlich kam Frau Kuhlmann, seine Sekretärin, und die brachte das Krankenblatt mit. Er schaute hinein. Die Patientin war 35 Jahre alt und Mutter zweier Kinder. Geschieden. Von Beruf Serviererin. Und Kassenpatientin.

»Frau Kuhlmann«, sagte er, »ich möchte, daß die Frau bis zu ihrer Entlassung auf die Privatstation kommt.«

Die etwas massige Frau Kuhlmann antwortete: »Chef, wir haben nur noch das Appartement frei.«

Das Appartement bestand aus zwei Räumen mit kleinem Flur, Kochnische und Bad, in dem Privatpatienten der ersten Klasse auf Wunsch auch von ihren Angehörigen betreut werden konnten. Doktor Carlssons Vorgänger hatte das so einrichten lassen.

»Nun ja«, meinte der Chefarzt, »unsere Patientin wird wohl nichts dagegen haben.« Darauf wandte er sich an den zweiten Assistenten. »Lieber Montag, ich möchte, daß die Frau in den B-OP gefahren wird und vorerst dort bleibt. Und ich möchte ferner, daß Sie keinen Schritt von ihrer Seite tun und mich über jeden Piepser von ihr unterrichten. Wollen Sie mir das versprechen?«

Sie hatten in ihm so etwas wie einen Helden gesehen bei dem Zwischenfall, aber er hatte sich nicht so gefühlt. Ihre Anerkennung nahm er jedoch an, und sie tat ihm wohl. Der letzte Patient an diesem Vormittag bereitete ihnen keinen Kummer. Sie schafften den Bruch schneller, als es in Schwester Rosis Zeitplan vorgesehen war. Anschließend bat Carlsson das Team auf einen Kaffee in sein Dienstzimmer. Sie schlürften den heißen Kaffee, aber es kam kein richtiges Gespräch auf. Sie waren zu erschöpft. Frau Kuhlmann schenkte noch einmal Kaffee nach, als der Anruf von der Privatstation kam. Die Patientin kehrte ins Bewußtsein zurück. Carlsson und Freders gingen hinüber, und als sie dort eintrafen, schloß Doktor Montag gerade das EKG an. Robert Carlsson trat an das Bett heran. Die Frau hatte die Augen offen, ihr Blick ging zur Zimmerdecke hinauf.

»Frau Nielsen«, rief der Chefarzt mit kräftiger Stimme, »hören Sie mich? Hallo, Frau Nielsen?«

»Ja –!« Es war ein schwacher, langgezogener Ton. Es klang wie ein Ruf aus dichtem Nebel in der Elbniederung.

Carlsson nahm ihren Puls, der leicht über hundert, arhythmisch und flach schlug. Auch die Herztöne zeigten leichte Unregelmäßigkeit.

»An-dre-as –!« Da war die Stimme wieder.

»Schlafen Sie jetzt, Frau Nielsen!«

Der Chefarzt fühlte die Blicke der Assistenzärzte auf sich gerichtet. Plötzlich war diese Patientin aus der Anonymität des Krankenhausbetriebs aufgetaucht und durch den besonderen Vorfall nah an sie herangerückt.

»Sie wird es schaffen!« meinte Doktor Carlsson zuversichtlich. Und dabei wußte er doch von Fällen, in denen Patienten noch nach Tagen abgegangen waren, manche erst nach Monaten und aus scheinbarer Gesundheit heraus.

Carlsson gab dem Assistenten Montag seine Anweisungen. Blutdruck und Puls mußten zunächst alle zehn Minuten gemessen werden, während der Nacht jedoch nur noch stündlich. Der Tropf mußte überwacht werden. Bei irgendwelchen Komplikationen sollten sie ihn verständigen.

Dann fuhr Robert Carlsson nach Hause. Die Panne mit der Frau kam auf das Konto des Anästhesisten, daran gab es keinen Zweifel. Er mußte das Halothan überdosiert haben. Carlsson hatte sich das Narkoseprotokoll angesehen, das wie alles bei ihm gewissenhaft geführt worden war. Nichts Auffälliges darin. Um acht Uhr fünfzehn wurde die Vorspritze mit dem barbiturathaltigen Schlafmittel gegeben und eine halbe Stunde später die Infusion angelegt. Darüber verabreichten sie zehn Minuten später das Trapanal. Zu Beginn der Operation kam zum ersten Mal das muskellähmende Succinyl hinzu. Alle Präparate waren nach Doktor Carlssons bestem Wissen richtig und ihre Dosierungen korrekt gewesen. Die Patientin hatte vor der Operation einen unauffälligen Herz-Kreislauf-Zustand gezeigt. Aber während der Überdruckbeatmung mußte es dann geschehen sein. Der Anästhesist preßte das Gemisch von Luft, Sauerstoff und Narkosegasen von Hand aus dem Atembeutel in die Lungen, und dabei hatte er das Halothan zweifellos überdosiert. Woran lag das? Sollten Spuren des Narkosegases, das die Patientin ausgeatmet hatte, den Anästhesisten betäubt haben? Nicht viel natürlich, gerade so, daß er für Sekunden die Kontrolle über sich verlor? Konnte der Schlauch porös sein? Doktor Carlsson nahm sich vor, das morgen überprüfen zu lassen. Oder lag die Schuld bei Baumert selbst? Hatte er herumgesumpft in der letzten Nacht und war nur einfach unausgeschlafen gewesen? Carlsson hielt es für möglich. Er mochte den Assistenzarzt nicht, einen Burschen von mittlerer, gefälliger Intelligenz, dem alles leichtfiel. Und der überall zu verstehen gab, daß er die Lehrjahre an dem kleinen Krankenhaus als vorübergehendes Übel ansah. Außerdem erinnerte er ihn an Hettie. Im Grunde war es nicht ganz so. Eigentlich wurde er durch den jungen Baumert an die eigene Assistenzzeit in München erinnert. Aber aus der konnte er Hettie eben nicht wegdenken. Hatte er sich damals viel anders verhalten? Nein, natürlich nicht! Wie oft verschwand er an den Nachmittagen aus der Klinik, um mit Hettie an der Isar zu schlendern. Und das schienen ihm in seiner Erinnerung noch die besten Tage gewesen zu sein. Meistens setzte sie nämlich ihren Willen durch, und er mußte in eins dieser lächerlichen Künstlerlokale und mit zweifelhaften Leuten zusammensitzen. Und sich deren Geschwätz anhören. Und dann die Nächte! Wie oft schob er einem Kollegen seinen Dienst zu, um nur keine Nacht mit Hettie zu versäumen. Am nächsten Morgen stand er dann im OP und konnte eine feine chirurgische Pinzette kaum von einer anatomischen unterscheiden. Er fühlte den vorwurfsvollen Blick des Ordinarius auf sich gerichtet. An den konnte er sich nach so vielen Jahren immer noch erinnern. Es schien damals eine ausgemachte Sache zu sein, daß Carlsson seinen Weg unter den Fittichen des alten Professors gehen würde. Diesen steinigen, dornenreichen und nur sehr langsam aufwärts führenden Weg an einer Universitätsklinik. Sie hatten ihre Rechnung ohne Hettie gemacht!

Doktor Robert Carlsson stellte den Wagen nicht in die Garage, als er zu Hause ankam. Er hatte sich überlegt, spät am Abend wieder ins Krankenhaus zu fahren, um sich die Frischoperierte noch einmal anzuschauen. Er hoffte, daß die Frau durchkommen würde. Das tat er nicht nur für sie, sondern ebensosehr für sich selbst.

Robert Carlsson erfuhr durch seine Wirtschafterin von dem Besuch im Haus. Der erste Weg führte ihn immer in die Küche, um diverse Deckel anzuheben und herumzuschnuppern. Und dabei sagte ihm Frau Peters, daß seine Tochter mit einer eleganten jungen Dame gekommen sei. Das konnte eigentlich nur Eva Adams sein. Im selben Moment durchfuhr es Carlsson, daß der Herzstillstand auch neulich hätte geschehen können. An jenem Vormittag, als die Journalistin bei ihm im Operationssaal zuschaute. Er hatte sich gleich nach dieser Selbstdarstellung, wie er es nannte, Vorwürfe gemacht. Bei seiner Arbeit, wo es oft genug um Leben und Tod ging, hatte Publikum nichts zu suchen. Das war Robert Carlssons Überzeugung gewesen. Und dann brauchte nur diese Frau zu kommen, und leichten Herzens änderte er seine Ansichten. Er war enttäuscht von sich.

Er traf auf Christine und den Besuch, als er durch den Barraum zur Schwimmhalle kam. Sie lagen auf dem Rücken im Wasser, und seine Tochter Christine ließ gerade etwas Albernes vom Stapel, worauf sie in prustendes Gelächter ausbrachen. Dann schwamm die Adams unter Wasser in Carlssons Richtung, und direkt vor ihm tauchte sie auf. Als sie die Augen öffnete und ihn sah, stieß sie einen erschrockenen Schrei aus.

»Vorsicht, Robert«, rief Christine. »Wir sind ganz nackig!«

Carlsson antwortete: »Sicher sind eure die ersten nackten Körper, die ich sehe.«

Tinka kraulte durch das Becken und sagte beruhigend: »Schließlich ist er nur Arzt. Für so einen sind das, was anderen Männern die Besinnung raubt, lediglich Fettablagerungen im Gewebe oder eine von Haut überzogene Muskulatur.«

Darauf erwiderte Doktor Carlsson nichts. Er machte kehrt und ging zur Bar hinüber. Die beiden hatten wohl in der Woche, seit sie sich kannten, dicke Freundschaft geschlossen. Und das wunderte Carlsson, denn Tinka war ein scheuer Mensch. Am vergangenen Mittwoch, als die Adams beim Operieren zuschaute, holte ihn Christine aus der Klinik ab, und da lernten sie sich kennen. Sie mußten gleich Gefallen aneinander gefunden haben. Er hatte sich gerade seine Milch eingegossen, als sie, in Bademäntel gehüllt, zu ihm an den Tresen kamen.

»Gibst du Frau Adams einen Schluck zu trinken, Robert?« fragte Christine.

Er schaute kurz zu Eva hin. »Was für einen möchten Sie?«

Sie ließ ihren Blick über die Regale mit den Flaschen gleiten und sah dann Carlsson an. Sie tat es ganz unbefangen. Trotzdem wandte er sich ab, weil ihn die Frau nervös machte und er das vor seiner Tochter nicht zu erkennen geben wollte.

»Einen Wodka hätte ich wohl ganz gern«, sagte sie.

Carlsson öffnete das Kühlfach und holte eine Flasche hervor. Unterdessen hatte sich Christine ein Glas Orangensaft eingeschenkt. Seine Tochter trank nie Alkohol, wenn er dabei war, aber er wußte nicht, wie sie es sonst hielt. Sie sagte: »Ich habe Eva angeboten, sie nach Hamburg mit hineinzunehmen. Sie gehört zu den seltenen Exemplaren, die selbst nicht Auto fahren.«

»Kommen Sie mit der Arbeit zurecht?« fragte Carlsson in Evas Richtung.

»Danke gut!«

»Und wie lange benötigen Sie noch für Ihren Bericht?«

»Das klingt, als ob Sie mich schnell los sein möchten.«

»Nein... nein, das mißverstehen Sie!« Und das meinte er so, denn los sein wollte er sie wirklich nicht.

»Ich denke, es dauert nicht mehr lange. Aber bevor ich aus Ihrem Blickfeld verschwinde, würde ich Ihnen den Report gern vorlegen. Ich möchte über Ihr Haus nichts schreiben, das Sie nicht gutheißen könnten.«

»Hm –!« brummte er. Sie sahen sich an, und er spürte in ihren Augen die Einladung zu dem hübschen Spiel, das sie nun schon oft gespielt hatten. Aber ihm war nicht zumute danach. Sie schwiegen eine Weile, dann fragte Christine: »Ist was los, Papa?«

Er schüttelte den Kopf, aber er wußte, daß er ihr nichts vormachen konnte. Sie schaute ihn prüfend an, dann zog sie seinen Arm zu sich hinüber, sah auf die Uhr am Gelenk. »Wir vertrödeln unsere Zeit«, meinte sie. »Wir müssen nach Hamburg rein, Vater, das mußt du schon entschuldigen. Aber wir sagen dir noch tschüs.«

Es dauerte kaum zehn Minuten, bis Christine zurückkehrte. Während der Zeit hatte sich Carlsson nicht vom Fleck gerührt, er stand immer noch über den Tresen gebeugt und hatte die Hände um das Glas mit der Milch gelegt.

»Was ist los, Vater?«

Er schüttelte den Kopf. »Nichts!«

»Komm, komm, Papa!« Sie blickte ihn aus großen Augen an. »Bist du böse, daß ich Eva mit ins Haus gebracht habe?«

»Aber ich bitte dich, Tinka!«

»Was ist es dann? Ich will es wissen?«

Er kam mit langsamen, müden Schritten um den Tresen herum und blieb dicht vor ihr stehen.

»Etwas im Krankenhaus?« fragte sie.

Er nickte.

»Im OP? Ein... Exitus?«

»Fast!«

»Fast? Was heißt das – fast?«

»Ein Herzstillstand eben. Intraoperativ, vorübergehend. Ein Narkosezwischenfall.«

»Du hast ihn zurückgeholt?«

Er nickte. »Sie –! Es war ein Frauenbauch.«

»Und?«

»Sie wird schon durchkommen.« Plötzlich schien er nicht mehr so überzeugt zu sein wie vorhin in Gegenwart seiner jüngeren Kollegen.

Christine sagte mit leiser, beruhigender Stimme. »Die Eva soll mal mit dem Zug nach Hamburg dampfen. Ich bleibe heute abend bei dir!«

Er erwiderte: »Ich möchte lieber allein sein, Tinka! Außerdem fahre ich später noch einmal in die Klinik, und vielleicht übernachte ich auch dort.« Und nach einer Pause, beinahe stöhnend: »Ich will nicht, daß sie stirbt.«

Sie küßte ihn auf die Wange und ging davon. Ganz hinten, wo der Wohntrakt den Knick nach links machte, blieb sie stehen. »Rufst du mich noch an?«

»Wenn du willst.«

»Ja, ich möchte gern wissen, wie es deiner Patientin dann geht. Vielleicht gegen zwölf? Ich richte mich darauf ein! Tschüs, Vater!«

Damit ging sie.

Wenn die Frau von heute vormittag starb, müßte er die Verantwortung übernehmen. Auch wenn der Tod erst diese Nacht oder morgen oder gar erst in einer Woche oder noch später eintreten sollte. Er würde immer ausgelöst sein durch den Narkosezwischenfall, und er, Doktor Robert Carlsson, hatte die Operation geleitet.

Frau Nielsen wäre eine der wenigen Toten auf seinem Tisch. Jedesmal brauchte er lange Zeit, um einen solchen Vorfall zu verdrängen. Nachts, wenn er nicht schlafen konnte, sah er die Gesichter der Toten vor sich, sie starrten ihn an. Er erinnerte sich an jeden einzelnen Fall. Bis hin zu dem ersten! An den erinnerte er sich besonders, und dessen Gesicht lag auf Abruf bereit in seinem Gedächtnis, vor allem an einem Tag wie diesem. Es war ein junger Mann gewesen, ein Verkehrsunfall mitten in der Nacht, gegen drei Uhr. Eine Milzruptur. Damals noch in Grafingen. Wirklich, er hat kaum Erinnerungen an das Nest, aber diesen Weg durch die nächtlichen Straßen der Stadt sieht er vor sich, wann immer er will. Der ist in ihm wie eingebrannt. Aus der Marktstraße, in der seine Wohnung lag, einer Einbahnstraße, fuhr er in die verbotene Richtung. Das kürzte den Weg ab. Er mußte links die ansteigende Gasse hinauf. Es folgte ein Gewirr weiterer Straßen, die zum Ludwigsplatz hinführten. Von da ab kam Neubaugegend und ganz am Stadtrand das moderne Krankenhaus.

Den verunglückten Friedo Moosler sah er zuerst in der Anästhesie. Dort lag er auf einer fahrbaren Trage, und sie hatten ihn seit einer Weile am Tropf. Er untersuchte ihn flüchtig und merkte, daß der Junge sehr weit weggetreten war. Er stand unter Schock. Carlsson erinnerte sich auch daran, wie sie ihn von Anfang an beobachteten. Wilma Schneider, die ihn mochte, schaute besorgter auf ihn als auf den Patienten. Und dann die Blicke von Assistenzarzt Benzinger durch das Spähfenster hindurch. Ja, er erinnerte sich genau.

Darauf die Minuten, die er allein in seinem Zimmer zubrachte und in dem er sich für die Operation umkleidete. Und dann der Eingriff selbst! Und der Tod – der Exitus in tabula! O ja, nichts von dem würde er vergessen. Es war der erste Tod auf seinem Tisch. Herbeigeführt durch Fahrlässigkeit. Durch seine eigene Fahrlässigkeit!

8
Niederschrift nach vorliegender Tonkassette
G 5/MR 5 T/14-4-78, 12.4.78, 16 Uhr 20
(Das Abhörgerät wurde in Christine Carlssons Wagen angebracht)
Christine:... das macht mich eben so sicher, kannst du das verstehen? Ich weiß auch, daß mir während des Studiums oder später nichts zustoßen kann. Und einfach nur deswegen, weil er mein Vater ist... Ja, das ist es, was mich rundherum glücklich

macht... Wenn er eine Entscheidung trifft, kannst du dich darauf verlassen, daß sie richtig ist... Und sie wird immer ehrenhaft sein...

MR: Gib her! Wenn du willst, zünde ich sie dir an.
Christine: Wäre nett... Du rauchst überhaupt nicht?
MR: Schon über ein Jahr.
Christine: Ich wünschte, ich könnte auch aufhören.
MR: Aber du hast ja noch gar nicht richtig angefangen.
Christine: Höhö... alte Frau!
MR: Ja, leider!
Christine: Eines Tages werd' ich Mutter zu dir sagen...
MR: Meinst du?
Christine: Daran... nein, daran habe ich eben wirklich nicht gedacht... Obwohl... nein, er ist zu alt für dich. Wie alt bist du denn eigentlich?
MR: Sechsunddreißig.
Christine: Und er... Also, das ist die Höhe! Ich weiß doch nicht genau, wie alt mein Vater ist. Bald fünfzig, denke ich. Das ist sehr alt, nicht wahr?
MR: Für mich schon nicht mehr.
Christine: Also schön, ich werde euch verkuppeln... Du bist doch nicht verheiratet?
MR: Nein.
Christine: Nie?
MR: Nein.
Christine: Komisch – eine Frau wie du! Die so aussieht... und... eben so unheimlich gut ist.
MR: Kommt Nebel auf, wie?
Christine: Wir gehen gleich weg vom Fluß in Richtung Elmshorn, und dann hört das auf.
MR: Wie lange brauchst du bis Hamburg?
Christine: So was wie 'ne Stunde. Die rushhours sind vorüber, wenn wir in die Stadt kommen, und dann geht das alles viel schneller.

Christine: Obwohl... eigentlich müßte ich dir abraten.

MR: Von was?

Christine: Von einem Mediziner! Wenn die ihren Beruf ernst nehmen, gibt es kaum ein Privatleben. Heute nacht zum Beispiel wird er sich nicht vom Bett der Frau wegrühren. Er wird einfach nicht zulassen, daß sie ihm unter den Händen stirbt.

MR: Aber das ist doch wunderbar.

Christine: Ja, schon! Aber eben anstrengend.

MR: Du hast mir neulich gesagt, daß er sich viel Zeit gelassen hat für dich.

Christine: Du gibst nicht schnell auf, was?

MR: Ich kann hartnäckig sein.

Christine: Vielleicht mögen wir uns deshalb. Ich glaube, wir sind uns ähnlich.

Christine: Ja, es stimmt schon, für mich hat er immer Zeit gehabt. Und nicht nur im Urlaub. Und die... diese Ferien waren immer einfach phantastisch. Bist du schon einmal im Wohnwagen durch Schweden gefahren?

MR: Nein.

Christine: Oder im Kajütboot über Irlands Flüsse gegondelt?

MR: Auch nicht.

Christine: Siehst du! So ein Vater ist das! Oder über ein Wochenende nach Florenz. Oder Paris. Die Bildungssonnabende nannte er es.

MR: Louvre und so?

Christine: Ja.

MR: War das nicht langweilig?

Christine: Nicht mit Robert! Und außerdem, abends ging es ins Olympia...

MR: An deine Mutter erinnerst du dich nicht?

Christine: Nein.

MR: Hast sie nie vermißt?

Christine: Eine Frau, die ihr kleines Kind im Stich läßt, ich bitte dich!

Christine: Ich weiß nicht einmal, wie sie aussieht... oder aussah, denn vielleicht ist sie tot, nicht wahr? Es wird nicht gesprochen von ihr... Als ich sechzehn war oder siebzehn, habe ich in Roberts Sachen gestöbert. Es scheint nicht einmal ein Foto von ihr zu existieren. Ich weiß nur, daß ihr Haar so rot gewesen ist wie deins, da hat Robert sich mal verplappert.

MR: Aber es muß doch Leute in der Stadt geben, die sie noch kannten.

Christine: Wir leben noch nicht lange in Duselburg.

MR: Und davor?

Christine: Lübeck. Merkwürdigerweise setzen meine Erinnerungen spät ein. Erst mit dem Schulanfang, und das war in Lübeck. Und davor? Ich weiß eigentlich nur, daß Robert in München studiert hat. Da hat er auch promoviert an der Universitätsklinik. Seine Arbeit ging über so etwas Bedeutendes wie den fünften Lendenwirbel, glaub' ich. Und ich selbst? Ich soll ein paar Jahre in einem konfessionell geführten Kinderheim gelebt haben. In der Schweiz. Ich müßte mich doch erinnern, nicht wahr? An Schwestern mit Nonnenhauben. An hohe Berge. Ist nicht! In meiner Erinnerung gibt es mich erst ab Lübeck.

MR: Eigenartig.

Christine: Robert sagt, das sei ganz natürlich. Bei manchen Leuten setze es früher ein, bei anderen später.

MR: Das Erinnerungsvermögen?

Christine: Ja.

———

MR: Kommen wir über Eimsbüttel in die Stadt?

Christine: Ja.

MR: Vielleicht kannst du mich Osterstraße absetzen? Oder auch Emilienstraße?

Christine: Ich fahr' dich gern nach Haus.

MR: Ist nicht nötig.

Christine: Aber ich tu's gern! Wo wohnst du eigentlich?

MR: Mit der U-Bahn hab' ich es wirklich bequem.

———

MR: Und all die Jahre lebt ihr zusammen?

Christine: Ja.

MR: Und er hat nie wieder geheiratet?
Christine: Nein.
MR: Das hat er deinetwegen nicht getan.
Christine: Ich weiß!

Christine: Und das macht das alles so schwer, nicht wahr? Seit ein paar Monaten kenne ich da so'n Jungen, auch Student. Wir sehen uns, können unheimlich gut miteinander reden, schlafen auch zusammen. Vielleicht ist es die große Liebe, nicht wahr?
MR: Was heißt – vielleicht?
Christine: Vielleicht heißt, daß ich es nicht genau weiß.
MR: Wenn du es nicht genau weißt, ist es nicht die große Liebe.
Christine: Na schön! Und trotzdem trau' ich mich nicht, mit Robert darüber zu sprechen. Was soll das erst werden, wenn es mich wirklich mal erwischt?
MR: Er wird Theater machen. Er wird dich nicht hergeben wollen.
Christine: Also, das ist... du... du kennst ihn überhaupt nicht!
MR: Beiß mich nicht gleich!
Christine: Entschuldige... aber ich kann es nicht ausstehen, wenn man Robert falsch einschätzt... Weißt du, daß er mir die Wohnung in der Alten Rabenstraße gegen meinen Willen eingerichtet hat? Ich wollte sie nicht. Aber er hat darauf bestanden. Und dabei hockt er die Abende in dem großen Haus und wartet auf mich. Ich weiß das ganz genau. Wenn ich dann komme, freut er sich wie ein Kind. Und trotzdem werde ich ihm eines Tages weh tun müssen. Ich will es gar nicht, wirklich nicht, aber so wird es sich abspielen. Ist das nicht schrecklich, Eva? Warum können die Dinge nicht so bleiben, wie sie sind...

Doktor Robert Carlsson blickte auf den Kassettenrecorder, den er an dieser Stelle ausgeschaltet hatte. Saß er schon lange so, den Oberkörper nach vorn geneigt und die Ellenbogen auf den Knien aufgestützt? Er wußte es nicht. Waren es Stunden?

Nur Minuten? Er hatte keine Ahnung. Er starrte auf die Kassette mit der Stimme seiner Tochter und überlegte, ob er das Band zurücklaufen lassen und sich das Gespräch noch einmal anhören sollte. Aber er unterließ es. Er erinnerte sich an jede Passage, er hatte sogar ihren wechselnden Tonfall im Ohr.

Robert Carlsson war bestürzt. Und empört über die Schamlosigkeit, mit der dieses Gespräch aufgezeichnet worden war. Die anderen Bänder hatte er so hingenommen. Auch dort, wo es direkt um seine Person ging, fühlte er sich nicht berührt. Aber hier betraf es seine Tochter, ein kleines, im eigentlichen Sinne noch unschuldiges Mädchen! Er mußte sie schützen! Was in den nächsten Stunden in diesem Haus vor sich gehen mochte, es würde nur eines zum Ziel haben: seine Tochter aus allem herauszuhalten.

Die Leiche hatte zu verschwinden! Er hob den Blick und schaute auf die Tür, hinter der sie lag. Die Uhr zeigte sicherlich bald neun, und er saß untätig herum. Dabei mußte er sich beeilen, wenn er alles in dieser Nacht hinter sich bringen wollte. Er mußte endlich anfangen!

Aber er saß unverändert und stierte die Tür an. Dann wanderte sein Blick auf die Uhr am Handgelenk. Es war bereits zwölf Minuten nach neun! Schließlich stand er schwerfällig auf, trat an die Tür heran, schob die Hälften auseinander. Er machte innen Licht. Die Klimaanlage hatte den Raum stark ausgekühlt. Langsam ging er zu ihr hinüber, schaute hinab auf sie. Dann berührte er mit den Fingerspitzen die Bauchpartie unterhalb des Nabels. Trotz der niedrigen Temperatur im Raum begann der Körper steif zu werden. Nun war sie ihm ganz fremd geworden. Sie mußte sich sehr weit entfernt haben, Lichtjahre weit. Wenn da irgend etwas von ihr geblieben war, so befand es sich an einem Ort, von dem er keine Ahnung hatte. In diesem Raum und in diesem Körper steckte nichts mehr. Das sah er deutlich. Also konnte er doch beginnen mit der Scheußlichkeit, die er tun wollte. Aber er zögerte. Die Maske ihres Gesichts wirkte unnahbar und hochmütig, nicht sehr angenehm. Unverändert war eigentlich nur das Haar geblieben, dieses wunderschöne rote Haar.

»Verdammte Scheiße!« sagte plötzlich jemand in seiner Nähe.

Doktor Robert Carlsson erstarrte vor Schreck. Er wagte sich nicht zu rühren, nicht hinter sich zu blicken, und es dauerte eine Weile, bis er begriff, daß er seine eigene Stimme gehört hatte. Als er ihrem Klang nachlauschte, in der Stille des Zimmers, begann er sich vor der Leiche zu fürchten. Sein Verstand sagte ihm, daß er das nicht brauchte, weil er sich sein Leben lang mit dem Tode abgegeben hatte. Sagte ihm sein Verstand. Aber er verlor alle Gewalt über sich, zitterte nun am ganzen Körper. Das schien eine Ewigkeit zu dauern. Dann konnte er endlich ein paar Schritte machen, merkwürdigerweise rückwärts. Den Blick hielt er starr auf die Leiche gerichtet. Schließlich gelang es ihm, sich umzudrehen. Und mit langen Sätzen floh er aus dem Raum hinaus.

Erst als er die Türhälften hinter sich zugeschoben hatte, beruhigte er sich langsam. Sein Blick wanderte zu dem Tisch mit den Video- und Tonkassetten. Daneben sah er die leeren Zigarettenschachteln. Er trat an seinen Schreibtisch und nahm ein neues Päckchen aus der Schublade. Als er es aufriß und sich eine Zigarette anzündete, stellte er fest, daß seine Hände noch immer zitterten. Seine Chirurgenhände, die berühmt waren für ihre Ruhe und Sicherheit.

Er machte einige Züge, während er am Schreibtisch lehnte. Und dabei fiel ihm die Wanze ein, die er dort vor ein paar Tagen entdeckte. O ja, auch ihn hatten sie abgehört! Er fand das Ding zufällig oder auch, wenn man so wollte, dank seinem peniblen Ordnungssinn, den manche Leute für krankhaft hielten. Aber der hatte sich während vieler Berufsjahre zwangsläufig entwickelt. Die Gegenstände hatten an ihrem Platz zu sein. Darauf mußte er sich bei seiner Arbeit verlassen können. Und so sah er eines Tages, als er am Schreibtisch saß, daß der Beistelltisch mit der Schreibmaschine darauf verrückt war. Also schob er die Möbel beiseite und stieß auf die Wanze. Oder das elektronische Abhörgerät, wie es auch hieß. Er fand jedoch das Schimpfwort treffender, denn wie Ungeziefer kam es und drang in die Intimsphäre der Menschen ein.

»Wir werden ein Kind haben, Rollo!«

Sie sagte es nach einem langen Schweigen. Sie lagen im Gras des Isarufers und schauten den ziehenden Wolken nach. Einer der wenigen schönen Tage in diesem Herbst, ganz mild und warm. Sie waren in die Gegend von Grünwald gefahren, hatten das Auto am Forsthaus stehenlassen und waren durch den Wald zum Fluß gegangen. Eigentlich hätte er den Nachmittag in der Klinik bleiben müssen, aber er konnte sich davonstehlen. Und es sollte auch nicht nach Schwabing gehen zu ihren Klugscheißern aus der Künstlerszene, nein, sie wollte hinaus an die Isar.

Als er ihre Worte hörte, glaubte er plötzlich in einer Filmkulisse zu sein. Das hohe Gras und die Nähe des Flusses und die ziehenden Wolken, das alles verlor auf einmal viel von seiner Unmittelbarkeit. Und als nächstes dachte er, daß sie die Kulisse und sogar die lange Pause, nach der sie diesen Satz sprach, genau berechnet hatte.

Sie fuhr fort: »Wie schön wäre es, wenn wir ihn Sebastian nennen würden! Natürlich nur mit deinem Einverständnis, Rollo. Aber ich denke mir, da die Frauen neun Monate lang die Bälger in sich beherbergen müssen, sollten sie wenigstens den Namen aussuchen dürfen. Und ich finde Sebastian sehr schön! Und du, Rollo, was meinst du?«

Er konnte nicht antworten, es gelang ihm nicht einmal, sich aus seiner Stellung zu rühren. Er lag flach auf dem Rücken, starrte zum Himmel und sah den Wolken nach. Film, dachte er, das ist nicht wirklich, das ist eine Szene aus einem dieser blöden, modernen Filme! Noch gestern hatte ihn sein Professor, sein Mentor und ein bißchen so etwas wie sein geistiger Vater, beiseite genommen und ihm zu verstehen gegeben, daß es so nicht weiterginge. Er müsse konzentrierter arbeiten, wenn er in absehbarer Zeit eine Lehrtätigkeit ausüben wollte. Auch er hatte ein paar Dinge im Hinterkopf gehabt, als er diesen Nachmittag mit Hettie an die Isar hinausfuhr. Er wollte darüber reden, wie sie von den gemeinsamen Stunden etwas abknapsen konnten. Nun war sie ihm wieder mal zuvorgekommen.

»Du sagst ja gar nichts, Rollo«, hörte er sie.

»In welchem Monat bist du?« fragte er schließlich.

»Im vierten!«

Aus, dachte er! Da war nichts mehr zu machen, da mußte sie es austragen. Einen Moment lang überlegte er, ob sie das berechnet hatte. Er spürte, wie ihm der Kragen am Hals zu eng wurde, er mußte den Hemdenknopf öffnen. Noch immer lag er platt auf dem Rücken. Hingestreckt von dieser Nachricht, dachte er. Dann sah er ihr Gesicht über sich erscheinen.

Sie sagte: »Da mache ich dir nun so eine schöne Mitteilung, und du? Statt mich in die Arme zu nehmen, willst du wissen, in welchem Monat ich bin.«

»Aber es ist doch eine natürliche Frage, nicht wahr?« Und zaghaft hinzusetzend: »Für einen Mediziner!«

»Also noch einmal, Rollo: Ich bin im vierten Monat! Du weißt ja, daß meine Mensis nie regelmäßig kam. Aber gestern bin ich dann zum Arzt gegangen.«

Sie sah ihn an, abwartend, wie er reagieren würde. Der Ausdruck auf ihrem Gesicht wirkte in Augenblicken wie diesem unnahbar und kühl. Ein wenig hochmütig. Er nannte es das Senatorentochtergesicht. Sie stammten beide aus dem Norden, aus Hamburg, und sie kam aus einer angesehenen Familie von Barkassenreedern. Aufgewachsen war sie an Hamburgs »Schöner Aussicht«, nobler ging's wirklich nicht, und manchmal lag diese Art von Noblesse auch auf ihrem Gesicht. In solchen Augenblicken liebte er sie nicht besonders.

Aber er lächelte tapfer. »Es wird vielleicht nicht ganz einfach werden, Hettie, was meinst du?«

Auch sie lächelte, und die beiden Grübchen löschten die Senatorentochter von ihrem Gesicht. »Ach, Rollo«, sagte sie, »die nächsten Jahre werden die schönsten in unserem Leben werden. Ich sehe es schon vor mir, wie ich mit dem Jungen spiele. Wie ich ihn spazierenfahre. Ich werde ihm eine aufmerksame Mutter sein, das verspreche ich dir!«

»Ich meinte es etwas anders. Du darfst nicht vergessen, daß ein Assistentengehalt nicht hoch ist, besondere Sprünge kann man da nicht machen.«

»Ich weiß, Rollo!«

»Von deiner Familie möchte ich keine Hilfe annehmen.«

»Aber ich kenne dich doch, Rollo!«

»Es wird noch Jahre dauern bis zur Professur.«

»Ich gehe mit dir durch dick und dünn! Wenn ich dich nur habe und den Jungen.«

»Und wenn es ein Mädchen wird?«

Sie zögerte nur einen Moment, dann erwiderte sie überzeugt: »Mein erstes Kind wird ein Junge, Rollo! Glaub mir, als Mutter weiß man das!«

Er war nicht sicher, ob er weinen oder lachen sollte über diesen Blödsinn. Er liebte sie, trotz oder gerade wegen ihrer Verspieltheit, die er damals noch für den Ausdruck kindlicher Naivität hielt. Er wollte sie ja heiraten. Natürlich hätte er gern gewartet, bis er ein Stück weiter war im Beruf, aber wenn sie schon ein Kind kriegte, konnte es ebensogut gleich sein. Er entschloß sich zu einer Art von Unbekümmertheit, die eigentlich nicht in seiner Natur lag. Vielleicht raffte er sich auch nur dazu auf, weil er einen anderen Weg nicht sah. Und so meinte er leichthin: »Wir werden natürlich heiraten!«

»Oh, Rollo«, seufzte sie, »ich habe gewußt, daß du das sagen würdest.« In ihren Augen schimmerten Tränen, während sie sich langsam ins Gras zurücksinken ließ.

Nun setzte er sich auf und las in ihren Augen die Aufforderung. Ganz plötzlich packte ihn Gier. Er wußte selbst nicht, wie es geschah. Mit Liebe hatte das wenig zu tun. Nichts von Zuneigung und Wärme, nichts von Zärtlichkeit. Es war etwas von einem brennenden, heißen und quälenden Durst. Mit beiden Händen griff er in ihr rotes Haar, das er am meisten liebte an ihr. Und dann warf er sich über sie.

Im Gegensatz zu seiner Tochter Christine hatte Robert Carlsson keine Gedächtnislücken. Die Szene an der Isar in der Nähe von Grünwald lag über zwanzig Jahre zurück, aber er innerte sich an jede Einzelheit.

Carlsson hatte die Zigarette am Schreibtisch aufgeraucht, und darüber war er schließlich zur Ruhe gekommen. Nach einem letzten Blick auf die Tür, hinter der die Leiche lag, verließ er das Zimmer, ging über die Diele zum Haus hinaus. Er schob die scheußliche Arbeit, die er tun mußte, vor sich her. Er dachte, daß er noch die ganze Nacht vor sich habe. Draußen war es dunkel geworden. Er schaltete die Gartenbeleuchtung nicht ein, er fand seinen Weg über den hellen Kies auch so. Die frische Luft tat gut, und er zündete sich auch keine weitere Zigarette an. Als er zur Gartenpforte kam, sah er in einiger Entfernung das fremde Auto stehen. Es parkte unter einer Laterne in Richtung Borsflether Weg. Carlssons Haus lag abseits am Ortsrand, das einzige Gebäude in einer Sackgasse, umgeben von Feldern und Weiden. Die nächsten bebauten Grundstücke befanden sich erst eine Straße weiter. Ein Auto, das hier um diese Zeit parkte, war ungewöhnlich. Er ging vom Kiesweg herunter und schlich an der Thujahecke entlang auf das Fahrzeug zu. Das Gras hätte längst geschnitten werden müssen, er spürte, wie seine Knöchel naß wurden. Als er etwa dreißig Schritte gemacht hatte, blieb er stehen und bog die Zweige auseinander. Er war bis zu dem Wagen gekommen. Licht brannte nicht darin, aber in bestimmten Abständen sah er einen rotglühenden Punkt aufleuchten. Jemand saß in dem Auto und rauchte. Und wartete! Wartete darauf, was der Arzt beginnen würde. Und dann?

Robert Carlsson fühlte, daß er in der Falle saß. Durch seine Schuld übrigens, denn er hätte an jenem Nachmittag, als Kruger in die Sprechstunde kam, ihre Fronten klar abstecken müssen. Gleich zu Beginn! Aber war er dazu überhaupt noch fähig? Lagen die Gründe für seine Erpreßbarkeit nicht lange zurück? Viele Jahre zurück, in einer Vergangenheit, die er lieber im dunkeln gelassen hätte?

Seine Hochzeit mit Hettie fand noch im Herbst jenes Jahres statt, irgendwann Ende Oktober, rund vier Wochen nach ihrem Gespräch an der Isar. Es wurde eine hübsche, lustige Hochzeit. Das lag daran, weil viele junge Ärzte und eine Menge Kommilitonen daran teilnahmen. Von Hetties Verwandtschaft ließ sich übrigens niemand blicken.

Die Braut sah im weißen Hochzeitskleid reizend aus, und vor dem Fotografen verstand sie es, den Schleier so zu drapieren, daß man nichts von der Schwangerschaft sah. Immerhin war sie damals im fünften Monat.

Viele der Hochzeitsgäste zogen mit zum Standesamt und füllten hinter ihnen die Bänke. Und da kam es gleich am Anfang zu einer heiteren Szene. Als seine Personalien verlesen wurden, hörte die ergriffene Gemeinde, daß er außer seinem Rufnamen noch drei weitere führte, nämlich August Emil Heinrich! Das war zuviel! Die Stimme des Standesbeamten wurde zugedeckt vom brüllenden Gelächter der jungen Leute. Hettie sah zunächst pikiert ihren Mann an – nein, genaugenommen war er es zu diesem Zeitpunkt noch gar nicht, jedenfalls schaute sie ihn von der Seite an, als ginge etwas Anrüchiges von ihm aus, als müsse sie überlegen, ob sie einen August Emil Heinrich ihr Ja-Wort geben könne.

Darauf wurden die Personalien der Braut verlesen, und da erfuhr der staunende Bräutigam seinerseits, daß Hettie in Bad Schwartau geboren wurde. Bad Schwartau bei Lübeck! Nun war gegen dieses Städtchen nichts zu sagen; außerdem beherbergte es jene Marmeladenwerke, deren Erzeugnisse im gesamten Land gerühmt wurden. Aber mit Hamburg ließ sich das Nest nicht vergleichen. Und Hettie hatte, solange er sie kannte, darauf bestanden, aus der Hansestadt zu kommen, dazu noch aus der Nobelgegend »Schöne Aussicht«. Als er es richtig verdaut hatte, begann er zu lachen, und natürlich stimmte die Gemeinde hinter ihm bereitwillig wieder mit ein, und so gaben sie sich das »Ja« unter schluchzender Heiterkeit.

Spät in der Nacht, als sie in seinem Junggesellenappartement anlangten, brachte er die Rede darauf.

»Gut, daß du noch einmal davon anfängst, Rollo!« erklärte sie. »Ich hätte es nicht getan, aber nun laß dir sagen, daß du dich unmöglich benommen hast. Und das in einem Moment, in dem anderen Leuten die Knie zittern!«

»Na, hör mal«, verteidigte er sich, »du brüstest dich seit zwei Jahren, daß du an der ›Schönen Aussicht‹ zur Welt gekommen bist, sozusagen mit einem goldenen Löffel im Munde, und dann höre ich, du stammst aus dem Städtchen Schwartau.«

Sie stand hochaufgerichtet vor ihm, noch in ihrem Hochzeitskleid, noch mit dem Schleier im hochgesteckten Haar, das ein bißchen so wirkte, als trüge sie eine Krone. Carlsson musterte sie, und er fand, sie sah verteufelt gut aus.

Es war nicht ohne Würde, wie sie fragte: »Was hast du gegen Bad Schwartau?«

Er zuckte die Achseln. »Nichts, Hettie, überhaupt nichts, ich kenne das Nest ja gar nicht.« Er wollte das Gespräch nicht mehr, es war ihm zu albern. Er wollte nur noch ins Bett, und zwar mit ihr!

Sie holte jedoch zu einer weitschweifigen Erklärung aus: »Mein Großvater war jener Lorenz von Brinckmann, der im Jahre neunzehnhundertzwölf beinahe aus der Bürgerschaft als Senator hervorgegangen wäre. So kann ich schon sagen, Rollo, daß ich aus Hamburg stamme, findest du nicht auch? Neunzehnhundertsechzehn wurde Opa Kommerzienrat. Und er war ein großer Patriot! Er hat sein Geld, fast all sein Geld, in Kriegsanleihen gezeichnet. Den Rest verlor er in der Inflation, und so wurde die Familie schließlich arm.«

Rollo dachte, daß Opa ein ausgemachter Idiot gewesen sein mußte, wenn er all sein Geld in Wilhelms hoffnungslosen Krieg gesteckt hatte. Aber er wollte nicht darüber diskutieren, schon gar nicht in seiner Hochzeitsnacht. Er streckte die Hände aus nach ihr, sagte: »Komm her, Hettie, laß die Geschichten von Opa und Oma, jetzt sind wir an der Reihe!«

Sie wich einen Schritt zurück. »Nein, Rolle, nun haben wir das Gespräch einmal angefangen, und da sollst du auch wissen, woher ich stamme. Vater studierte gerade während der schrecklichen Inflation. Aber Freunde von Opa halfen, und so konnte er sein Studium beenden. Wiederum Freunde von Opa vermittelten ihn nach Bad Schwartau, wo er eine Landarztpraxis übernahm. Er heiratete die Tochter – meine Mutter. Neunzehnhundertvierundvierzig – also kurz vor Ende des zweiten Krieges – wurde er noch eingezogen. Und er fiel einen Monat später in Ostpreußen. Meine Mutter hat gleich nach dem Krieg wieder geheiratet, und sie hat sich – leider muß ich das von meiner Mutter sagen: sie hat sich wenig um mich gekümmert. So, Rollo, nun weißt du alles von mir!«

»Und dieser Barkassenreeder?« fragte er. »Ich habe doch immer geglaubt...«

»Dieser Barkassenreeder ist mein Onkel, Rollo!«

Sie sah ihn aus großen Augen unbefangen an. Dann nahm sie mit einer geschickten Bewegung den Schleier ab und ließ ihn hinter sich zu Boden gleiten. Mit einer zweiten, ebenso geschickten Bewegung löste sie die Klemmen in ihrem roten Haar, das sich darauf wie eine Flutwelle über Nacken und Schultern ergoß.

Plötzlich war sein Mund ausgetrocknet, er hätte gern einen Schluck getrunken. Aber er rührte sich nicht von der Stelle, wollte es auch nicht. Ihn interessierte Hamburgs »Schöne Aussicht« nicht mehr. Jene, die sie ihm zu bieten hatte, reichte vollauf. Mit einer weiteren Bewegung hatte sie den Reißverschluß an der Rückenpartie des Hochzeitskleides gelöst. Darauf machte sie etwas Schlangenartiges mit Schultern und Hüften, und das Kleid glitt an ihr herunter. Die Korsage war in das Kleid eingearbeitet, und so trug sie jetzt nur noch den BH und den Slip und darüber die Andeutung eines Halters mit den Strapsen. Damals trug man noch Strapse. Alle diese Dinge waren von weißer Farbe. Auch die Schuhe mit den hohen Pfennigabsätzen waren aus weißem Leder. Sie stand noch immer hochaufgerichtet vor ihm und ließ ihn nicht aus den Augen. Es war das raffinierteste Striptease, das er je gesehen hatte. Vielleicht deshalb so raffiniert, weil man im Grunde nicht recht wußte, ob es überhaupt eines sein sollte.

Dann sagte sie: »Nun kannst du kommen, Rollo!«

Und als er sich nicht rührte, sich gar nicht fortbewegen konnte, begann sie zu lächeln. Dabei erschien das kleine Grübchen in ihrer Wange, rechts von ihrem Mund, das dem Gesicht den I-Punkt gab und ihn restlos auslieferte an sie.

Sie schloß mit leicht rauher Stimme: »Was ist dir, kleiner Rollo? Nun komm doch... komm schon... komm!«

Rollo hat niemals mit jemandem aus Hetties Familie Bekanntschaft machen können, weder mit der Mutter noch mit dem sagenhaften Barkassenreeder von der »Schönen Aussicht«. Später lernte Rollo seine junge Frau ja genauer kennen, und da hielt er es für möglich, daß sie die Lebensgeschichte des Lorenz von Brinckmann, der sein Vermögen dem deutschen Kaiser hingab und den Rest in der Inflation verlor, vielleicht nur in einem schwülstigen Liebesroman gelesen hatte. Wirklich, es klang doch danach! Und von allen Dingen, die er ihr später zutraute, schien ihm, daß man die Aneignung einer derartig gestelzten Lebensgeschichte noch zu den angenehmen und liebenswürdigen Zügen ihres Charakters rechnen könnte. Andererseits sagte er sich, selbst Hettie hatte nicht einfach dieses kleine »von« vor ihren Mädchennamen zaubern können. Also mußte schon irgend etwas dran gewesen sein an jenem Lorenz von Brinckmann. Und er wußte auch, daß besonders in Kriegszeiten, als es nämlich solche Anleihen zu zeichnen galt, der Dienstbotenadel wie sauer Bier gehandelt wurde. Etwa so, wie man heutzutage Orden und Ehrenzeichen unter das Volk wirft, um sich der Ergebenheit der Bürger zu versichern.

Hettie brach ihr Medizinstudium gleich nach der Eheschließung ab, also mitten im Semester. Rollo wußte damals noch nicht, daß sie es überhaupt nur aufgenommen hatte, um aus Bad Schwartau herauszukommen und sich auf die Art einen Mann zu fischen. Und ihr Rollo war eben unter den Assistenzärzten einer mit hohem Kurswert, einer, von dem man sagte, er habe eine Karriere vor sich. Die Beendigung des Studiums begründete Hettie mit der bevorstehenden Ankunft ihres Sohnes Sebastian. Darauf wollte sie sich nun mit ganzer Kraft, mit ganzer Seele vorbereiten.

Sie waren inzwischen in eine größere Wohnung an der Theresienwiese umgezogen, deren Miete einen ziemlichen Happen von seinem Assistentengehalt abbiß. Er arbeitete konzentriert, sehr zur Freude seines Mentors. Nur selten kam er nach Hause, und wenn er es tat, traf er auch dann Hettie kaum an. Sie war immer unterwegs. Bei Freundinnen. Zu Diskussionen und Meetings. Auch schon mal auf Protestdemonstrationen.

Einmal, als Rollo frühmorgens nach einem Nachtdienst heimkehrte, fand er zwei Afrikaner in seiner Küche vor. Sie saßen sich am Tisch, der unter dem Fenster stand, gegenüber und hielten Kaffeetassen in der Hand. Rollo wußte nicht, was von tieferem Schwarz war, ihre Gesichtshaut oder das Gebräu in den Tassen. Sie beachteten ihn nicht, erwiderten auch nicht seinen Morgengruß. Irgendwie geisterten Pablo Casal und Picasso durch den Raum, es war die Rede von Diktatur und der Notwendigkeit des Emigrierens. Dann tauchte plötzlich der Name Salvadore Dali auf, und etwa gleichzeitig wurde die Speisekammertür geöffnet. Heraus spazierte ein kleiner Japaner. In der einen Hand hielt er ein gerupftes Huhn am Hals und in der anderen Staudensellerie und mehrere Stangen Porree. Der Japaner hatte eine von Hetties kurzen Schürzen um, mit Latz und Trägern, in denen Rollo sie besonders mochte, wenn sie darunter nichts weiter trug. Der Asiate lächelte höflich, und mit zahlreichen, tiefen Verbeugungen drängte er sich an Rollo vorbei zum Küchenherd.

Der junge Arzt war sehr müde an jenem Morgen, und so schmiß er die Leute hinaus. Die Afrikaner gingen ohne Protest, aber auch ohne die geringste Notiz von Rollo zu nehmen. Sie befanden sich mitten in ihrer Diskussion. Der Japaner wich rückwärts über den Flur, wobei er sich dauernd verneigte und mit einem Taschentuch seine Hände rieb. Als die Tür hinter ihnen ins Schloß fiel, wandte sich Rollo um und wollte in Richtung des Schlafzimmers. Aber er kam nicht weit, denn nun begann die Wohnungsklingel zu schrillen. Rollo, am Rande seiner Geduld, riß an der Klinke. Zwischen Tür und Angel schwebte ein japanisches Lächeln, und eine Hand hielt ihm Hetties Schürze entgegen. Die zerknüllte Rollo in den Händen, während er durch den Korridor stampfte. Diese Schürze hatte sie auch nur getragen, wenn sie eins ihrer ausgeklügelten Spiele vorführte, um ihn zu versöhnen wegen irgendwas. Er konnte sich nämlich nicht daran erinnern, wann sie jemals für ihn gekocht hätte. Aber sie brauchte meistens nur mit ihrem niedlichen Hintern zu wedeln, um ihn das vergessen zu machen.

Er fand sie völlig angezogen auf dem Ehebett, sie schlief fest. Der Mund stand offen, und sie schnarchte leise. Sie lag auf dem Rücken, die Arme über dem Kopf und die Schenkel geöffnet, soweit das bei dem nach oben verrutschten engen Rock möglich war. Er schaute auf sie hinab und dachte: die geborene Hure! Nicht zum ersten Mal kam ihm der Gedanke, daß er an dieser Verbindung noch schwer zu tragen haben würde, aber an diesem Morgen gestand er es sich ein. Er hatte große Lust, sie zu wecken und ihr die Meinung zu sagen. Daß er es nicht tat, geschah nicht ihretwegen. Er dachte an das Kind, das sie von ihm trug.

Als sie Christine zur Welt gebracht hatte – es war mitten im Winter –, wurde es besser mit Hettie. Zumindest für eine Weile. Wie alles im Leben, das ihr zusagte, spielte sie die neue Rolle mit Überzeugungskraft. Nur war sie leider nicht gewohnt, ihre Rollen en suite zu spielen. Sie brauchte einfach ein breiteres Repertoire. Und so häuften sich schließlich die gebrauchten Windeln in der Wohnung, und der junge Vater mußte darauf achten, daß die Fütterungszeiten eingehalten wurden. Ein Greuel für einen Menschen, dem Ordnung und Pünktlichkeit viel bedeuteten.

Wirtschaftlich standen sie bald am Rande des Ruins. Es wurde eine Waschmaschine angeschafft für die Windelwäsche, ein Kühlschrank, damit die Babynahrung nur noch einmal am Tag gekocht zu werden brauchte. Sie mußten am Monatsersten so viel an Ratenzahlungen abführen, daß ihnen nur wenig zum Leben blieb.

Und da sagte Hettie eines Tages, so ginge es nicht weiter! Schließlich habe sie einen Mediziner geheiratet, jemand aus einer hochbezahlten Berufsgruppe. Sie habe zwar Verständnis für seine wissenschaftlichen Neigungen, aber hier handele es sich um das nackte Überleben ihrer kleinen, unschuldigen Tochter Christine, und da sei sie bereit, wie eine Löwin zu kämpfen.

An einer städtischen Einrichtung wäre Rollo bereits Oberarzt und in absehbarer Zeit Chefarzt. Ein Klinikchef könnte jedoch eine private Bettenstation unterhalten, und in welchen Beträgen dort abgerechnet würde, das wüßte ja wohl selbst er. Eine Hüftgelenks-Ersatzplastik – seine eigentliche Domäne also – kostete an die zehntausend Mark, und nach zwei, drei Wochen sei das Bett schon wieder frei. Was das bei etwa fünfundzwanzig Betten auf einer eigenen Station im Jahr einbrächte, daran könnte sie gar nicht denken, ohne daß es ihr vor den Augen flimmere. Da sei dann wohl sogar er einmal imstande, seiner Frau einen neuen Wintermantel zu kaufen, und sie müsse auch nicht dauernd den einzigen Strampelanzug ihrer kleinen, armen Tochter stopfen.

Noch niemals hatte Rollo seine Frau Hettie mit Nadel und Faden angetroffen, aber eines Tages hatte er es satt. Er bewarb sich um eine ausgeschriebene Oberarztstelle und wurde angenommen. So kamen sie nach Grafingen.

9
Niederschrift nach vorliegender Tonkassette
G 5/MR 6 T/15-4-78, 18.4.78, 16 Uhr 00
(Das Gespräch wurde mit Genehmigung Doktor Sonnenburgs in dessen Dienstzimmer aufgenommen)

Dr. Sonnenburg: Wenn Sie mich so fragen... ja! Ja, er ist einer der besten Chirurgen, die ich kenne.

MR: Könnte er auch an einer anderen Einrichtung arbeiten?

Dr. Sonnenburg: Ja, natürlich! Ich würde sagen, an jeder beliebigen.

MR: Was sucht er dann in dieser Kleinstadt?

Dr. Sonnenburg: Hier muß es auch Ärzte geben, nicht wahr?

MR: Mißverstehen Sie mich bitte nicht! Meine Fragen sind auf keinen Fall abfällig gemeint, auch nicht gegen kleine Krankenhäuser gerichtet.

Dr. Sonnenburg: Natürlich, ich versteh' schon. Warum ist er hier? Er liebt vielleicht kleine Städte, wie? Die Menschen darin. Hier funktioniert das Zusammenleben noch, man nimmt Anteil am Leben des anderen... Das hat was für sich... Er selbst ist ein höchst einfacher Mann, sehr bescheiden... Gott, ist denn das so wichtig?

MR: Für mich schon. Wenn ich über den Chefarzt eines Kleinstadtkrankenhauses schreibe, muß ich mich in ihn hineindenken können. Ich muß ihn erkennen – sein Niveau, seine Potenzen. Steht dieser Typus für alle vergleichbaren Häuser?

Dr. Sonnenburg: Carlsson, das sagte ich ja schon, könnte überall arbeiten, auch als Chefarzt eines großen Krankenhauses, als Ordinarius einer Universitätsklinik. Er wäre ja auch in dem Alter, nicht wahr, ein Mann von beinahe fünfzig. Es ist ein Glück für Duselburg, daß wir ihn hier haben.

MR: Über seinen Entwicklungsweg wissen Sie nichts?

Dr. Sonnenburg: Nein.

MR: Wo er früher arbeitete? An welchen Kliniken?

Dr. Sonnenburg: Lübeck, nicht wahr? Er kam wohl von Lübeck her.

MR: Und davor?

Dr. Sonnenburg: Nein –! Halt! Amerika – ja, da habe ich mal was gehört. Mir ist so, als ob er jahrelang drüben gewesen sei. Aber ob Lateinamerika oder in den Staaten... Aber wenn ich darüber nachdenke, so kann er nur in den USA gewesen sein... Bei seiner Technik!

MR: Was halten Sie von ihm als Mensch?

Dr. Sonnenburg: Wie... meine Güte, wie soll ich das ausdrücken, nicht wahr? Er hat, wenn Sie mich so fragen, er hat was von einer demokratischen Gesinnung.

MR: Was verstehen Sie darunter?

Dr. Sonnenburg: Nun, er ist ein Chef, nicht wahr, aber er empfindet sich als Bürger. Er hat viel geändert, als er die Leitung des Hauses übernahm. Zum Beispiel gibt es die sogenannten Chefvisiten nicht mehr. Sie kennen das, nicht wahr, wenn sich diese weiße Wolke durch die Klinikflure wälzt. Er kommt zu den Kranken und führt freundliche Gespräche; er verbreitet nicht Angst, sondern Sicherheit. Es wird an Patientenbetten auch nicht lateinisch gesprochen. Schwierige Krankheitsverläufe werden ohnehin in den Diensträumen abgehandelt. Es gibt bei ihm keine Anordnungen von oben. Er wird immer versuchen, durch ein gutes Gespräch zur Einigung zu kommen.

MR: Aber neulich hat er...

Dr. Sonnenburg: Was hat er... neulich?

MR: Nun, da hat er doch angeordnet.

Dr. Sonnenburg: Ach, Sie meinen dieses Konsilium?

MR: Ja. Da sind Sie doch hart aneinandergeraten.

Dr. Sonnenburg: Ja, richtig! Das war einer der seltenen Fälle. Und es ging um einen Patienten!

MR: Sie hätten damals operiert?

Dr. Sonnenburg: Ja.

MR: Die Sache ist fast eine Woche her. Wie würden Sie heute entscheiden?

MR: Möchten Sie nicht darüber reden?

Dr. Sonnenburg: Gott, warum nicht? Die Verlegung des Patienten nach Hamburg war sicherlich richtig.

MR: So ganz überzeugt sind Sie nicht?

Dr. Sonnenburg: Sie bohren gern auf dem Nerv, nicht wahr, meine Dame? Nun, damit Sie es genau wissen: Ja, er hatte recht!

Dr. Sonnenburg: Lassen Sie mich Ihnen auch mal eine Frage stellen!

MR: Ja, bitte!

Dr. Sonnenburg: Was halten Sie denn von ihm?

MR: Nun, ich muß mich da schon auf Sie verlassen. Das Fachurteil haben Sie!

Dr. Sonnenburg: Ich meine nicht den Arzt Carlsson, sondern den Mann!

MR: In meinem Bericht geht es um den Arzt, der interessiert mich.

Dr. Sonnenburg: Es geht immer um den ganzen Menschen, nicht wahr? Er ist ja nicht verheiratet, und es gibt keinerlei Affären, das wüßte man in Duselburg. Übt ein Mann von solcher Reserviertheit, fast ein Asket, nicht einen schwer zu widerstehenden Reiz auf eine Frau aus?

MR: Vielleicht...

Dr. Sonnenburg: Ist es nicht so?

Dr. Sonnenburg: Um Ihr Interesse noch ein wenig höher zu reizen: Er ist ein phantastischer Operateur! Er arbeitet schnell, genau und sicher in jeder Phase. Ich würde es mir nicht zutrauen, seine Technik nachzuahmen. Und er ist wirklich kaltblütig! Neulich hatten wir einen Narkosezwischenfall. Er verlor nicht den Bruchteil einer Sekunde die Beherrschung. Sein schneller Entschluß, wie in diesem Fall vorzugehen sei, hat die Frau, die so gut wie tot war, ins Leben zurückgebracht. Hut ab, kann ich nur sagen. Es gehört jedenfalls zu meinen besten Arbeitstagen, wenn ich ihm assistieren kann...

Das Konsilium, das in dieser seltsamen Befragung eine Rolle spielte, fand in seinem Dienstzimmer statt. Robert Carlsson erinnerte sich genau. Schon deshalb, weil es für seinen Geschmack zu hektisch herging. Es wurde über die Verlegung eines älteren, männlichen Herzkranken aus der Inneren in die Chirurgische Abteilung diskutiert. Wegen eines akuten Bauches. Eine Blinddarmoperation war nach Doktor Sonnenburgs Diagnose erforderlich. Der Chef der Inneren Abteilung, Doktor Hellwig, sperrte sich dagegen. Er hielt einen Eingriff wegen des schlechten Allgemeinzustandes des Patienten für riskant. Sie stritten miteinander. Erst als sich der jüngere, temperamentvollere Sonnenburg durchzusetzen begann, griff Robert Carlsson ein. Man könne versuchen, den Mann nach Hamburg-Eppendorf verlegen zu lassen, meinte er. Seine Chancen in dem Krankenhaus mit der besseren Anästhesieabteilung und der modernen Intensivstation lägen unvergleichlich höher. Als Sonnenburg weiterhin auf einer Operation unter seiner Regie bestand, ordnete der Chefarzt die Verlegung des Patienten an. Danach kam es zu einem heftigen Wortwechsel zwischen Sonnenburg und Carlsson. Wahrscheinlich uferte alles nur deshalb aus, weil Eva Adams an dem Gespräch hatte teilnehmen dürfen. Nachdem Carlsson das bewußt wurde, vermied er, weiterhin mit ihr zusammenzutreffen. Etwa acht Tage lang sah er sie nicht wieder. Von dem Leiter der Chirurgischen Abteilung trennte sich Carlsson an jenem Nachmittag mit einem unguten Gefühl. Um so überraschter war er, als er nun Sonnenburgs Meinung über sich hörte, und ein wenig lächelte er über seine in den USA erworbene Operationstechnik. Er hatte dort kein Messer in die Hand genommen, hatte das Land niemals besucht. Ganz im Gegenteil, viele Jahre lang operierte er überhaupt nicht, und zwar aus dem einen Grund, weil ihm niemand einen Patienten anvertrauen wollte.

Die Frau, die neulich um ein Haar auf dem Operationstisch geblieben wäre, erholte sich schnell. Als sie sich bei Bewußtsein in dem aufwendigen Appartement der Privatstation wiederfand, war sie zunächst erschrocken, sagte, das könne sie nicht bezahlen. Carlsson beruhigte sie. Er erklärte ihr die Verlegung auf seine Station mit der Schwere des Eingriffs. Er habe sie so besser unter Kontrolle. Von dem intraoperativen Herzstillstand sagte er nichts. Die Frau gewöhnte sich an den Luxus. Ihre Mutter zog in den zweiten Raum, um die Tochter zu pflegen, und da die alte Frau einen hervorragenden Kaffee zu kochen verstand, erschien Doktor Carlsson schließlich immer gegen vier Uhr nachmittags und trank seine Tasse dort. Da saß er neben dem Bett, unterhielt sich mit beiden, und dabei entspannte er sich. Wenn er die Patientin über den Tassenrand hinweg anschaute und leicht schlürfend seinen Kaffee trank, empfand er nicht nur Befriedigung darüber, daß er sie zurückholen konnte. Es machte ihm auch Vergnügen, weil an dieser seltsamen Tafel nur er es wußte, wie weit sie bereits »drüben« gewesen war.

Auch am Mittwoch, dem 19. April, trank er seinen Nachmittagskaffee auf der Privatstation. Er erschien um sechzehn Uhr und ging fünfzehn Minuten später. Die beiden Frauen hatten sich schnell auf seinen Pünktlichkeitstick eingestellt, und so war der Kaffee so gut wie in den Tassen, sobald er hereinkam. An das Datum erinnerte er sich deshalb, weil der Tag einen anderen Verlauf nahm, als er es für möglich gehalten hätte.

Als er nämlich von der Nachmittagsvisite zurückkehrte, fand er Eva Adams in seinem Vorzimmer. Auch sie trank Kaffee, und zwar mit seiner Sekretärin.

Bettina Kuhlmann sagte: »Da Sie inzwischen Ihren Kaffee unterwegs trinken, Chef, habe ich mir erlaubt, Frau Adams schon immer mal eine Tasse anzubieten.«

»Lassen Sie es sich schmecken«, meinte Carlsson und spazierte in Richtung seines Zimmers.

»Frau Adams ist gekommen, um sich von Ihnen zu verabschieden, Chef!« erklärte die Kuhlmann in seinem Rücken.

Plötzlich fühlte er sich beklommen. Er wußte selbst nicht genau, warum, aber es war so. Er mußte sich wohl an die Anwesenheit der Journalistin gewöhnt haben. Irgendwie paßte es ihm nicht, daß sie ab morgen nicht mehr auf dem Gelände sein würde. Langsam drehte er sich zu den Frauen um.

In gleichgültigem Ton fragte er: »Schon?«

»Ich war fast drei Wochen lang hier!« Eva lächelte. »Ich habe mir nirgends so viel Zeit gelassen wie bei Ihnen.«

Er: »Dann muß es Ihnen ja gefallen haben.«

Sie: »Sehr, Herr Chefarzt! Und ich möchte Ihnen für Ihre Gastfreundschaft danken!«

Er: »Hm –! Wollen Sie noch auf einen Sprung mit zu mir hineinkommen?«

Er ließ ihr den Vortritt, dirigierte sie zum Besucherstuhl, ging um den Schreibtisch herum und setzte sich. Er starrte auf die Platte, auf der es nichts zu sehen gab. Sie war aufgeräumt wie immer. Auf ihr befand sich nur die Mappe mit der Post, die er noch zu unterschreiben hatte; seine letzte Arbeit für diesen Tag. Die Mappe lag ordentlich da, ihre Kante schloß mit der des Schreibtisches ab. Bettina Kuhlmann hatte sie so hingerückt.

Plötzlich gab er dem Ding einen Schubs, daß es seitlich über den Schreibtischrand rutschte. Was war nur los mit ihm? Zweifellos gefiel ihm diese Frau. Sie gefiel ihm sogar sehr. Und warum? Weil es eine entfernte Ähnlichkeit mit Hettie gab? Was für Ideen schwirrten nur durch seinen Kopf nach über zwanzig Jahren.

»Ich hatte versprochen, Ihnen meinen Bericht vorzulegen, Doktor«, hörte er sie sagen. »Nun ist der allerdings noch nicht fertig, das heißt, ich habe ihn noch nicht in der Maschine. Ich habe zunächst mal alles auf Tonband gesprochen.«

Er sah sie über den Rauch seiner Zigarette hinweg an, sagte nichts.

Sie fuhr fort: »Darf ich mich noch mal bei Ihnen melden, wenn es soweit ist?«

Er nickte.

»Ich könnte Ihnen über Christine Bescheid geben. Wir haben uns in Hamburg hin und wieder getroffen. Ich hoffe, Sie hatten nichts dagegen?«

»Meine Tochter ist erwachsen«, erwiderte er. Und dann lächelnd: »Was sollte ich außerdem dagegen haben?«

Sie schwiegen eine Weile. Und je länger das andauerte, desto unerquicklicher wurde es für beide, das spürten sie. Sie wagten nicht, sich in die Augen zu schauen. Noch nicht ein einziges Mal hatten sie ihr niedliches Spiel gespielt. Unterdessen fingerte er die Mappe wieder so hin, daß sie mit der Kante des Schreibtisches abschloß.

Dann sagte er: »Dieser Bericht...«

»Ja –!«

Er zündete sich umständlich eine neue Zigarette an, gab dem Aschenbecher einen anderen Platz, hob endlich den Blick zu ihr.

Er erklärte: »Es wäre mir lieb, wenn Sie meinen Namen darin nicht erwähnen würden. Halten Sie es für einen Spleen, für eine Marotte, aber ich will keinerlei Publicity.«

»Ich werde das respektieren, Doktor!«

Sie lächelte ihn an. Und er starrte auf ihr rotes Haar. Wieder schwiegen sie lange, und bevor es ganz und gar unerträglich wurde, verabschiedete sie sich.

Er begleitete sie bis an die Tür, ließ sie hinaus, ging zum Schreibtisch zurück und setzte sich. Er öffnete die Mappe mit der Post. Seine Hand, die sich bereits auf halbem Weg zur oberen Kitteltasche befand, in der sein Stift steckte, blieb in der Luft hängen und fiel kraftlos zurück. Er starrte die Tür an, durch die sie verschwunden war. Er wollte sie nicht wiedersehen. Wenn sie sich wegen des Berichts meldete, würde er sie abwimmeln. Oder besser noch: Christine könnte sich den anschauen und prüfen, damit kein Unsinn mit seinem Namen geschah. Nein, er wollte diese Frau nicht wiedersehen! Ein paar rote Haare und eine sentimentale Erinnerung – war er denn schwachsinnig? In seinem Alter?

Dann ging eigentlich alles recht schnell. Er klappte die

Mappe mit der Briefpost zu, stand auf. Der weiße Kittel kam in den Schrank, der Trenchcoat und der Hut heraus. Dann öffnete er die Tür zu seinem Vorzimmer.

»Kuhlmann«, sagte er, während er durch den Raum schritt, »unterschreiben Sie die Post in meinem Auftrag. Und rufen Sie bitte Frau Peters an, ich käme nicht zum Abendbrot. Ich esse unterwegs.«

»Guten Appetit, Chef!« Bettina Kuhlmann sah Doktor Robert Carlsson ernsthaft an. Nur im Hintergrund ihrer Augen stand ein winziges Lächeln.

Als er ins Freie trat, bemerkte er sie auf halbem Weg zwischen der Chirurgie und dem Pförtnerhaus am Rande des Geländes. Sie ging langsam, beinahe zögernd, und sie hielt den Blick gesenkt.

Doktor Carlssons »Jaguar« parkte neben dem Eingang der Chirurgischen Klinik; dies war das einzige Privileg, das er für sich in Anspruch nahm. Merkwürdigerweise hatte er ein Faible für englische Autos, ebenso liebte er maßgeschneiderte Anzüge aus London. Heute trug er einen grauen Tweed, dazu ein weißes Hemd und eine Krawatte in rötlichen Tönen.

Er startete den Wagen und fuhr, schneller als auf dem Gelände erlaubt, den Weg hinunter und an ihr vorbei. Gegenüber dem Pförtnerhäuschen stoppte er, stieg aus und lehnte sich gegen die Seitentür. Sie war noch etwa zwanzig Meter von ihm entfernt, und natürlich hatte sie ihn gesehen, aber sie tat so, als habe sie nicht. Noch immer hielt sie den Kopf gesenkt.

Dafür kam der Pförtner aus seinem Häuschen gewieselt. »Ist etwas, Herr Chefarzt?«

»Nein, gar nichts, Herr Seestermann, schönen Dank!«

Der alte Mann zog sich in dem zufriedenen Gefühl zurück, vom Klinikchef mit seinem Namen angesprochen worden zu sein. Bevor Carlsson die Leitung des Hauses übernahm, kannte er gerade die Mitarbeiter aus seiner Abteilung. Darauf setzte er sich mit den Namenslisten aller Angestellten hin und lernte sie wie Vokabeln auswendig. Zunächst sollte es nicht mehr als ein Trick sein, von dem er hoffte, daß er sich auszahlte. Später jedoch wurde ihm bewußt, daß es auch eine gute Sitte war.

Nun erreichte ihn Eva auf dem Weg zum Ausgang. Im ersten Augenblick schien es, als wollte sie vorübergehen, aber dann blieb sie stehen und wandte sich ihm zu.

Entweder ist sie wirklich ein bißchen schüchtern, dachte Doktor Robert Carlsson, während er sie musterte, oder sie ist eine ausgekochte Komödiantin. Gleichzeitig stellte er fest, daß er bereit war, auf ihr Spiel einzugehen. Das überraschte ihn, weil er sich seit langem für einen reifen, beinahe alten Mann gehalten hatte. Er begann zu lächeln. Das tat sie auch. Und ganz plötzlich waren die Funken wieder da, die zwischen ihren Augen sprühten und schnell zu einem kleinen, wärmenden Feuer wurden.

Er sagte: »Ich muß heute noch nach Hamburg rüber, und da dachte ich mir, ich könnte eine Stunde früher fahren und Sie mitnehmen. Möchten Sie das, Frau Adams?«

»Das möchte ich wohl recht gern, Herr Carlsson!« erwiderte sie, ohne sich etwas von ihren Gefühlen anmerken zu lassen.

Er trat auf sie zu, und sie ging nah an ihm vorbei. Während er ihr um das Auto folgte, blickte er auf ihren Hintern und sah, daß sie nicht damit wackelte. Oder zumindest doch nur wenig. Er half ihr beim Einsteigen, ließ die Wagentür einschnappen und ging auf seine Seite hinüber. Hinter dem Sichtfenster hockte Herr Seestermann und starrte mit Augen, groß wie Mühlenräder. Carlsson wußte, daß es morgen nur ein Gespräch geben würde im Krankenhaus: seine Abfahrt mit Eva Adams. Es war ihm gleichgültig. Er lächelte dem Pförtner freundlich zu und stieg in den Wagen ein. In diesen Minuten fühlte er sich um zwanzig Jahre jünger.

Niederschrift nach vorliegender Tonkassette
GR/MR 7 T/16-4-78, 19. 4. 78, 17 Uhr 05
(Das Abhörgerät wurde in Dr. Carlssons Wagen angebracht)
Robert: Ich will Ihnen mal mit dem Gurt helfen, darf ich... So! – Oh, entschuldigen Sie bitte...
MR: Aber das macht doch nichts...
Robert: Sitzen Sie bequem?
MR: Ja, danke! Sehr!

Robert: Also, auf geht's!

MR: Sind das schon die Häuser von Elmshorn?

Robert: Ja, natürlich! Fahre ich etwa zu schnell für Ihren Geschmack? Dann sagen Sie es!

MR: O nein, gar nicht... Warten Sie... nein... ach, das sind ja hundertvierzig...?

Robert: Na, nicht ganz!

MR: Das merkt man nicht in diesem Wagen. Phantastisch!

Robert: Ich kann auch heruntergehen mit der Geschwindigkeit. Ich meine, dieses Auto tut es auch langsamer.

MR: Machen Sie nur, wie Sie denken. Man fühlt sich ganz sicher bei Ihnen.

Robert: Nicht gerade ein Kompliment, wie?

MR: Wieso denn nicht?

Robert: Wenn eine Frau einem Mann sagt, sie fühle sich sicher bei ihm?

MR: Dies ist aber nicht die Straße, die ich mit Christine gefahren bin.

Robert: Wir gehen über Uetersen, wenn Sie nichts dagegen haben. Es ist zwar etwas weiter, dafür aber weniger befahren. Wir können besser aufdrehen. Also, festhalten!

Robert: Kennen Sie das hier?

MR: Nein.

Robert: Es ist der Süllberg. Gleich dahinter, nur sehr viel tiefer, liegt die Elbe. Vom Restaurant aus kann man auf sie hinunterschauen. Das Lokal gehört Bekannten von mir, einer Familie Rohr. Manchmal komme ich... Ist Ihnen etwas?

MR: Nein, was sollte sein?

Robert: Sie sehen merkwürdig blaß aus.

MR: Das kommt Ihnen in dem Dämmerlicht nur so vor.

Robert: Vielleicht bin ich doch ein wenig schnell gefahren? Gehört zu den wenigen Krankheiten, unter denen ich leide.

MR: Es ist nichts! Machen Sie sich bitte keine Gedanken!

Robert: Na, schön! Haben Sie heute noch etwas vor?

MR: Nein –!

Robert: Darf ich mir dann erlauben, Sie zum Abendessen einzuladen, Frau Adams?

MR: Ja –!

Robert: Fein! Dann wollen wir mal aussteigen.

Auf dem Parkplatz standen nur wenige Wagen. Es war mitten in der Woche und außerhalb der Saison. Sie liefen unter alten Buchen zum Eingang hinüber. Der Restaurant-Direktor kam ihnen in der Halle entgegen.

»Kann ich schon mal eben Ihren Hut, Herr Chefarzt?« fragte er Carlsson. Und zu Eva: »Hier längs, gnädige Frau!«

Er ging voran und half Eva aus dem Mantel. Dann meinte er: »Wenn Sie sich auch büschen frisch machen wollen, gnädige Frau?« Er öffnete eine Tür, und Eva verschwand.

»Haben Sie vielleicht noch einen Tisch in der Windrose für uns?« fragte Carlsson.

»Ich habe sogar Ihren Lieblingsplatz am breiten Fenster, Herr Doktor. Und wenn wir nur büschen Glück haben, bleibt es klar, und Sie können den Sonnenuntergang sehen.«

Die »Windrose« war eines der Gästezimmer im Süllberg-Restaurant, ein mahagonigetäfelter Raum mit grünem Teppichboden und grüner Deckenbespannung. Die Windrose selbst, die dem Zimmer seinen Namen gab, war eine Intarsienarbeit in Mahagoni und in der Mitte der Decke angebracht. Es standen nur etwa ein Dutzend Tische im Raum, mit schweren Sesseln darum herum, und auf der rechten Wandseite befanden sich Bücherregale mit alten, ledergebundenen Folianten. Vom Tisch am breiten Fenster hatte man einen Blick den Süllberg hinunter auf die Elbe, die an dieser Stelle etwa drei Kilometer breit war. Als sie Platz nahmen, ging gerade ein Dampfer hinaus, ein Engländer; am Heck hatten sie die Flagge gesetzt. Die Sonne stand schon sehr tief und tauchte den Strom in rötliches Licht. Eva schien ganz verzaubert. Carlsson, der ihr gegenübersaß, beobachtete sie.

»Sie sind zum ersten Mal hier?« fragte er.

»Ja –«, erwiderte sie. »Das heißt, vor Jahren schon einmal.

Aber damals war Sommer, und ich habe draußen auf der Weinterrasse gesessen!«

Ganz plötzlich merkten sie, daß sie überhaupt keinen Hunger hatten, und so bestellten sie nur Kleinigkeiten. Ein bißchen Aal in Salbei und Lachs auf gewärmten Rundstückscheiben. Dazu eine Flasche »Erdener Treppchen«. Und danach Früchte in Karamel. Während sie auf das Essen warteten, schwiegen sie. Eva schien beschäftigt mit der Sonne, die gerade hinter der Elbe versank, und er beobachtete den Widerschein des Lichts auf ihrem Gesicht und in ihrem Haar.

Auf einmal sagte sie leise, ohne den Blick vom Fenster zu nehmen: »Sie dürfen mich nicht so anschauen, Herr Doktor!«

Und als er nicht darauf antwortete, wandte sie sich ihm schließlich zu, und er sah die schwache Linie, die um ihren Mund herumführte. Die war ihm gleich im Foyer der Musikhalle aufgefallen, nach ihrem Haar natürlich.

»Ein phantastischer Zufall!« meinte er.

»Was?«

»Wir sehen uns vor dem Karajankonzert, und dann nur acht Tage später sitzen Sie mir in der Kantine meines Krankenhauses gegenüber. Ist doch ganz phantastisch!«

Und leise von ihr: »Ja!«

Nach einer weiteren Pause entschloß er sich zu einem frontalen Angriff. Er sagte: »Auf den heutigen Abend habe ich lange Zeit gewartet.«

»Ich auch«, erwiderte sie, ohne zu zögern. »Und zwar genau seit dem achtundzwanzigsten März.«

»Was war an diesem März?«

»Das Karajankonzert!«

Sie lächelte ihn an, und seine Hand war schon unterwegs zu ihr über den Tisch, aber da kam der Kellner mit dem Wein, und Carlsson hatte plötzlich zu tun, den zu kosten und für gut zu befinden. Und das war er tatsächlich. Sie prosteten sich zu und tranken. Nachdem sie die Gläser abgesetzt hatten, schaute sie ihn einen Moment lang prüfend an.

Dann sagte sie: »Ich hatte eine merkwürdige Vorstellung von Ihnen. Ich dachte, Sie tränken überhaupt nicht, und jetzt weiß ich auch, wieso. Es war der Milchkrug in der Kühlbox Ihrer Bar! Ich hielt Sie für einen trockengelegten...« Sie unterbrach sich und schaute ihn erschrocken an. »O weh, das hätte ich vielleicht nicht sagen sollen. Sind Sie böse?«

Er zuckte die Achseln. »Ich bin Arzt, Frau Adams! Und Alkoholismus ist auch nur eine von vielen Krankheiten. Aber es ist eben so: Chirurgie hat viel mit einer sicheren Hand zu tun. Und eines Tages muß man sich entscheiden – für die sichere Hand oder für den Alkohol.«

»Aber Sie sind doch nicht immer im Dienst!«

»Wir wollen nicht dramatisieren, aber praktisch können Sie jederzeit zu einem Unfall gerufen werden.« Er hob sein Glas in ihre Richtung. »Bis auf heute natürlich! Da bin ich total abgemeldet!«

Dann kam das Essen. Der Aal war gut, und der Lachs auf den angewärmten Rundstückscheiben auch. Eine Weile lang aßen sie schweigend, aber sie ließen sich kaum aus den Augen dabei.

»Eva...«, sagte er dann.

»Ja –?«

»Eva Adams! Ich habe nie etwas von Ihnen gelesen.«

»Wahrscheinlich mögen Sie keine Illustrierten«, meinte sie leichthin.

»Ich komme nicht mal beim Zahnarzt dazu, weil ich dort angemeldet bin. Und beim Friseur? Tja, da geht es auch immer schnell mit mir.«

Sie ließ ihre Augen über seinen kahlen Schädel gleiten und lächelte.

»Dieses ›Adams‹ zu dem Vornamen hat so einen touch von Pop, nicht wahr?«

»Es ist für das Illustriertenpublikum ausgelegt.«

»Ein Pseudonym?«

Sie nickte.

»Aber dein Vorname ist wirklich hübsch! Eva...«

Plötzlich stockte er. Das »du« war ihm ganz selbstverständlich über die Lippen gekommen. Und sie hatte es genau gehört. Sie öffnete leicht die Lippen, so daß er ihre Zähne hindurchschimmern sah. Wieder schien es wie ein vorweggenommener

Kuß zu sein. Er mußte an das Foyer der Musikhalle denken. Dort hatten sie sich auch so gegenübergestanden. Und sie empfand wie er, spürte er. Seine Hände wanderten über den Tisch zu ihren, legten sich auf sie. Es waren kleine, feste Hände, sehr angenehm.

»Ich liebe diesen Abend«, sagte er.

»Ich auch«, erwiderte sie.

Und noch immer Blick in Blick mit ihr, fragte er: »Und dein richtiger Name?«

»Du würdest es nicht glauben!«

»Versuch es!«

»Was hieltest du von Rohr? Von Marlies Rohr?«

»Rohr? Wie die Besitzer dieses Restaurants?«

»Ja!«

Er lachte. »Davon hielt' ich viel. Da ging unsere Rechnung ja sicher zu Lasten des Hauses.«

»Siehst du! Ich wußte ja, daß du mir nicht glaubst.« Und mit einem Lächeln: »Aber was ist schon ein Name, nicht wahr?«

Und nachdenklich von ihm: »Ja, natürlich! Was ist schließlich schon ein Name.«

Niederschrift nach vorliegender Tonkassette
G 5/MR 7 T/16-4-78, 19. 4. 78, 21 Uhr 20 (Fortsetzung)

MR: Du küßt wunderbar.

Robert: Hm...

MR: Für einen Mann ohne Affären küßt du geradezu unheimlich gut!

Robert: Was soll das denn?

MR: Das ist Doktor Sonnenburgs Meinung über dich. Du seist so etwas wie ein Asket.

Robert: Wirklich albern!

MR: Er meinte es in einem positiven Zusammenhang.

Robert: Kaum möglich.

MR: Aber wenn ich es dir sage! Er lobte dich in den allerhöchsten Tönen. Er sagte, es gehöre zu seinen besten Arbeitstagen, wenn er dir assistieren könne... Das verschlägt dir die Sprache, nicht wahr?

Robert: Allerdings!

MR: Manchmal sitzen unsere Freunde dort, wo wir sie nicht vermuten.

Robert: Ja!

MR: Nein... nicht du jetzt!

Robert: Aber du hast gesagt, ich küsse gut. Dann laß mich auch.

MR: Nein, jetzt will ich mal... Komm, lehn dich zurück... Na, los! Meine Güte, ist so ein Stück Mann groß und schwer... Hm – ganz gut, wie findest du es?

Robert: Hm – hm –!

MR: Nein, so geht es nicht, du mußt dich entspannen... Hör mal, Lieber, ich will dir ja nichts tun, ich bring' dich auch nicht um... Noch nicht! Herrjeh, ist das lustig, ich hab' das noch nie im Auto gemacht, auch als junges Mädchen nicht... Hm –!

MR: Wie findest du es?

Robert: Hör nicht auf!

Robert: Hast du etwas dagegen, wenn ich mir eine Zigarette anzünde?

MR: Nein, mach nur!

Robert: Ich kurbele das Fenster herunter.

Robert: Ist nicht hier um die Ecke die Blumenstraße?

MR: Ja.

Robert: Komisch! In der Zwölf bin ich zur Welt gekommen, damals wurde man noch zu Hause geboren. Na ja, mein Vater war auch Arzt. Und hier ein Stück die Marie-Louisen-Straße hoch liegt das Johanneum in der Opitzstraße. Da bin ich acht Jahre lang zur Schule gegangen... Komisch!

10
Niederschrift eines Gedächtnisprotokolls auf Tonband
G 5/MR 2 GaT/17-4-78, 20. 4. 78, 20 Uhr 00

Am nächsten Vormittag hatte ich um zehn Uhr mit Kruger von der »William Snyder International« eine Verabredung. Das war nicht weiter schlimm, obwohl ich in der vergangenen Nacht nicht eine Stunde geschlafen hatte. Ich konnte Robert nicht davon abbringen, bereits um sechs Uhr nach kurzem Bad und Frühstück in Richtung Duselburg zu starten. Ich legte mich zwar noch einmal nieder, aber ich schlief nicht ein. Und dabei fühlte ich mich wie erschlagen. Einerseits. Andererseits war es eine der schönsten Nächte, an die ich mich erinnere. Störend empfand ich nur die fremde Umgebung. Ich mußte ja mit Robert in Evas Wohnung. Sie hat mir die Schlüssel dagelassen, damit ich nach den Blumen schaue. Na ja –!

Also, um zehn Uhr war ich mit Kruger verabredet, so weit – so gut! Aber seit er mich mit der Elektronik in dieser Schleuse bei der Snyder inc. erwischt hat, vermeidet er, sich mit mir im Büro zu treffen, überhaupt in einem geschlossenen Raum. Natürlich denkt er, ich könnte weiterhin seine Stimme aufzeichnen. Er gab das nicht zu, auch nicht auf eine darauf zielende Bemerkung von mir. Er sagte, er liebe die Elbe und sei schon ein paarmal mit dem Liniendienst, der flußabwärts tuckert, bis Stetten gedampft. Und das wolle er auch heute tun, und ich solle nur mitkommen. Wir könnten unterwegs reden. Und wenn wir fertig seien, könnte ich in Blankenese oder Schulau aussteigen und mit der S-Bahn zurückfahren. Ich wußte schon, warum er sich diesen vergammelten Dampfer aussuchte. Dort würde es so laut sein, daß die Elektronik streikte. Und genauso kam es! Ich habe mir das eben noch einmal angehört, es ist zum Weinen! Außer Fahrtwind, Möwenkreischen und Maschinenlärm ist kaum was zu verstehen. Ich muß mich hinsetzen und von der Begegnung ein Gedächtnisprotokoll anfertigen. Hier also folgt es:

Wir trafen uns an der Brücke 4 der Landungsbrücken, kurz nach zehn sollte von dort das Linienschiff, das sinnigerweise auch noch »Süllberg« hieß, ablegen. Gleich nachdem wir den

Elbtunnel passierten, bat Kruger mich nach vorn zum Bug des Dampfers. Die Gösch mit dem Reedereizeichen auf dem Vorsteven knatterte uns um die Ohren, wir verstanden kaum das eigene Wort. Es war geradezu lächerlich. Ich hatte mir ein Kopftuch umgebunden und fest unter dem Kinn verzurrt, damit ich wenigstens mein Haar im Zaum halten konnte.

Kruger lachte freundlich. »Sie sehen blendend aus heute morgen, Frau Rohr!«

Natürlich tat ich das! Ich stellte mich gegen den Wind und hielt mich an der Reling fest, damit ich nicht umgerissen wurde. Natürlich sah ich gut aus! Ich hatte schließlich eine wundervolle Nacht hinter mir. Mir konnte niemand, dachte ich an diesem Vormittag gegen zehn.

Ich fragte kühl: »Haben Sie meinen Bericht gelesen, Herr Kruger?«

»Ja, das habe ich!«

»Und?«

»Hübsch geschrieben, Frau Rohr, wirklich flott! Man glaubt Ihnen die Schriftstellerin, als die Sie sich im Duselburger Krankenhaus eingeführt haben. Es klingt viel Wärme durch in Ihrem Bericht, als ob Sie den Arzt ganz gut leiden könnten. Tun Sie das, Frau Rohr?«

Wenn der wüßte! Ich antwortete: »Dies steht hier kaum zur Diskussion!«

»Natürlich nicht!« pflichtete mir Kruger bei. »Sie schreiben, daß die hierarchische Ordnung unter seiner Leitung abgebaut wurde. Er habe ein Ohr für die Probleme seiner Assistenten, grüße das Reinigungspersonal zuerst, nähme die Mahlzeiten in der Betriebskantine ein. Er sei der erste und der letzte im Dienst. Eben rundherum ein Demokrat.«

Die Ironie in Krugers Worten war nicht zu überhören. Wieder einmal mußte ich an den Lebenslauf dieses Deutschamerikaners denken. Ich wollte schon heftig erwidern, aber das würde nichts einbringen, und so beherrschte ich mich. Sachlich fuhr ich fort: »Ich kann das noch ergänzen. Gestern hörte ich, er ließe alle Ärzte nach einem gestaffelten System an den Einnahmen durch seine Privatstation partizipieren.«

»Lobenswert«, meinte Kruger, »aber es sagt wenig aus!«
»Wirklich?«
»Ja! Über das, was wir wissen wollen! Sie geben auf über dreißig Seiten nicht viel. Ich will erklären, wie ich das meine. Zum Beispiel schreiben Sie, er habe eine Tochter...«
»Aber er hat eine!«
»Ja, ja, das bestreite ich doch nicht. Und weiter: außer der Kleinen habe er keinerlei private Interessen.«
Bis jetzt, dachte ich bei mir! Bis zur letzten Nacht!
Kruger fuhr fort: »Aber hat das Mädchen auch eine Mutter? Ist die tot? Lebt sie noch? Und wenn sie lebt, warum haben sich Mutter und Vater getrennt?«
»Darüber weiß man nichts in Duselburg!«
»Das ist mir bekannt, daß man nichts darüber weiß«, sagte er mit einem schmalen Lächeln. »Aber ich will es erfahren!«
An dieser Stelle hätte ich aufhorchen müssen, aber offensichtlich schaltete ich spät an diesem Morgen.
»Und wo war er vor seiner Anstellung in Duselburg? Er lebt ja erst seit kürzerer Zeit in dem Nest.«
Ich sagte: »Er soll bei Ihnen in den Staaten gewesen sein. Dort habe er sich seine exquisite Operationstechnik angeeignet.«
Kruger nickte: »Schön und gut! Aber wo dort? In welchem Staat? Ich will das überprüfen! Und wo ist er aufgewachsen, in welcher Stadt? Wo hat er seine Schulzeit verbracht? Wo hat er studiert?«
Ich dachte daran, was Robert mir gestern im Wagen vor Evas Haustür erzählte. Er wurde um die Ecke in der Blumenstraße 12 geboren, und er ging im Johanneum zur Schule. Und vor acht Tagen hörte ich von Christine, daß er in München studiert und promoviert hatte.
»Sie wissen darüber nichts?« fragte Kruger.
Ich schüttelte den Kopf.
»Das ist wenig!«
»Wie –?« schrie ich.
»Es ist wenig!«
»Natürlich ist es wendig!« Ich verstand ihn absichtlich falsch.

»Und ich kann hier draußen auch keinen klaren Gedanken mehr fassen. Man holt sich ja was weg!«

»Oh, entschuldigen Sie, Frau Rohr! Wir können uns natürlich auch drinnen hinsetzen!«

Wir schaukelten zum geschlossenen Deck hinüber. Von dort führten Treppen zu den Restaurationsräumen. In der Mitte befand sich der Aufbau über dem Maschinenraum. Die Eisenabdeckung lag offen, so daß man auf die von Öl triefenden Maschinen hinabblicken konnte. Um den Aufbau herum waren Bänke gezogen für die Fahrgäste. Dorthin hockte sich Kruger und bat mich mit einer Handbewegung neben sich.

»Hier ist es schön warm«, meinte er mit breitem Lächeln.

Und dann fuhr er doppeldeutig fort: »Außerdem fasziniert mich die Technik immer wieder.«

Ich blickte auf das nach Diesel stinkende Ungeheuer. Die Maschine und der Generator machten solchen Lärm, daß man wiederum kaum das eigene Wort verstand. O ja, ich wußte schon, warum Herr Kruger sich ausgerechnet diesen Platz aussuchte.

»Na, nun seien Sie mal nicht deprimiert, Frau Rohr«, sagte er, als er den entnervten Ausdruck auf meinem Gesicht wahrnahm. »Die bisherigen Recherchen sind ganz nützlich, aber sie reichen eben nicht aus. Und natürlich haben Sie uns mit dem Material, das Sie über Weller einbrachten, auch ein wenig verwöhnt. Wir wissen also, daß Sie mehr leisten können.«

Wir näherten uns dem Punkt, an dem ich ernsthaft böse wurde. Ich antwortete: »Moment, Herr Kruger, erinnern wir uns doch mal! Ich mußte für Sie untersuchen, ob Ihr Herr Weller im Duselburger Krankenhaus gut aufgehoben sei. Sie wollten erfahren, ob Doktor Carlsson wirklich der rechte Mann ist, bei dem man die komplizierte Nachoperation vornehmen lassen soll. Stimmt das?«

»Aber ja, Frau Rohr, natürlich!« meinte Kruger mit schwer zu deutendem Lächeln.

»Sehen Sie! Und da kann ich Ihnen nach den unternommenen Recherchen sagen, ja! Schicken Sie Herrn Weller nach Duselburg! Er ist bei Doktor Carlsson in besten Händen. Sie haben also die gewünschte Auskunft erhalten. Und Sie? Was tun sie darauf? Sie mäkeln an meiner Arbeit herum, und das finde ich reichlich unverschämt!«

Kruger schaute mir forschend in die Augen, ob ich das alles wirklich ernst meinte. Offensichtlich nicht, schien er zu denken, denn nun lag ein gewitzter Ausdruck in seinen Augen.

»Frau Rohr«, sagte er. »Ihr Honorar beträgt zwanzigtausend Mark, das ist eine beträchtliche Summe.«

Ich zuckte die Achseln und tat so, als hätte ich täglich solche Beträge abzurechnen. Aber im Grunde konnte ich ihm nichts vormachen, wir spielten nur herum.

Kruger fuhr fort: »Für so ein Honorar wollen wir natürlich echtes Hintergrundmaterial. Die ›William Snyder International incorporated‹ ist deshalb ein starkes Unternehmen geworden, weil sie immer allen Dingen auf den Grund ging.«

Ich meinte darauf ironisch: »Die kleine Tochter des Herrn Schneider an der Unterelbe befindet sich jedoch trotz aller tiefschürfenden Bemühungen seit dem Jahr einundsiebzig in den roten Zahlen, nicht wahr?«

Und Herr Kruger erwiderte gelassen: »Ja, Frau Rohr, da sind wir auf dem Punkt, was sollen wir lange herumreden!«

Eine Weile lang blickte er in den Maschinenraum hinunter. Er schien von dem stampfenden Monstrum wirklich ganz begeistert zu sein, während ich es vor Gestank und Lärm kaum aushielt.

Dann wandte er sich mir wieder zu. »Lassen Sie mich zusammenfassen! Alle Dinge aus Ihrem Bericht waren uns längst bekannt. Die zu besorgen ist ja auch nicht schwierig, da braucht man sich in Duselburg nur ein wenig umzuhören. Und das hatten wir getan, ehe wir Sie dort hinschickten.«

Er sah mich aufmerksam an, und ich hatte alle Mühe, meine Betroffenheit nicht sichtbar werden zu lassen. Es ging also gar nicht darum, ob Robert gut genug sei für die Operation an Weller, dachte ich. Meine Ahnung! Schon bei dem Gespräch mit Hänschen hatte ich behauptet, daß die Herren der Konzernleitung ein ganz faules Ei ausbrüten wollten. Später traf ich auf Mister Willies, jene merkwürdige Mischung aus einem Philosophen und Showman, und hatte mich schlichtweg einwickeln lassen. Wie eine dumme Gans! Mir wurde übel bei dem Gedanken.

»Es überrascht Sie doch nicht, daß wir schon einige Informationen hatten?« hörte ich Kruger fragen.

»Doch, das tut es!« gab ich zu.

Kruger lächelte vergnügt. »Na ja, Frau Rohr, das mag Ihnen zeigen, daß wir nicht ganz so unausgeschlafen sind, wie Sie vielleicht denken. Aber gerade weil es weiße, unerforschte Gebiete im Leben des Doktor Carlsson zu geben scheint, interessiert er uns. Deshalb haben wir uns an Sie gewandt, deshalb sind wir bereit, für Informationen, die die Person des Arztes total ausleuchten, eine hohe Summe zu zahlen. Haben wir uns verstanden?«

Ich nickte. »Sind wir fertig?«

»Ich denke, ja!«

Ich wollte nur noch runter von dem Dampfer, weg von diesem Mann! Ich sah vor uns den Süllberg mit seinen Häusern am Abhang auftauchen. Oben lag das Lokal, in dem ich gestern mit Robert gesessen hatte. Ich ging in Nienstedten an Land, nachdem ich mich von Kruger mit dem vagen Hinweis verabschiedet hatte, ich würde mich bei ihm melden, sobald ich weitere Informationen hätte. Er schüttelte mir freundlich die Hand und schien ganz sicher zu sein, daß ich mir das ausstehende Honorar nicht entgehen lassen würde.

Von der Dampferanlegestelle stieg ich den Weg zum S-Bahnhof Blankenese hinauf, setzte mich in den nächsten Zug und fuhr in Richtung Hauptbahnhof. Es hatte wirklich keinen Sinn mehr, den Schlußfolgerungen aus dem Gespräch mit Kruger auszuweichen, dachte ich. Zweifellos sollte an Weller ein Verbrechen verübt werden, und Robert hatten sie als Werkzeug ausersehen. Deshalb suchten sie nach Schwachstellen in seinem Leben. Um ihn zu erpressen! Sie meinten wohl, es sei unverfänglich, wenn jemand aus einer Operation nicht mehr aufwachte. Ein entsetzlicher Gedanke! Aber abwegig? Nein! Alles hing sicher mit Wellers Arbeit zusammen; seine Forschungen schienen mit den Interessen der »Snyder incorporated« zu kollidieren. Es wäre also nützlich, etwas über diese Arbeit zu erfahren. Ich mußte an Weller herankommen, aber wie? Ich hatte nicht die leiseste Ahnung, wie das gelingen könnte. Krugers Spekulation zielt auf dunkle Punkte in Roberts Leben. Aber gab es die überhaupt? Wenn nicht, würde Krugers Plan ohnehin zusammenbrechen wie ein Kartenhaus. Ich mußte in Erfahrung bringen, inwieweit Robert erpreßbar war. Der Schlüssel lag in seinem Vorleben. Meine nächste Station hieß also zunächst einmal München.

Als ich ins Büro zurückkehrte, bat ich meine Sekretärin, in einer der Frühmaschinen morgen einen Platz für mich zu buchen. Ich hätte wohl auch noch heute nachmittag fliegen können, aber noch während Frau Schmitz mit dem Flughafen telefonierte, dachte ich an Robert und die letzte Nacht mit ihm. Ein bißchen hoffte ich, daß wir uns am Abend wiedersehen könnten. Einen Moment lang spielte ich sogar mit dem Gedanken, ihm alles klipp und klar zu sagen. Aber würde das etwas einbringen? Er hielt mich für die Journalistin Eva Adams, die an einem Krankenhausreport arbeitete. Ich müßte zugeben, daß ich mich in sein Vertrauen geschlichen hatte. Und dann? Wie würde er darauf reagieren? Gestern abend auf dem Süllberg war ich schon beinahe soweit. Und dann zuckte ich doch zurück, war erleichtert, daß die Besitzer des Restaurants durch Zufall ebenso hießen wie ich. So blieb alles nur ein Spaß. Nein, ich konnte ihm die Wahrheit nicht sagen, noch nicht. Aber wenn es mir gelänge, ihn aus dieser Situation heil herauszuführen, mochte es anders aussehen. Darauf mußte ich hoffen. Ich griff zum Telefon und rief in Duselburg an. Der Chefarzt sei noch im Operationssaal, erklärte Frau Kuhlmann, aber es könne nicht mehr lange dauern. Ob ich eine Nachricht oder Telefonnummer hinterlassen wollte? Nein, das nicht! Ich sagte ihr jedoch, ich würde mich später wieder melden.

Nachdem ich den Hörer aufgelegt hatte, fiel mir plötzlich die Namensliste mit den Angestellten aus Doktor Wellers Abteilung ein, die ich von Hänschen hatte und die im Bürosafe lag. Ich holte sie hervor und ging sie durch. Es schien mir ganz sinnlos, mit Weller direkt zu sprechen. Am Anfang zumindest. Er würde mir über seine Schwierigkeiten mit der Konzernleitung nichts sagen. Aber bei dem einen oder anderen Mitarbeiter mochte es anders sein. Die Leute redeten gern über ihre Chefs, wenn es sich dabei möglichst nur um etwas Herabsetzendes handelte. In der Liste fand ich einen Siegfried Feldmann, siebenundzwanzig Jahre alt, nicht verheiratet. Ich sah seine Nummer im Telefonbuch nach und rief an, erhielt aber keinen Anschluß. Sicher arbeitete er noch um diese Zeit. Von den Leuten auf der Liste könnte er der geeignete Mann sein, um etwas über Weller zu erfahren. Ich wollte es zumindest versuchen und nahm mir vor, mit dem jungen Mann in Kontakt zu kommen, sobald ich aus München zurückkehrte.

Eine ganze Weile hockte ich noch untätig hinter meinem Schreibtisch, grübelnd und sehr unzufrieden mit mir. Ich ließ meine Augen durch das Büro wandern. Sehr komfortabel alles, wirklich nicht übel! Was für hübsches Geld man machen konnte, wenn man im Abfall anderer Leute herumstocherte. Schräg hinter mir, direkt neben dem Fenster, befand sich die moderne Plastik auf einem Piedestal. Niemand hatte mir bisher sagen können, was die bedeuten sollte, auch der Künstler nicht. Der schien es am wenigsten zu wissen. Es war ein Gebilde aus Aluminium, Emaille und Glas und gerade groß genug, um die Videokamera V 100 von Philips in ihrem dicken Bauch aufzunehmen. Das Objektiv blickte durch ein Fenster, das geschickt in das Email aus flammenden Farben eingearbeitet war. Die Besucher starrten zwar oft und lange auf diese Plastik, wendeten ihr Gesicht so der Kamera zu, aber daß sich ein Aufnahmegerät dahinter verbarg, errieten sie nicht. Ich erkannte plötzlich, was die Plastik darstellen könnte – die erbärmliche Visage eines Monsters!

Ich schaute auf den leeren Stuhl vor meinem Schreibtisch und dachte an die vielen Leute, die darauf gesessen und mir ihre Sorgen anvertraut hatten. Hatte ich ihnen helfen können? Wenigstens hin und wieder einmal? Dem einen oder anderen? Selten genug! In was für einen Beruf war ich nur geraten. Heute zweifelte ich an allem. Und die Atmosphäre des Büros wurde mir schließlich unerträglich. Ich schlich hinaus.

Niederschrift eines Gedächtnisprotokolls auf Tonband
G 5/MR 3 GaT/18-4-78, 21. 4. 78, 24 Uhr 00

Die Hamburger Maschine landete pünktlich in München-Riem, und ein Taxi brachte mich zum Stachus. Mit der Zimmerbestellung war alles glatt gegangen; sogar der BMW von der Leihwagenfirma, den die Schmitz ebenfalls für mich beordert hatte, stand schon in der Hotelgarage. Ich erfrischte mich auf meinem Zimmer und packte den Koffer aus. Danach aß ich im Hotelrestaurant eine Kleinigkeit und machte mich anschließend auf den Weg zum Klinikgelände. Ich ging zu Fuß, denn es war nur ein Stück die Sonnenstraße hinunter. Nach einigem Hin und Her fand ich den Weg zur Bibliothek, und als ich den Saal mit der Buchausgabe betrat, zeigte die Uhr ein Viertel nach drei. Plötzlich fiel mir ein, daß heute Freitag war und für die Angestellten wohl bereits halb und halb das Wochenende begonnen hatte. Zu meinem Glück entdeckte ich ein männliches Wesen, einen alten Knacker zwar, aber irgendwie brachte ich ihn dazu, daß er auf mich reagierte. Er hatte eine fleischige Unterlippe, die er ständig mit der Zunge beleckte, und dabei schaute er mir auf die Brust – na, es war schon unangenehm. Aber immerhin bekam ich meine Informationen.

Natürlich würden alle Arbeiten von Doktoranden dieser Universität gesammelt, meinte er sabbernd. Er führte mich an einen Karteischrank und erkundigte sich nach dem Namen. Darauf zog er das entsprechende Fach auf. Während er die Karten um den Namen Carlsson herausholte, drückte er mir seinen Ellenbogen gegen den Busen. Ich dachte, es sei versehentlich, und wich ein Stück aus. Aber er rückte nach, und da wußte ich, daß er es absichtlich tat. Ich ließ ihn ein bißchen fummeln, denn ich wollte meine Informationen, und ich wollte sie schnell.

Einen Robert Carlsson gäbe es nicht in der Kartei, sagte der Mann und sah mich über die Brille hinweg an. Dann kam seine Zunge hervorgekrochen und leckte die scheußliche Unterlippe naß.

Manchmal braucht man für diese Arbeit starke Nerven. Ich hatte sie, zumindest an dem Tag, und so zauberte ich ein verführerisches Lächeln auf mein Gesicht. Das brachte ihn in

Trab. Wieder verschwanden seine Finger zwischen den Karteikarten. Und während ich ihm dabei zusah, beschlich mich eine düstere Ahnung.

Schließlich zog er eine Karte hervor, sagte: »Hier habe ich einen Roland Carl, das kann er nicht sein? Oder?«

Mir wurde richtiggehend übel, so daß ich mich gegen den Schrank lehnen mußte.

»Ist Ihnen nicht gut?« fragte der Mann.

»Nein, es ist nichts!« erwiderte ich.

»Die Arbeit ist vom Jahre sechsundfünfzig«, fuhr der Alte fort.

Ich erwiderte heiser: »Das könnte stimmen.«

»Und sein Thema: Na, so eine Arbeit über den fünften Lendenwirbel.«

»Die Arbeit könnte es auch sein.«

»Ja, ja! Nur der Name paßt nicht. Dieser Doktorand heißt nicht Carlsson. Er heißt Roland Carl!«

»Ob ich wohl mal einen Blick in die Arbeit werfen könnte?« fragte ich.

»Ich müßte sie erst heraussuchen.«

Ich versuchte es mit einem erneuten Lächeln.

»Und es ist schon nach halb vier!« Sein Kopf, der auf einem dünnen Hals saß, wackelte trübsinnig. »Heute ist Freitag, und da schließen wir pünktlich. Es ist besser, Sie kommen Montag wieder!«

»Ich bin extra von Hamburg hergeflogen deswegen.« Ich trat noch einen Schritt an ihn heran, so daß wir eng voreinander standen. Über sein Gesicht begann sich ein rötlicher Schimmer zu legen, bis hin zum Adamsapfel an seinem Gänsehals. Und dann kam wieder die Zunge herausgekrochen und schleckte die Unterlippe naß. »Nun, wenn Sie eine so weite Reise hinter sich haben, da kann ich wohl nicht so sein.«

Er schlurfte mit der Karteikarte zur Ausgabe und verschwand in einen der hinteren Räume. Ich stand wie auf Kohlen, während meine Augen den Sekundenzeiger der Normaluhr auf seinem Weg beobachteten.

Roland Carl und Robert Carlsson – es war zu offensichtlich.

Aber wenn er schon einen anderen Namen annahm, weshalb suchte er sich dann einen derart ähnlichen heraus? Hätte der nur ein wenig abweichend geklungen, wir hätten ihn nie gefunden. Außerdem wußte ich von Christine, er habe in München studiert und auch die Doktorarbeit gemacht. Hinzu kam, daß man in Duselburg nichts über seine Vergangenheit wußte. Man konnte seinen Weg gerade noch bis Lübeck zurückverfolgen, und von da ab verlor er sich im Nichts. Was war im Vorleben des Robert Carlsson geschehen? Oder mußte ich von jetzt an Roland Carl sagen? Ich wußte nicht, was ich denken sollte.

Die Normaluhr zeigte zwölf Minuten vor sechzehn Uhr, als der Bibliothekar mit einem schmalen, in dunkelgrünes Leinen gebundenen Bändchen zurückkehrte und nun seinerseits nah an mich herantrat. So nah, daß ich unwillkürlich einen Schritt zurückwich.

»Lassen Sie sich Zeit, schöne Frau!« meinte er und sah mir über die Brille hinweg tief in die Augen. »Und falls man uns hier einschließt, ich besitze einen Hauptschlüssel!«

Einen Moment lang starrte ich fasziniert auf seine nasse Unterlippe, dann nahm ich ihm das grüne Bändchen aus der Hand und ging zu dem Fenster im Hintergrund des Saales. Es befand sich zwischen zwei Karteischränken, so daß ich von beiden Seiden Sichtschutz hatte. Ich las den Namen Roland Carl in goldenem Prägedruck unter dem Titel. In den nächsten Sekunden, die sich lang vor mir und hinter mir zu dehnen schienen, hatte ich sehr wechselnde Empfindungen. Mir war zumute, als ob ich die Tür zum anderen Leben des Robert Carlsson aufstieß.

Unterdessen streunte der Sabberheini wie ein verliebter Kater in meiner Nähe herum, es mußte also schnell gehen. Ich legte die Doktorarbeit auf die Fensterbank. Das einfallende Licht mochte für meine Zwecke gerade ausreichend sein. Dann zog ich die Minox aus der Tasche. Ich schoß einige Bilder vom Einband des Buches, von der Titelseite und von Textstellen aus dem Inneren.

Ich befand mich unter den letzten Besuchern, die aus dem Lesesaal der Bibliothek gingen. Zurück blieb ein alter Mann, der enttäuscht die nasse Unterlippe hängenließ. Ich verschwendete keinen Gedanken daran, was er sich ausgerechnet haben mochte.

Männer waren in vielerlei Hinsicht einfältig und kindlich naiv: selbst so überdurchschnittliche Männer wie Robert! Das dachte ich, während ich über die Sonnenstraße in Richtung Stachus spazierte.

Und ich dachte auch: »Robert, mein lieber Robert, wie soll ich dir nur aus dieser Klemme helfen, in die du mit tödlicher Sicherheit geraten wirst?«

11

»Wir müssen einen Namen raussuchen, der ganz ähnlich klingt«, sagte der Mann.

»Das ist egal!« antwortete Roland Carl.

»Dat is nich egol, du Dösbaddel!«

Der Mann war an die zwei Meter hoch, also ein schönes Stück größer als Roland Carl, und er wog weit über zweihundert Pfund. Seine Seemannshose, die an den Seiten geknöpft wurde, hing ihm irgendwo unterhalb des Bauchnabels. Darüber spannte sich ein Netzhemd um einen mächtigen Bauch und einer ausladenden Brust. Es sah aus, als hätten sie ein Fischernetz mit einem gewaltigen Fang an der Kurrleine hochgehievt. Der Mann trug nur die Hose und das Unterhemd. Es war Hochsommer, und es war schon seit Tagen heiß in dem Jahr 1965.

»Hastu nich gesagt, du hass'ne Tochter, un de is schon soss?«

Roland Carl nickte.

»Hastu nich auch verteilt, du hast sie in einer Schweizer Klosterschule untergebracht? Willst sie aber zu dir nehmen, wenn das mit uns beiden Hübschen klargeht?«

Wieder nickte Roland Carl.

»Ich nehme doch wirklich an, daß deine lütte Deern schon s-prechen kann?«

Dazu lächelte Roland Carl. Er mußte auf diesen Mann in der rutschenden Seemannshose eingehen, denn er wollte etwas von ihm. Genaugenommen wollte er nicht mehr und nicht weniger als ein neues Leben von ihm. Der Mann wußte das natürlich, aber er nutzte es nicht aus. Oder doch nur wenig, nur so zum Spaß. Er gehörte zu den gemütlichen Hamburgern, die meistens auch immer großmütig sind, auf alle Fälle aber recht beständig. Denn nun wiederholte er seine Frage: »Kann deine Tochter nun s-prechen oder nicht?«

»Sie kann natürlich. Ist ja geistig normal entwickelt.«

»Kuckma an! Nun versetz dich in ihre Lage! Sie heißt Carl.« Er schaute sein Gegenüber an. »Vorname?«

»Christine!«

»Wie heißt du denn, lütt seute Deern? fragt man. Und sie darauf: Christine... Meyer? Das kann mit der Zeit gefährlich werden, Landmann. Und deshalb muß der Name ähnlich klingen. Hast du kapiert?«

Das hatte Roland Carl, er nickte. Eine Weile schwiegen sie und sahen sich an. Roland Carl wirkte wie ein Bittsteller, und sein Gegenüber ließ den Blick aus klugen, wasserhellen Augen ungeniert über diesen Kunden wandern. Zu einem endgültigen Ergebnis schien er noch nicht gelangt zu sein. Sie saßen auf wackligen Stühlen an einem wackeligen Tisch. An der Wand stand ein Kanapee. Alles Jugendstil. Die Zeit, in der man für diese Möbel wieder sehr viel Geld ausgeben würde, war noch nicht ganz gekommen. Es befanden sich auch einige Staffeleien in dem Mansardenzimmer, und an den Wänden hingen viele bunte Bilder. Die stammten alle von einer Hand, und zwar von der, die andauernd die rutschende Seemannshose hochzog. Auch bei großzügiger Betrachtungsweise konnte man kaum zu einem positiven Urteil über sie gelangen. Sie taugten nichts. Der Maler mit dem scharfen Blick aus wasserhellen Augen schien das zu wissen, aber er liebte seine Bilder wohl ebenso, wie man die eigenen ungeratenen Kinder liebt.

»Worüber bist du gekippt?« fragte der Mann. Noch immer verweilten seine nachdenklichen Augen auf Roland Carl.

»Gekippt?«

»Na ja, wozu brauchst du einen neuen Namen? Hast du abgetrieben, und die Frau ist darüber gestorben?«

»Nein!«

»Oder hast du einem ein neues Gesicht gemacht?«

»Wozu denn das?«

»Mann, bist du naiv! Einem aus der Unterwelt, einem aus 'ner Gang.«

Jetzt verstand Roland Carl, und er mußte lächeln. Dann schüttelte er den Kopf.

»Ach, Scheißparis, ich will es gar nicht wissen«, sagte der Maler. »Obwohl, ich bin auch wählerisch. Einem Mörder würde ich nicht helfen!« Und nach einer Pause, in der dieser versonnene Blick aus wasserhellen Augen auf Roland Carl ruhte: »Aber wie ein Mörder siehst du nicht aus.«

Aber gerade das war er! Roland Carl war ein Mörder! Da mochte dieser superschlaue Maler noch so weit die Augen aufreißen, er würde es nicht erkennen. Denn wie sollte ein Mörder schließlich aussehen, dachte Roland Carl, doch auch nur wie ein beliebiger anderer Mensch. Er wandte seine Aufmerksamkeit den Bildern an den Wänden zu.

»Gefallen dir meine Pinseleien, Landmann?« fragte der Maler.

»Sehr schön, wirklich!«

»Sind alle auf'n Beemudaas gemacht. War ich zehn Schare. Bannig scheune Tied. Aber de Bilders sind allesamt Mist!«

Er zog die Literflasche mit dem roten Wermut an sich heran und schenkte sein Weinglas voll. »Wistu nich doch 'n büschen? Schmeckt doch wirklich fein.«

Roland Carl blickte auf die in der Flasche schwappende Flüssigkeit, und es begann ihn zu ekeln. Seit drei Jahren war er trockengelegt, und er wollte es auch bleiben.

»Wieviel Geld kannst du denn lockermachen, Landmann?« fragte der Maler, nachdem er einen tiefen Schluck aus dem Glas genommen hatte.

»Ich gebe Ihnen alles, was ich besitze, oder fast alles!« erwiderte Roland Carl.

»Nun sei mal nicht so s-pendabel, mein Kleiner, oder solltest du nichts auf der hohen Kante haben?«

»Es sind immerhin zwölftausend Mark.«

Der Maler grinste nur.

»Na gut!« korrigierte sich Roland Carl. »Es sind fünfzehntausend, aber ich dachte, daß ich drei davon für den neuen Anfang brauche.«

»Mann, mußt du ein Scheißarzt sein, wenn du nur fünfzehn Riesen hochgelegt hast.«

»Sie vergessen, daß ich seit vier Jahren nicht mehr praktiziere«, erwiderte Roland Carl.

Und der Maler, der sich wohl inzwischen ein Urteil gebildet hatte, sagte: »Komisch, Landmann, ich glaub' dir!«

Und lächelnd darauf von Roland Carl: »Aber zwölftausend Mark sind doch viel Geld!«

»Ich könnte das Doppelte verlangen, ich könnte sogar noch mehr kriegen!« Und als er Roland Carls skeptischen Blick sah, fuhr er erklärend fort: »Kuckma, du brauchst nich nur 'n Paß. Ich muß dich rundum neu machen. Geburtsurkunde, Schulzeugnisse. Hastu, Dokter?«

»Ja!«

»Siehstu! Das Doktordiplom müssen wir auch anfertigen. Und dann kommt deine kleine Tochter dran. Die braucht alles neu wie du. Weißt du, was das für Arbeit ist?«

Roland Carl zuckte mit den Schultern.

»Du weißt es nicht, Landmann, aber es macht nichts! Du kommst rüber mit den zwölf Riesen, und denn geht das klar. Ich seh' schon, daß du nicht mehr hast. Ich seh' auch, daß du 'n ans-tändigen Kerl bist. Tüalich hebben se di anscheeten.«

Er trank sein Glas leer. Dann stand er auf, ging in den Hintergrund des Zimmers und begann zu kramen. Auch Roland Carl erhob sich. Er hatte lange auf dem Stuhl gesessen, und er wollte sich die Beine vertreten. In dem Mansardenstübchen war es unerträglich heiß. Er trat an das Fenster, das offenstand, aber es drang keine Kühle herein. Die Luft schien über Hamburg stillzustehen.

Der Blick aus dem Mansardenfenster ging auf den Hans-Albers-Platz hinab. Es war die Gegend um die Reeperbahn herum. Die Große Freiheit und die Herbertstraße lagen ebenso dicht dabei wie die Davidswache am Spielbudenplatz. Nah war aber auch der Freihafen. Man schien das Wasser bis hierher zu riechen, und wenn man sich aus dem Fenster hinauslehnte, mußte man wohl die Hellingen der Schiffswerften sehen. In dieser Gegend mit ihren billigen Nutten, den kleinen und etwas größeren Ganoven, den Leuten aus der Vergnügungsbranche – Musikern, Stripperinnen, Schleppern, Zapfern, Barfrauen, Komödianten –, alle die, die sich zusammengefunden hatten, um den Leuten aus der Provinz und den Seemännern von den Steamern das Geld abzuknöpfen, in dieser Gegend schwamm man wirklich in der dicken Suppe von Hamburg.

»Gefällt es dir an Hans Albers seinen Platz, Landmann?« hörte Roland Carl die Stimme des Malers hinter sich. Er drehte sich herum und nickte. Der Dicke saß wieder auf seinem Stuhl am Tisch, hatte sich neu eingeschenkt und trank einen Schluck.

»Du s-tammst auch von der Küste?«

»Sogar aus dieser Stadt«, ergänzte Roland Carl.

»Man hört es«, meinte der Maler. »Aber natürlich kommst du aus einem feinen Viertel. Winterhude?«

»Ja.«

Der Maler lächelte. »Mach dir nichts draus, Kleiner, diese Gegenden müssen ja auch bewohnt werden. Ich s-tamme vom S-pielbudenplatz. Meine Eltern hatten da 'ne Fabrik, s-tellten Gummimäntel her. S-taunstu, was? Tja, auf dem S-pielbudenplatz gibt es nicht nur Schießbuden und Zillerthal und Operettentheater und Panoptikum. Da wird auch hin und wieder richtig gearbeitet. Ich war dann viele Jahre unterwegs. Allein zehn davon auf den Bermudas. Aber das laß dir gesagt sein, Landmann, dich kann es in deiner Jugend noch so sehr hinausziehen, du kannst noch so sehr den s-tarken Mann s-pielen, für dich gibt's das nicht, Heimat und so. Es kommt der Tag, das sag' ich dir, an dem es dich dahin zurückzieht, wo du geboren und aufgewachsen bist. Und ist das nicht so bei dir, dann taugst du nichts!«

Nach dieser langen Rede nahm er einen Schluck aus seinem Glas, und unterdessen kam Roland Carl an den Tisch zurück und setzte sich dem Maler gegenüber. Eine Weile lang schauten sie sich schweigend an.

Dann fragte der Maler: »Und nun sag mir mal, mein Kleiner, was du von dem Namen Robert Carlsson hältst?«

Die Pension, in der Roland Carl abgestiegen war, befand sich in der Blumenstraße. Warum er sich die abgelegene Unterkunft in Winterhude aussuchte, hatte mehrere Gründe. Einmal mußte er auf eins der großen Hotels ohnehin verzichten, schon aus finanziellen Rücksichten; zum anderen lag die Pension schräg gegenüber von dem Haus, in dem er geboren wurde, Blumenstraße 12. Die Bürgerhäuser von der Jahrhundertwende mit ihren geschwungenen Jugendstilzäunen an den Vorgärten wirkten recht eindrucksvoll. Wenn er aus dem Pensionsfenster blickte, konnte er den Hauseingang sehen, durch den er viele Jahre gegangen war. Darüber lagen in der ersten Etage die Fenster der elterlichen Wohnung. Schon seit langer Zeit lebten dort fremde Leute.

Am nächsten Morgen nahm er sein Frühstück auf der Terrasse ein, die nach hinten hinaus lag. Wieder versprach es ein strahlend schöner Tag zu werden. Es sah ganz so aus, als freue sich die Hansestadt über die Rückkehr eines ihrer Kinder. Roland Carl war früher aufgestanden und saß als einer der ersten im Frühstückszimmer. Es gab Eier und Honig und herrliche Rundstücke. Das heißt, ganz so knusprig, wie er sie aus vergangenen Jahren in Erinnerung hatte, schienen ihm auch die nicht mehr zu sein.

Alles, was der Maler gestern über die Anbindung an die Kinderzeit sagte, hatte Roland Carl stark beeindruckt. Er erinnerte sich auch der Empfindungen, als der Intercity in den Hauptbahnhof einlief, er die Treppen zur Halle hochstieg und ins Freie trat. Und dann der erste Blick die Mönckebergstraße hinunter!

Ein guter Wind hatte ihn zu dem Maler hingeweht. Er hätte ja auch Pech haben können, als er sich in der Hamburger Szene umtat.

Aber er mußte auf den Dicken einen günstigen Eindruck gemacht haben; denn der kramte schließlich einen Karton hervor. Darin lagen Pässe der verschiedensten Staaten, natürlich auch welche der Bundesrepublik Deutschland. Und einer lautete auf den Namen Perlsson. Den zog er hervor und wedelte damit vor Roland Carls Nase herum.

»Kuckma«, sagte er, »dies ist unser Mann! Der arme Perlsson

is nu schon seit fiev oder soss Scharen beim liem Gott oben. Kam grad von Amerika zurück. Haben sie ihm hier die Nuß aufgeklopft und liegenlassen. Ganz hier in der Nähe. Nö, mein Kleiner, ich war das nicht, dat is nich mien Schob. Ich hab' bloß den Paß gekauft. Und dieses Leben gehört nun dir! Du lebst es weiter! Ist doch fein für euch beide, für den armen Perlsson und für dich!«

Roland Carl starrte den Maler an. Vieles imponierte ihm an dem Mann, aber wie der geradezu nahtlos vom deftigen Missingsch zu feinem Hochdeutsch wechselte, das fand er hinreißend. Roland Carl fragte: »Und welche Ähnlichkeit sollte der Name Perlsson mit dem Namen Carl haben?«

»Wirst du gleich vers-tehen, Landmann! Kuckma, wenn ich die beiden ers-ten Buchs-taben von Perlsson wegnehme und ersetze sie durch ›C‹ und ›A‹, dann kommen wir auf Carlsson, und dann hast du deine Ähnlichkeit. Leuchtet ein?«

Roland Carl zuckte unentschlossen mit den Schultern.

Der Maler erklärte geduldig: »Wenn du einen echten Paß trimmen willst, Landmann, ist es wichtig, daß du nur wenig ändern mußt. Es sind also nur die zwei Buchs-taben im Namen, Und ›Robert‹ ist doch nun wirklich niedlich, paßt doch zu dir. Alle anderen Angaben in dem Paß treffen auf dich zu, ist geradezu atemberaubend. Und nun deine Tochter, wie sagst du zu ihr? Tine?«

»Tinka!«

»Tinka – is doch seut! Warst noch 'n richtigen Hamborger Kierl. Un nu paß auf, Kuddel, nu nimmstu de lütt Deern, sachst ihr: Hör mal, Tinka, du wirst langsam groß, kommst auch gleich in Schule, und da ist es soweit, daß du unseren Namen richtig auss-prechen mußt. Bisher hast du nur immer Carl gesagt, weil du Carlsson nicht sagen konntest. Aber nun werden wir das immer mal üben!« Der Maler schaute sein Gegenüber mit einem verschmitzten Lächeln an. »Leuchtet ein?«

Roland Carl nickte. Dann fragte er: »Wann kann ich die Papiere bekommen?«

»Es brennt dir wohl auf den Nägeln?«

Roland Carl lächelte nur hilflos.

Der Maler seufzte. »Na schön, Landmann, da muß Beate nächste Nacht ohne mich auskommen, werd' ich eben durcharbeiten. Muß auch mal fix gucken, wo ich verschiedenes Papier herkriege. Zum Beispiel brauch' ich was Zünftiges für deine Doktorurkunde, wo ich die draufmale. Na, leg mal morgen am s-päten Nachmittag wieder an bei mir. Und vergiß die Kröten nicht, Landmann, die mußt du schon mitbringen.«

Roland Carl kletterte die steilen Treppenstufen in dem abbruchreifen Haus hinunter. In der ersten Etage strich ihm eine graue Tigerkatze um die Beine, und im Hauseingang sah er weitere stehen, diesmal zweibeinige. In den Seitenstraßen bis hin zur Reeperbahn traf er dann noch viele. Sie zogen alle enttäuschte Gesichter, weil das Geschäft bei dieser Hitze wohl nicht so recht in Schwung kommen wollte.

Nach dem Frühstück am nächsten Morgen machte sich Roland Carl auf den Weg. Bis zum Nachmittag hatte er nichts Besonderes vor, und so wollte er zum Stadtpark gehen, in dem er als Junge viel herumgestrolcht war. Er lief die Marie-Louisen-Straße hinunter und kam dabei auch an dem Haus vorüber, in dem er zwölf Jahre später eine seiner schönsten Nächte erleben sollte. Aber bis dahin war es noch ein weiter Weg. Er passierte Sierich- und Dorotheenstraße und gelangte zur Opitzstraße. Und dann stand er vor seinem alten Gymnasium. Es mußten wohl Ferien sein, denn das Gebäude lag völlig verlassen da. Lange Zeit starrte Roland Carl zu den Fenstern der Oberprima hinauf.

Viel war geschehen seitdem, sehr viel und auch sehr viel Böses! Noch in Grafingen wurde die Scheidung von Hettie ausgesprochen. Dabei handelte es sich um einen kurzen, schmerzlosen Akt; die Schmerzen hatten früher gelegen. Er sah seine Frau nicht wieder. Nicht ein einziges Mal in den vergangenen vier Jahren erkundigte sie sich nach ihrer kleinen Tochter. Sie schien beide aus ihrem Leben gestrichen zu haben. Hettie lebte nun irgendwo im Ausland, das hatte Roland Carl durch Zufall erfahren.

Nachdem er und Christine aus Grafingen fort mußten, begann für beide eine schwere Zeit. Es war unmöglich, eine neue

Anstellung zu finden. Wo er sich auch bewarb, er wurde abgewiesen. Die Personalabteilungen der Krankenhäuser mußten über hervorragende Kommunikationsmittel verfügen, denn sein schlechter Ruf eilte ihm stets voraus. Die letzte Möglichkeit, sich und seine kleine Tochter über Wasser zu halten, bot ihm die pharmazeutische Industrie. Also wurde er Vertreter, und weit über ein Jahr zog er mit einem Musterkoffer neuer Arzneimittel über Land, besuchte niedergelassene Ärzte und Apotheken. Er verdiente nicht schlecht dabei, aber es war hartes Brot, und die Trennung von seiner Tochter, die damals gerade vier Jahre alt wurde, fiel ihm schwer. Er hatte sie in der Schweiz in eine konfessionell geführte Einrichtung gegeben. Alle vier Wochen fuhr er zu einem verlängerten Wochenende hinunter. Eigentlich waren es die Tage in jener Zeit, auf die er wartete und von denen er zehrte, wenn er allein über die Landstraßen fuhr. Die kleine Tinka vermißte den Vater kaum, ihr gefiel es in dem Kinderheim, und, was er ganz merkwürdig fand, nach ihrer Mutter fragte sie niemals.

Auf seinen Vertreterreisen kam Roland Carl auch ins Rheinland, und dort sah er eines Tages seinen Onkel wieder, der im Kölner Vorort Rath eine allgemeinärztliche Praxis führte. Der alte Mann war über siebzig, und die Arbeit wurde ihm seit langem zuviel. So machte er seinem Neffen das Angebot, bei ihm als Juniorpartner einzutreten. Natürlich würde er das eine Abhängigkeitsverhältnis gegen ein anderes vertauschen, das wußte Roland Carl, aber er hatte die Hoffnung, daß er Christine nach Köln holen könnte. Die Hoffnung trog. Onkel und Tante hatten niemals eigene Kinder im Haus gehabt, und so wollten sie es auf ihre alten Tage auch nicht mehr.

Für den Chirurgen Carl wurde es trotzdem keine verlorene Zeit. Er konnte viel lernen von dem alten Praktiker, besonders in der Diagnostik. Als der alte Onkel im Frühjahr 1965 starb, mußte Roland Carl eine neue Entscheidung treffen.

Inzwischen sollte Christine zur Schule kommen. Natürlich hätte er sie weiterhin in der Schweiz lassen können, aber er wollte nicht mehr länger von seiner Tochter getrennt leben. Es boten sich ihm nicht viele Möglichkeiten. Es lag inzwischen

Jahre zurück, als er sich zum letzten Mal an einem Krankenhaus beworben hatte. Er fragte sich, ob in der verstrichenen Zeit endlich Gras über jene Sache gewachsen war. Er wußte es nicht. Nur eines wußte er genau: noch eine Ablehnung würde er nicht verkraften. Er war sehr weit unten. Seelisch fühlte er sich am Ende seiner Kraft. Er überlegte lange. Dann schrieb er rund ein Dutzend Bewerbungsschreiben und trug sie über eine Woche mit sich herum. Endlich überwand er sich und zog sie vor einem Postkasten hervor. Lange starrte er auf die Briefe, auf den Kasten und wieder auf die Bewerbungsschreiben. Dann zerriß er sie. Er ging in die Villa des Onkels am Rather Mauspfad und packte seine Sachen zusammen. Am nächsten Morgen fuhr er mit dem Intercity nach Hamburg.

»Hastu Verwandte in der Stadt, Papa oder Mama?«
»Nein!«
»Bekannte Lüd? Freunde?«
»Und wennschon, es ist zwanzig Jahre her. Es erkennt mich keiner mehr.«
»Du mußt vorsichtig sein, Landmann, kapiert? Sonst nützt dir der schönste Paß nichts. Und schön ist der wirklich!«
Liebevoll schlug der Maler ihn auf, blätterte darin. Es war ein altes, abgeledertes Dokument, ein bißchen faltig und fleckig. Vollgepackt mit Stempeln und Eintragungen, mit Visa aus vielen Ländern.
»Ich geh' nach Lübeck!« Roland Carl wanderte in der Mansarde herum. »In Lübeck kann ich unterkommen.«
»Meinen Segen hastu, Landmann! Diesen Paß habe ich dir um zwei Jahre verlängert. Dann läuft er ab, vergiß es nicht. Denn gestu hin und läßt dir 'n neuen auss-tellen. Hast ja nu allens auf'n Namen Carlsson – Geboatzoakunde un Abitua und Impfpaß un Dokteroakunde un all den Schiet. Da kannstu ruhig hingehen aufs Amt un denn 'n neuen Paß verlangen. Einen echten! Aber ich sag' ja immer, die können überhaupt nicht so echte machen wie ich!«
Roland Carl stand schon eine Weile lang vor einem der Bilder des Meisters. Es zeigte nicht viel mehr als eine unterge-

hende Sonne, die ins Wasser eintauchte. Die Farben waren recht gut, es strahlte Ruhe und Frieden aus. Von den Bildern an diesen Wänden schien es ihm mit Abstand das beste zu sein.

»Und wenn du dann ein großer Arzt geworden bist«, hörte er den Maler hinter sich, »dann kommst du und kaufst mir ein Bild ab. Nicht, daß ich dir eins ablassen würde, ich verkaufe nämlich keine, aber es ist so hübsch zu wissen, daß man ein begehrter Maler ist, Landmann!«

Roland Carl wandte sich um und lächelte. Dann ging er an den Tisch zurück und setzte sich. Er wickelte das Packpapier auf, das dort lag, und ein Stapel Banknoten kam zum Vorschein. Sie starrten beide darauf, dann hob der Maler den Blick.

»Tut es dir leid?«

»Du hast mir ja sehr geholfen!« Plötzlich sagte Roland Carl auch »du«.

Der Maler quittierte es lächelnd. »Paß auf, Kuddel, du hast es schnell wieder 'rein. Bist doch Arzt!«

»Geld ist auch gar nicht wichtig.«

»Nö – nur man braucht es eben. Hin und wieder wenigstens!«

»Willst du nicht nachzählen?« fragte Roland Carl und schob den Stapel näher an den Maler heran.

Der schüttelte den Kopf. Und nach einer ganzen Weile sagte er: »Heute abend mach' ich mich landfein, un denn zeig' ich meiner Beate mal wieder die große Welt. Da gehn wir essen. Nich den Scheiß hier aus'n Kneipen, wo es nach ranzigem Öl s-tinkt. Nee, nee! Auf'n Süllberg gehn wir, kennstu? Un da sitzen wir denn un kucken den Steamers nach!«

Als Roland Carl über die Reeperbahn in Richtung der U-Bahn-Station St. Pauli wanderte, wurde es ihm zum ersten Mal richtig bewußt, daß es kein Zurück mehr gab. Es hieß nun Doktor Robert Carlsson, und so würde es für den Rest seines Lebens bleiben. Auf dem Weg zur U-Bahn wurden seine Schritte immer schneller. Er wollte in die Blumenstraße und seinen Koffer packen. Er hatte bereits eine Bettkarte für den Schnellzug nach Zürich. Morgen vormittag würde er bei Tinka sein. Er hatte schon angerufen, sie wußten, daß er kommen würde, um sie zu holen. Der Schnellzug ging erst abends um fünf Minuten vor zehn aus Hamburg hinaus, und jetzt war später Nachmittag. Aber Doktor Robert Carlsson lief trotzdem immer rascher. Er konnte es nicht mehr erwarten.

12
Niederschrift eines Gedächtnisprotokolls auf Tonband
G 5/MR 4 GaT/19-4-78, 22. 4. 78, 17 Uhr 00

Ich habe auch schon früher mit Männern geschlafen, und es hat mir meistens Spaß gemacht. Aber noch niemals habe ich wie gestern herumgeschwafelt: »Robert, mein lieber Robert, wie soll ich dir nur aus dieser Klemme helfen?«

Die Ernüchterung kam schnell, präzise beim Frühstück am nächsten Morgen. Ich fragte mich, ob ich allen Ernstes noch zu retten sei. Wie konnte ich Gefühle investieren in einen Mann, der irgendwann ein Verbrechen begangen hatte. Darauf lief es doch hinaus, wenn er seinen Namen ändern mußte. Es hat zehn Jahre gedauert, bis ich mein Geschäft auf den heutigen Stand bringen konnte. Viel von meinem besseren Ich habe ich dafür preisgeben müssen. Inzwischen bin ich so weit oben, wie man es in der Branche nur sein kann. Und nun wollte ich diese Existenz wegen eines Mannes aufs Spiel setzen? Lächerlich!

Nach dem Frühstück machte ich mich erneut auf den Weg zur Universitätsklinik. Aber heute hatte ich nicht soviel Glück wie gestern in der Bibliothek. Ich mußte immerhin einen Arzt aufspüren, der bereits in den fünfziger Jahren hier gearbeitet hatte und der sich noch an den jungen Assistenten Roland Carl erinnerte. Man schickte mich von einer Einrichtung in die andere, und nach Stunden endlich begegnete ich einem alten Oberarzt, dem der Name Roland Carl etwas sagte. Der Mann hieß Johannes Maffai. Natürlich störte ich ihn in der Arbeit, und so bat er mich, am Nachmittag wiederzukommen. Wir könnten zusammen eine Tasse Kaffee trinken.

Doktor Maffai, den ich dann gegen fünfzehn Uhr im Kasino traf, besann sich gut auf den Assistenten Roland Carl. Bei dem hat sich die Ausbildung gelohnt, dachte man damals. Strekkenweise glaubte man sogar, hier wüchse Bedeutsames nach. Aber der junge Mann sei wohl auch labil gewesen, gefährdet in seiner Jugend, wie es so heißt. Außerdem habe er sich früh an eine Frau gebunden. Plötzlich schien es ihm nicht schnell genug voranzugehen mit der Karriere, und so habe er eines Tages eine Stelle in Grafingen angenommen. Dort soll er als Oberarzt gearbeitet haben. Dann, nach dieser Affäre, habe man nichts mehr von ihm gehört. Seit bald zwanzig Jahren sei er verschollen.

Natürlich sprach ich Doktor Maffai auf diese Affäre hin an, aber so redselig der alte Mann sonst auch war, plötzlich wurde er schweigsam. Da müsse ich mich schon nach Grafingen hinbemühen, wenn ich Näheres wissen wollte, es sei ja nicht weit, eine knappe Autostunde nur.

Niederschrift eines Gedächtnisprotokolls auf Tonband
G 5/MR 5 GaT/20-4-78, 23. 4. 78, 23 Uhr 00

Im Krankenhaus von Grafingen klappte ich zum ersten Mal das Visier herunter. Ich gab mich als Marlies Rohr zu erkennen, sobald ich dem Chefarzt Doktor Benzinger gegenübersaß. Wir mochten uns beide nicht und spürten es vom ersten Moment an. Und als er von meinem Anliegen erfuhr, verstärkte es noch die Wand zwischen uns. Der Mann war etwa Mitte Vierzig, und zu Roland Carls Zeit hier mochte er Assistenzarzt gewesen sein. Das galt es herauszufinden.

»Ich habe den Auftrag, nach Doktor Carls Frau zu suchen«, begann ich. »Sie erinnern sich doch an Doktor Carl?«

»Doktor Carl...?« Er sah mich fragend an, und ich wußte, daß er log. Er erinnerte sich genau.

»So um neunzehnhundertsechzig herum war er Oberarzt, und nach jener Affäre ließ sich seine Frau von ihm scheiden«, fabulierte ich frisch drauflos. Und dann ritt mich der Teufel, ich nahm nämlich Doktor Sonnenburgs Version auf. »Er lebt jetzt in den USA, leitet dort eine große Klinik. In Indianapolis.«

Daran hatte er zu kauen, merkte ich, und merkwürdigerweise freute es mich. Nach einer Weile, in der wir uns fixierten, sagte ich: »Er sucht Kontakt zu seiner Frau, nachdem über alles Gras gewachsen ist.«

»Über was?« fragte er. »Über was soll Gras gewachsen sein?«

»Nun, über die Sache von damals.«

»Hm –!« machte er. Und nach einer Pause: »Und was wünschen Sie von mir?«

»Ich dachte, Sie könnten mir etwas über den Aufenthaltsort seiner Frau sagen.«

»Hören Sie mal, Frau... Rohr!« Er blickte auf meine Visitenkarte, die vor ihm auf dem Schreibtisch lag. »Das hier ist ein Krankenhaus, kein Auskunftsbüro, wie Sie eins betreiben.«

Ich nickte. »Natürlich! Aber Grafingen ist nur eine kleine Stadt, und da kommt einem wohl zu Ohren, was aus den Leuten wird, nicht wahr?«

»Ich habe keine Ahnung!«

»Und über die Sache selbst möchten Sie auch nicht reden?«

»Über welche Sache denn? Warum sprechen Sie überhaupt so allgemein?«

Ich schaute ihn mit einem Ausdruck an, als sei ich mit allen Wassern gewaschen. »Nun, diese Affäre eben, die dann schließlich alles auslöste!«

Inzwischen schien er zu merken, daß ich im Grunde keinen blassen Schimmer hatte. Dumm war er nicht, der Knabe!

»Ich weiß von keiner Affäre«, antwortete er. Es klang ziemlich endgültig.

»Vielleicht wissen Sie aber, wo er damals gewohnt hat?«

»Tut mir leid!«

»Aber es wird doch schließlich Unterlagen geben, selbst noch aus jener Zeit!«

»Hören Sie, Frau Rohr, wir haben heute Sonntag, die Büros sind nicht besetzt. Es war reines Glück, daß Sie mich angetroffen haben.«

»Ich würde immerhin sagen, es spricht für den Chefarzt dieser Einrichtung.«

Ich rang mir ein Lächeln ab, er tat es auch, und mit dieser anstrengenden Tätigkeit hatten wir zu tun. Dann konnte ich nicht umhin zu fragen: »Was haben Sie damals von dem Mediziner Doktor Carl gehalten?«

Darauf antwortete er gleich und präzise: »Er war der denkbar schlechteste Arzt, den ich in meinem ganzen Leben kennengelernt habe!«

Hinter den Worten des Chefarztes Benzinger stand mehr als nur Ablehnung. Ich spürte so etwas wie ungezügelten Haß. Und das überraschte mich, denn seit jener Affäre, über die ich zu diesem Zeitpunkt noch immer nichts wußte, waren beinahe zwanzig Jahre vergangen.

Natürlich bekam ich Roland Carls ehemalige Adresse. Doktor Benzinger schloß sogar eigenhändig Bürotüren auf, öffnete Schränke, blätterte in vergilbten Personalakten. Der damalige Oberarzt hatte am Marktsteig 6 gewohnt, und die Portiersfrau, die ich aufsuchte, erinnerte sich noch gut an den früheren Mieter. Es war eine Frau von unbestimmbarem Alter, mit einem erdfarbigen, zerfurchten Gesicht, die wie eine Kröte in ihrer dunklen und feuchten Kellerwohnung hauste. Von ihr erfuhr ich zuerst etwas über jene Unglücksoperation. Ein junger Mann, Verkehrsunfall, war mitten in der Nacht ins Krankenhaus eingeliefert worden. Und der Chirurg Roland Carl hatte den Verletzten auf dem Tisch sterben lassen. Schlimmer noch: Es wurde gemunkelt, der Oberarzt habe unter Alkohol operiert! Die Eltern des Toten erstatteten Anzeige, und es kam zu einer Gerichtsverhandlung.

Dort aber nahm der Assistenzarzt Benzinger, der die Sache überhaupt ins Rollen gebracht hatte, seine frühere Aussage zurück. Vor Gericht spielte der Alkohol keine Rolle mehr, und der Oberarzt wurde freigesprochen. Kurz darauf verschwand die Familie Carl aus Grafingen.

Die Mauer des Schweigens stand damals wie heute. Auch vor Gericht hatte sie gehalten. Wahrscheinlich hatte der Assistenzarzt Benzinger in seiner ersten Entrüstung die Wahrheit gesprochen und später, nachdem ihn ältere Kollegen aus falsch verstandenem Korpsgeist in die Pflicht genommen hatten, falsch ausgesagt. Wuchs sein offensichtlicher Haß gegen Carlsson alias Carl aus diesen Schichten? Sehr gut möglich! Denn Feigheiten aus den jungen Jahren vergißt man nicht. Und verzeiht sie sich auch nicht. Die Scham darüber brennt weiter.

Inzwischen war mein Jagdfieber erwacht, nun wollte ich die

ganze Wahrheit wissen. Und ich hatte Glück an diesem Tag. Wahrscheinlich lag es am Wochenende und am April, der sich von seiner schlechtesten Seite zeigte – naß und lausig kalt.

So traf ich auch die Familie Trommer zu Hause an, alte Freunde der Carls. Ich blieb ihnen gegenüber bei der Darstellung, daß ich für den ehemaligen Oberarzt auf der Suche nach dessen Ehefrau sei. Zunächst herrschte großes Erstaunen, als ich den Namen Carl nannte, und dann schimmerte so was wie Freude durch, eigentlich bei beiden, aber wohl noch mehr bei dem Mann.

»Da ist er also wieder auf die Beine gekommen«, sagte Herr Trommer. »Und ich fürchtete, er lebt gar nicht mehr.«

»Indianapolis?« fragte die Frau. »Ist das nicht in den Vereinigten Staaten?«

Ich nickte. »Er soll ein großer Arzt geworden sein.«

»Er hatte alle Anlagen dazu«, sagte der Mann.

»Wenn er nur damals nicht soviel getrunken hätte«, meinte die Frau.

Aber Herr Trommer widersprach: »Der Alkohol war nicht sein eigentliches Problem! Natürlich hat er getrunken, wie andere auch; in seiner letzten Zeit in Grafingen vielleicht sogar ein wenig mehr als andere. Aber er war dreißig, sein Körper hätte es genommen. Nein, was ihn an den Abgrund brachte und am Schluß darüber hinaus, das ist allein die Frau gewesen.«

Die Trommers mußten gleichaltrig sein, so um die Fünfzig, er Diplomingenieur, wie ich erfuhr, und sie ohne Beruf. Nette, gastfreundliche Leute, die in einem beschaulichen Gleichklang dahinlebten. Große Dinge waren hier nicht bewegt worden, aber es herrschte eine Atmosphäre, in der es sich leben ließ. Immer mal wieder für einen Nachmittag, um sich auszuruhen.

»Und ausgerechnet diese Hettie will er zurückhaben?« fragte Herr Trommer. Er schien es immer noch nicht zu fassen. »Eine Frau, die ihn buchstäblich ins Unglück gebracht hat?«

»Sie meinen die Unglücksoperation?« warf ich ein.

»Ich meine die ganze Ehe! Der Eingriff bei dem jungen Mann...« Er wandte sich seiner Frau zu. »Wie hieß er doch gleich, Lisa?«

»Moosler!«

»Ja, die Operation an Moosler bildete nur den tragischen Schlußpunkt.«

»War er wirklich volltrunken in jener Nacht?«

»Getrunken hatte er wohl. Aber volltrunken? Ich glaub's nicht. Nach dem Gerichtsurteil war er es überhaupt nicht.«

»Seine Frau hat sich hinterher gleich scheiden lassen?«

»Aber sofort, was denken Sie denn? Und darauf verschwand sie aus der Stadt. Und auch er konnte nicht bleiben.«

»Das wissen Sie genau?«

»Aber ja! Er hatte uns seine Tochter dagelassen, während er auf Arbeitssuche zog. Er fand nichts! Es muß wohl auch bei den Krankenhäusern so was wie schwarze Listen geben. Eines Tages jedenfalls holte er die kleine Christine ab. Er wollte sie nun...«, er wandte sich erneut seiner Frau zu. »Wohin wollte er sie bringen, Lisa?«

»In die Schweiz!« warf sie ein.

Herr Trommer nickte. »Ja, so war es! Sie sollte in ein Internat kommen, während er als Vertreter für die Pharmazie arbeiten wollte. Und statt dessen ging er nach Amerika?«

»Hm –!«

»Recht hat er getan!«

Für eine Weile klapperten wir mit den Kaffeetassen. Frau Trommer hatte uns was zu essen gemacht, es waren wirklich gastfreundliche Leute. Und draußen dämmerte es schon.

»Hat diese... Hettie es wirklich so schlimm getrieben, wie man hört?« fragte ich. Natürlich interessierte mich dieser Punkt besonders.

Herr Trommer sah nachdenklich zu mir herüber. »Wissen Sie, Frau Rohr, daß Sie ihr ähnlich sehen?« Aber er hob gleich einschränkend die Hände, wobei jedoch das Lächeln auf seinem Gesicht blieb. »Rein äußerlich natürlich!«

»Du redest Unsinn, Frank!« wies ihn die Frau zurecht. »Was du Ähnlichkeit nennst, kommt durch das Haar. Es hat die gleiche Farbe, aber bei Hettie war die nicht echt.«

»Bei mir ist sie es auch nicht«, sagte ich lächelnd. In solchen Kleinigkeiten bin ich immer von erfrischender Offenheit.

Unterdessen wanderten Frank Trommers Augen über meinen Körper hinauf zum Haar und zurück zur Brust. Nun ja, er hatte inzwischen ein paar Klare gekippt zu seinem Bier. Er trank nämlich nicht Kaffee wie wir. Aber er war ja ein freundlicher Mann, und so waren es im Grunde seine Blicke auch. Und ich habe, seit ich vierzehn wurde, schon so viele Blicke auf meinem Busen gehabt!

»Ein Gesicht wie Milch und Honig«, schwelgte Herr Trommer in seinen Erinnerungen. »Das hatte sie! Und einen Körper – na ja, Männer träumen davon. Und ich glaube, mit dem Zahnarzt fing es an.«

Lisa Trommer, die ihren Mann beobachtete, nahm ihm das Heft aus der Hand. Sie erklärte: »Es fing damit an, daß Hettie ihren Mann nur geheiratet hatte, weil sie glaubte, er würde schnell Chefarzt werden und sie könnte Millionen scheffeln. Aber dann lief die Ehe schon vier Jahre lang, und er war noch immer kein Millionär. Und da traf sie auf den Zahnarzt. Sie wissen ja, daß ein Gebiß heutzutage um die zehntausend Mark kostet, also ich meine ein anständiges Gebiß, aber auch schon damals verdiente man in dieser Branche nicht schlecht. Na, und da entdeckte Hettie natürlich gleich ihre Liebe für diesen Mann. Sie trieben es wirklich schamlos, ein gefundenes Fressen für alle Klatschtanten. Als die Frau des Zahnarztes davon erfuhr, ging sie hin und verdrosch Hettie; sie war eine resolute Person. Dann zerrte sie ihren Mann ins Ehebett zurück.«

Ich fragte: »Und warum hat Roland Carl seine Hettie nicht zum Teufel gejagt?«

Frau Trommer lächelte: »Er hat sie geliebt.«

»Unvorstellbar!«

»Ja, ja, unvorstellbar!« Das versonnene Lächeln auf ihrem Gesicht verstärkte sich. »Aber wahr!«

»Natürlich hatte das Luder Charme«, meinte Frank Trommer. »Das war ihre eigentliche Begabung, die Männer herumzukriegen. Und bei Roland Carl hatte sie leichtes Spiel. Nach jedem Ausrutscher gelobte sie Besserung. Und er glaubte ihr. Immer wieder. Aber im Grunde war sie total verkommen. Und nach der Geschichte mit dem Zahnarzt verlor sie allen Halt. Bei jeder Gelegenheit riß sie aus. Zuerst bis München. Und er saß zu Hause und machte den Babysitter. An seinen freien Abenden. Und wenn er Nachtdienst hatte, brachte er die kleine Christine zu uns. Ja, und dann passierte die Geschichte mit Jonathan!«

»Jonathan?« fragte ich. »Was soll das denn sein?«

»Ein Rocksänger! Heute kennt ihn keiner mehr, aber damals war er ein berühmter Mann. Weißblond gefärbtes Haar, dunkle Brille, falsche Zähne, einer von dieser Sorte, und ein Gesicht, so glatt und leer wie ein Bogen unbeschriebenes Papier.«

»Unfaßbar!«

Frau Trommer nickte. »Alles um Hettie klingt unglaublich verlogen und kitschig. Aber so war es eben! Eines Tages gab dieser Jonathan in Grafingen ein Gastspiel, und danach verschwand sie für acht oder vierzehn Tage. Dann kam sie braungebrannt aus Italien zurück.«

13

Der Wagen glitzerte im Licht der gegenüberliegenden Straßenlaterne, ein beinahe weißer Rolls-Royce. Roland Carl stand hinter der Gardine, schaute auf die Straße hinab und kam sich vor wie ein neugieriges Waschweib. Aber er konnte einfach nicht fortgehen von dem Fenster. Nicht den Motor hatte er gehört, die schnurren bei der Sorte ja viel zu leise. Nein, es war dieses kichernde und über Tonleitern gehende Lachen gewesen, das in der Stille der Nacht von den Hauswänden perlte: Es war ihr Lachen – Hetties Lachen!

Langsam setzte sich das Auto in Bewegung. Hettie warf ihm eine Kußhand nach, dann hob sie den Schweinslederkoffer auf, der von fast so heller Farbe war wie der Lack des Rolls. Mit einem Einkaufsbeutel von »Karstadt« hatte sie sich davongemacht, und mit einem eleganten Koffer kehrte sie zurück. Sie trug auch einen neuen Mantel. Lichtes Grün aus grobgewebtem Leinen, schmal an der Taille und dann ausgestellt und nach der Mode bis zum Knie gehend. Sie schaute nicht zum Fenster herauf, als sie über die Straße kam.

Mit wenigen Sätzen lief Roland Carl durch das Zimmer und über den Flur an die Etagentür. Die öffnete er und horchte ins Treppenhaus hinaus. Er wußte, daß es gleich ihm noch mehrere Mieter in dem Haus tun würden, über ihm und unter ihm, ganz gewiß aber die Portiersfrau. Ungeniert klapperten Hetties Pfennigabsätze auf dem Katzenkopfpflaster der Tordurchfahrt.

Roland Carl schob die Tür heran, löschte im Flur das Licht und ging ins Zimmer zurück. Ein Blick rundum, ein zweiter hinüber zur halboffenen Tür, hinter der Christines Bett stand. Sie war, wie an jedem Abend, schwer eingeschlafen. Aber nun lag sie im Tiefschlaf. Er schloß auch diese Tür. Auf dem Rauchtisch neben dem Ohrensessel wartete die Flasche Weinbrand auf ihn. Es fehlte nur wenig daraus, und das Glas daneben war auch noch gefüllt. Er hatte so gut wie nichts getrunken. In letzter Zeit war es reichlich gewesen, und er hatte sich vorgenommen, den Konsum einzuschränken. Seiner Tochter wegen wollte er es tun. Selbst heute gönnte er sich nicht viel, obwohl er nicht einmal Bereitschaftsdienst hatte.

Als sie die Wohnungstür aufschloß, ging er hinüber zum Ohrensessel, setzte sich hinein und griff nach dem Buch, in dem er gelesen hatte, ehe er ihr Lachen auf der Straße hörte. Und dann stand sie in der Tür. Frisch. Ausgeruht. Und braungebrannt. So wirkte sie immer, wenn sie von einer ihrer Touren zurückkehrte. Der Liebesgenuß schien auch ihre inneren Falten zu glätten. Sie war dann besonders mild gestimmt.

Lächelnd sagte sie: »Da sitzt er im Ohrensessel, der kleine Rollo, und tut so, als habe er nicht bemerkt, daß seine Hettie nach Hause gekommen ist!«

Roland Carl tat das Lesezeichen zwischen die Seiten, klappte das Buch zu und legte es auf die Knie. Auf den Einband senkten sich seine Hände. Er sah, daß sie ruhig blieben. In ihm tobte ein Orkan, aber seine Hände zitterten nicht. Zitterten niemals! Er hatte alles, was zu einem Chirurgen gehörte, auch die Hände. Schlanke, langfingrige, sensible und dabei ruhige und vertrauenerweckende Chirurgenhände. Das dachte er. Und dann, ohne den Kopf zu heben, fragte er: »Wo ist denn dein Zuhause, Hettie?«

Er hörte sie kichern. »Nein, Rollo, o nein! Von mir aus morgen diese Szene, aber nicht mehr heute nacht. Weißt du, wo ich herkomme? Weißt du, daß ich noch vor Stunden im Meer geschwommen bin? Weißt du, daß ich ganz erfüllt bin von Luft und Sonne und dem herrlichen Blau des Mittelmeeres?«

Er mußte an die dreckige Brühe denken, die gegen die italienischen Strände schwappte, und hob den Blick. Sie hatte dieses »Blau« wirklich gesehen, stellte er an ihrem Ausdruck fest. Es war eben ihr »Blau«! Außerdem erwartete sie allen Ernstes, daß er sie über die zehntägige Urlaubsreise ausfragte und Anteil nahm. In ihrer Schamlosigkeit verließ sie ihr sonstiges Mittelmaß.

Er antwortete nicht. Wie ein Ölgötze saß er still und stumm in seinem Sessel. Langsam zog sie den hellgrünen Leinenmantel aus, warf ihn achtlos hinter sich auf die Couch. Der Mantel stammte sicher aus einem römischen Modehaus und mochte ein halbes seiner Monatsgehälter gekostet haben. Sie trug einen rehbraunen Rock. Der Stoff folgte hautnah der Linie um die Hüften herum und an den Außenseiten der Schenkel entlang bis zu den Knien. Die Bluse war von dem Grün des Mantels und kontrastierte mit dem Rot ihres Haares. Damals trug man noch BHs, die den Busen betonten. Sie hatte auch so einen, obwohl sie ihn nicht brauchte. Sie hatte einen hinreißenden Körper, der war ihr Kapital. Und sie wußte eine Menge damit anzufangen. Sie stand hochaufgerichtet vor ihm. Er kannte diese Imponierhaltung zur Genüge. Die hatte viel von ihrer ursprünglichen Wirkung auf ihn verloren. Heute ließ sie ihn besonders kalt. Sie spürte es sofort, und auch das gehörte in den Bereich ihrer eigentlichen Begabung. Sie setzte sich in den zweiten Ohrensessel auf der anderen Seite des Rauchtisches. Ein bißchen schien es, als sei sie überhaupt nicht fort gewesen.

Dann hörte er sie sagen: »Möchtest du mir nicht auch etwas von dem Weinbrand eingießen, Rollo? Ich glaube, ich könnte einen vertragen, ehe ich zu Bett gehe.«

Er stand auf, ging langsam zum Schrank hinüber, holte ein Glas für sie. Während er einschenkte, schauten sie beide auf seine Hände. Die zitterten nicht. Dann griff sie nach dem Glas.

Über den Rand hinweg beobachteten sie sich wieder einige Sekunden lang. Sie dachten beide dasselbe, und sie wußten, daß sie es taten. Dann trank sie den Weinbrand auf einen Zug. Er starrte auf ihren Hals und auf die Schluckbewegungen hinter der zarten Haut.

Er fühlte die eigene Zunge im Mund liegen. Sie schien ihm zerrissen und zerklüftet zu sein wie schwerer Boden nach langer Trockenheit. Er griff nach dem Glas, und selbst unter Hetties forschendem Blick blieb seine Hand ruhig, als er es zum Munde führte. Er trank es aus, etwa drei Finger breit in dem Glas. Er spürte den Alkohol sofort. Er lief mit dem Blut bis in die Fußzehen und hinauf bis unter die Kopfhaut. Einen Moment lang mußte er die Augen schließen, weil er feuerrote Kreise hinter seinen Lidern sah. Er glaubte zu taumeln, aber als er die Augen öffnete, merkte er, daß er kerzengerade dastand. Behutsam machte er den Schritt zum Sessel und setzte sich. Inzwischen hatte Hettie ihnen nachgeschenkt. Er griff noch einmal nach dem Glas, aber diesmal nahm er nur einen kleinen Schluck und ließ ihn sekundenlang im Mund, bevor er ihn hinunterschickte. Und dann kam die wundervolle, wohlige Wärme! Plötzlich schien ihm alles nicht mehr ganz so schlimm zu sein.

»Ging alles glatt in den letzten Tagen?« fragte sie.

»Ja.«

»War Tinchen brav?«

Darauf antwortete er nicht.

»Hat Lisa sich gekümmert, wenn du Nachtdienst hattest?«

»Ja.«

»Du weißt, ich hatte mit ihr gesprochen.«

Er antwortete nicht.

»Und sie hatte fest zugesagt, dich hier und da zu unterstützen, nicht wahr?«

Er blieb stumm wie ein Fisch.

Eine Zeitlang saßen sie schweigend nebeneinander, dann sagte Hettie nach einem unterdrückten Gähnen: »Ich möchte nun doch ins Bett. Wir sind in einem Hui von Rom bis her, weißt du, ich bin hundemüde.«

Sie stand auf, schlenderte zum Schlafzimmer, das dem Kinderzimmer gegenüberlag. Während er ihr nachschaute, dachte Roland Carl, daß sie nicht einen Blick auf ihre kleine, schlafende Tochter geworfen hatte. Als sie verschwand, sagte sie, ohne sich noch einmal umzuwenden: »Ciao, Rollo!«

Er starrte auf die Tür, die sie ins Schloß gedrückt hatte. Zu diesem Zeitpunkt war es zwanzig Minuten nach Mitternacht. Er blieb im Sessel sitzen, rührte sich nicht; nur hin und wieder griffen seine Hände nach dem Glas oder der Flasche, um neu einzuschenken. Aber im Grunde trank er mäßig.

Genau zwei Stunden später wurde die Schlafzimmertür wieder geöffnet, und Hettie erschien. Ihr Haar war zerzaust, und sie hatte kleine, verschlafene Augen. »Ach, Rollo«, sagte sie, »warum kommst du nicht ins Bett?«

»Was kümmert dich das, Hettie?«

»Red doch nicht so dummes Zeug, Rollo!« Ihr Blick ging zur Flasche, die nun zur Hälfte leer war. Sie fragte: »Hast du morgen nicht OP?«

Als ob er den nicht jeden Tag hätte, er antwortete also nicht darauf.

Sie glitt durch den Raum zum Tisch, griff nach der Flasche. Er ließ es zu. Sie trug ein dünnes Nachthemd, so daß er jede Partie ihres Körpers hindurchschimmern sah. In diesem Augenblick war sie sich ihrer Körperlichkeit nicht bewußt, und deshalb erregte es ihn plötzlich. Es mußte überhaupt ein Moment sein, in dem sie ganz sie selbst war, ungekünstelt und liebenswert. Auch in der Geste, mit der sie die Flasche fortnahm, lag aufrichtige Sorge. Sie war nach Hause gekommen und begann sich um ihn zu kümmern. So in ihrer Art eben.

Als sie die Schlafzimmertür fast erreicht hatte, sagte er: »Ich lass' mich scheiden, Hettie!«

Das stoppte sie. Sie drehte sich herum, sah zuerst die Flasche an in ihrer Hand und dann ihn. Sie schien verwirrt. »Ja, Rollo?« fragte sie. »Hast du das auch überlegt?«

»Du hast wohl nie daran gedacht?« fragte er dagegen.

»Offengestanden, nein!«

»Das sagst du doch nicht im Ernst!«

»Aber ja, Rollo!«

Er mußte an ihre Affäre mit dem Zahnarzt denken und an die scheußlichen Begleitumstände. Sie schien das alles vergessen zu haben.

»Es ist die Wahrheit, Rollo!« wiederholte sie.

Gegen seinen Willen mußte er lächeln. Ihr Ausdruck war ganz echt. Wegen dieses kindlich naiven Tones hatte er sie einmal sehr geliebt.

»Wir hätten uns längst trennen müssen, Hettie! Leider passen wir nicht zusammen. Und im Grunde geht es ja auch nur noch um Tinka.«

Sie sah ihn überrascht an. »Ja, richtig«, meinte sie. »Was wird aus ihr?«

»Ich möchte, daß sie bei mir bleibt, Hettie!«

»Vielleicht hast du recht«, erwiderte sie nachdenklich. »Von uns beiden bist du die bessere Mutter.«

Geradezu ungeheuerlich, wie schnell sie sich in die Vorstellung von Scheidung und Trennung einlebte. Oder spielte sie nur? Spiel und Wirklichkeit schienen eins zu sein bei ihr. Dann sah er sie lächeln.

»Ja, du bist wirklich die bessere Mutter! Ich fahre einfach fort. Dann komme ich zurück und schaue nicht einmal nach dem Kind. Du würdest es nicht tun, du würdest das alles nicht fertigbringen. Vielleicht hätte alles einen anderen Verlauf genommen bei uns, Rollo, wenn ich der Mann und du die Frau gewesen wärst.«

Er blickte sie schweigend an. Auf ihrem Gesicht erschien ein gutmütiges, leicht amüsiertes Lächeln. Dann fuhr sie fort: »Als Mann taugst du nämlich nicht viel, Rollo! Du magst vielleicht ein guter Chirurg sein, aber als Mann...? Weißt du eigentlich, daß es mir niemals gekommen ist, wenn wir zusammen waren? Und dabei komme ich so leicht, eigentlich bei jedem Mann. Aber bei dir? Nichts, Rollo, wirklich gar nichts!«

»Aber...«, hörte er ein Krächzen. Er mußte sich räuspern. »Aber... du hast...«

»Natürlich habe ich, Rollo! Aber ich habe immer nur so getan. Warum hätte ich dir nicht das Gefühl geben sollen, daß du ein richtiger Mann bist? Warum denn nicht?«

In diesem Moment spürte Roland Carl, wie etwas in ihm zerbrach. Merkwürdigerweise wußte er auch gleich, daß es niemals mehr zu reparieren war. Er stand auf. Dann ging er langsam auf sie zu, und sie wich ebenso langsam durch das Schlafzimmer zurück. Bis zu diesem Moment hatte Roland Carl noch nie einen Menschen geschlagen. Auch als Junge hatte er sich nicht geprügelt. Er wußte also wenig über seine Körperkräfte. Er schlug zu, und es war nur ein einziger Schlag.

Sie flog rückwärts über das Bett und verschwand in dem Zwischenraum von Bett und Fenster. Eine ganze Weile blieb sie verschwunden. Er hörte nicht einen Ton von ihr, keim Wimmern und Stöhnen, nichts. Unterdessen schaute er auf seine Hand, dessen Rückseite sich zu röten begann. Worüber sollte er sich mehr wundern, fragte er sich, darüber, daß er zugeschlagen hatte, oder darüber, daß seine Hand noch immer nicht zitterte? Dann sah er Hettie wieder auftauchen. Ihre Lippe war aufgeplatzt, und daraus blutete sie. Das schien sie aber nicht zu stören. In ihren Augen loderte helle Wut. Sie kam auf ihn zu.

»Du Schwein!« sagte sie. »Ich bin noch nie geschlagen worden, noch nie! Ich trete dir da unten rein!«

»Wenn du das versuchst«, antwortete er ruhig, »schlage ich dich tot!«

Es mußte wohl sein sachlicher Ton sein, der ihr Bein abstoppte. Plötzlich schien sie zu wissen, daß aus allem tödlicher Ernst geworden war.

In diesem Augenblick läutete das Telefon. Sie hörten es schrillen, zweimal, dreimal, viele Male. Sie sahen sich ununterbrochen an, und während sie das taten, zogen Bilder aus ihrer Ehe durch seine Erinnerung, Bilder besonders aus der frühen Zeit. Sie hatte gelogen, als sie ihm das eben sagte, dachte er. Ja, es konnte nur eine Lüge sein! Zweifellos wollte sie ihn kaputtmachen. Aber warum? Aus Rache! Aber wofür? Und ununterbrochen läutete das Telefon!

Er drehte sich um, ging mit betont langsamen Schritten durch Schlafzimmer und Wohnraum zurück zum Rauchtisch, hob den Hörer auf. »Doktor Carl!« sagte er.

Vom anderen Ende drang eine aufgeregte Stimme an sein Ohr: »Herr Oberarzt... gottlob, daß wir Sie erreichen! Sie müssen gleich herkommen!«

»Wer spricht da?«

»Aufnahme, Herr Oberarzt! Schwester Barbara.«

»Schauen Sie auf Ihren Plan, Schwester, und dann stören Sie mich nicht weiter! Bereitschaft hat...«

»Herr Doktor, Herr Doktor, der Mann bleibt uns weg, und wir erreichen Chefarzt Weißner nicht.«

»Rufen Sie in seinem Landhaus an!«

»Das haben wir versucht, aber die Leitung ist unterbrochen. Wir bekommen keinen Anschluß.«

»Dann schicken Sie eben einen Wagen!«

»Herr Oberarzt! Der Wagen braucht länger als eine Stunde, das wissen Sie doch!«

Natürlich wußte er es. Er sah über die Sprechmuschel zu Hettie hin. Deren Lippe blutete noch immer. Eine schmale Blutbahn lief ihr über Kinn und Hals ins Nachthemd hinein. Mit hoch erhobenem Kopf stand sie bei der Schlafzimmertür. Ein eigenartiger Ausdruck von Überraschtsein lag auf ihrem Gesicht.

»Herr Doktor... Herr Doktor, was sollen wir nur tun? Der Junge stirbt uns doch! Unfallopfer. Schon seit zwei Stunden. Hilfe kam spät. Brüche, aber vor allem innere Blutungen. Unter Schock. Puls sehr flach.«

»Wer ist im OP?«

»Doktor Benzinger.«

»Soll Tropf anlegen!«

»Ist geschehen.«

»Blutgruppe bestimmen!«

»Sind dabei!«

»Ich komme!«

Er legte den Hörer auf, und da wurde er gewahr, daß er die ganze Zeit über Hettie angesehen hatte.

»Du darfst da nicht hin, Rollo, du hast getrunken!«

Er ging durch den Raum zur Tür.

»Soll ich mit dir kommen, Liebling? Ich zieh' mir rasch etwas über!«

Er antwortete nicht. Und er war schon im Treppenhaus und einen Absatz tiefer, als er ihre Stimme erneut hörte: »Nichts von dem, was ich gesagt habe, ist richtig, Rollo! Ich liebe nur dich!« Ihre Worte hallten von den Wänden wider. Ungeniert wie alles an ihr tönte auch ihre Stimme.

Er schloß die Haustür auf und trat ins Freie. Der erste Atemzug in der nächtlichen Oktoberluft traf ihn wie ein eisenharter Schlag in die Magengrube. Von diesem Augenblick an spürte er den Alkohol. Einige Augenblicke lang taumelte er, ein schwankendes Rohr im Wind. Er dachte jetzt nicht an Hettie, auch nicht an den Eingriff. Er dachte nur an das Auto, das er erreichen mußte. Und es gelang! Der Motor sprang sofort an. Er wendete, fuhr die verbotene Richtung der Einbahnstraße hinunter, bog links in die Mönchsgasse ein, die steil bergauf führte. Es folgte ein Gewirr enger Gassen, das er spielerisch überwand, bis hin zum Ludwigsplatz. Von diesem Augenblick an glaubte er, daß er es schaffen könnte.

Er griff ins Handschuhfach, holte eine Flasche »Odol« heraus, schraubte die Kappe ab, indem er sie zwischen die Zähne klemmte und die Flasche mit der rechten Hand drehte. Den Verschluß spuckte er in den Wagen, dann begann er an der Öffnung zu saugen und das brennende Zeug hinunterzuschlucken. Gleich darauf stank der ganze Wagen nach dem Mundwasser. Sie würden gerade daran merken, daß er getrunken hatte, aber dennoch gab es ihm ein Gefühl der Sicherheit. Er durfte nur niemandem zu nahe kommen, bis er sein Mundtuch umhatte. Hinter dem Ludwigsplatz folgte ein Neubauviertel mit breiteren Straßen. Aber er fuhr trotzdem vorsichtig. Er erreichte das Krankenhaus kurz nach drei Uhr morgens, hatte also nur etwa fünfzehn Minuten für den Weg gebraucht.

Schwester Barbara erwartete ihn in der Halle. »Gottlob, Herr Oberarzt! Ich habe Ihnen einen Kaffee gemacht und auf Ihr Zimmer gestellt.«

Er antwortete nicht. Kaffee war das letzte, das er jetzt vertrug; glatt durchdrehen würde er danach. Sie erzählte weiter, irgendwas über den Unfall und den Patienten, aber er achtete nicht auf ihre Worte. Er hatte zu tun, damit er mit der trockenen, überhitzten Krankenhausluft zurechtkam. Außerdem fehlte ihm das Lenkrad seines Wagens, an dem er sich festhalten konnte. Er spürte, daß er stark schwitzte. Die Nässe mußte dicht auf seiner Stirn liegen; er getraute sich nicht, sie abzuwischen.

Im Fahrstuhl nach oben fragte die Schwester: »Ist etwas mit Ihnen, Herr Oberarzt?«

Er sah sie grinsend an, schüttelte den Kopf. Er lehnte an der Fahrstuhlwand, denn er brauchte etwas im Rücken, das ihn hielt. Natürlich wußten sie im Krankenhaus von seinen verfluchten Schwierigkeiten mit Hettie. Und sie wußten auch, daß er trank; es hatte bereits Auseinandersetzungen mit Chefarzt Weißner deswegen gegeben. Und der junge Benzinger hatte erklärt, diesem Carl würde er nicht mehr assistieren, wenn der besoffen sei wie ein Schwein. Nicht ihm hatte er es gesagt, natürlich nicht, aber der Anästhesistin Wilma Schneider, einer jungen Arzthelferin. Es würde alles gut ablaufen, dachte Roland Carl. Sein Schutzengel würde auch heute neben dem Tisch stehen und ihm die Hand mit dem Messer führen.

»Fühlen Sie sich auch wirklich wohl, Herr Oberarzt?« fragte Schwester Barbara noch einmal.

»Alles in Ordnung!« brachte er zwischen den Zähnen hervor. Er betrat die Anästhesie, während die Schwester zum Waschraum weiterging. Das Unfallopfer lag auf einer fahrbaren Trage, der Tropf lief bereits. Es war ein hübscher Bursche und jung natürlich. Leichenblässe auf dem Gesicht. Dieser Eindruck wurde noch durch das lange schwarze Haar verstärkt.

Roland Carl warf einen Blick durch das Spähfenster zum Waschraum hinüber. Am Becken stand der junge Benzinger und bürstete seine Hände. Daneben lehnte Schwester Barbara, deren Mundwerk unentwegt auf- und zuklappte. Natürlich redeten sie darüber, daß er getrunken hatte! Er faßte nach dem Gelenk des Verletzten. Der Puls war wirklich verdammt flach; er brauchte eine ganze Weile, bis er ihn fand. Mit der anderen Hand nahm er das Laken herunter und tastete über die stark gespannte Bauchdecke. Dann zog er das Augenlid ab und sah sich die Pupillen an. Der Junge war sehr weit weggetreten.

»Wie finden Sie ihn, Herr Oberarzt?« Die Anästhesistin Wilma Schneider stand in der Tür.

Er antwortete: »Wir müssen uns beeilen!«

»Kann ich mit der Narkose anfangen?«

»Ja. Wir machen ›THAL‹.«

»Succinyl auch?«

»Ich denke nicht, daß wir es brauchen, aber wir halten es bereit. Ein hübscher Bursche. Und auf einer sehr weiten Reise!« Er hob den Blick und sah zu ihr hin. Die junge Arzthelferin mochte ihn, und vielleicht wurde ihm gerade deshalb der besorgte Ausdruck in ihren Augen bewußt. Er hatte auch das Gefühl, daß ihre Sorge mehr ihm galt als dem Unfallopfer.

Er lächelte ihr zu. »Ich beeil' mich!«

Noch einen Blick warf er durch das Spähfenster und stellte fest, daß ihn die beiden von drüben scharf beobachteten. Dann verließ er in kerzengerader Haltung die Anästhesie. Vielleicht ging er eine Spur zu aufgerichtet.

Als er die Tür seines Zimmers hinter sich schloß, fiel er beinahe gegen das Türblatt. Der Raum begann sich um ihn zu drehen. Es war nicht einmal mehr der Alkohol, wie er glaubte, es war jetzt nur noch eine unheimliche Schwäche in ihm. Und wenn er bis jetzt geschwitzt hatte, nun begann ihn zu frieren. In diesem Augenblick wußte er, daß er nicht operieren konnte. Er würde nicht durchhalten. Er war viel zu kraftlos, um ein Messer zu führen. Er hob die rechte Hand und entdeckte, daß sie zitterte. Zum ersten Mal sah er seine Hand zittern! Das stürzte ihn in Schrecken. Er senkte den Kopf wie ein Stier, der angreifen wollte, schüttelte ihn mehrmals. Dann öffnete er die Augen. Das Zimmer blieb stehen, und der Schrank, der ebenfalls angehalten hatte, befand sich rechts von ihm. Darin hing seine OP-Kleidung. Niemals würde er den Weg bis zu diesem Schrank schaffen, der war viel zu weit, aber er wußte, daß in dem oberen Fach auf der linken Seite auch eine Flasche Schnaps stand. Das gab ihm den Mut, wenigstens einen Versuch zu wagen. Er stieß sich von der Tür ab und segelte durch den Raum.

Er griff nach der Flasche, entkorkte sie, setzte sie an den Mund und nahm einen Schluck. Er trank nicht viel. Das durfte er nicht, und er brauchte es auch gar nicht. Der Alkohol half ihm buchstäblich auf der Stelle. Mit der Wärme, die durch seinen Körper rieselte, kam auch die Zuversicht. Nun hatte er das unbedingte Gefühl, daß es ihm gelingen würde. In beinahe fröhlicher Stimmung zog er sich um.

Er führte das Messer mit leichter und sicherer Hand. Die Linie ging links von der Leibmitte über den Oberbauch bis zum Nabel hinunter, und er schnitt mit einem Zug ins Unterhautfettgewebe hinein. Dann wieder mit einem Zug von oben nach unten, durchtrennte er die restliche Schicht bis zur Sehnenhaut. Darauf ließ er das Skalpell in die Schale fallen und streckte die Hand aus, weiter als eigentlich nötig. Sollten nur alle sehen, wie ruhig die war. Die Instrumentöse drückte ein frisches Messer hinein, und er legte seine Finger darum. Das Skalpell fühlte sich angenehm kalt an, es kam aus dem Kühlschrank. Daran merkte er, daß er schwitzte. Es war viel zu heiß in dem OP.

Er schnitt, wiederum leicht und sicher, durch die Sehnenhaut; etwas größere Gefäße spritzten.

»Zisch!« sagte er. Seine Stimme klang ruhig, beinahe heiter. Doktor Benzinger verschorfte die Gefäße mit der elektrischen Pinzette. Dann drängte Roland Carl den geraden Bauchmuskel auseinander, setzte den Haken, der von einer Schwester gehalten werden mußte, und nun lag das straff gespannte Bauchfell vor ihm.

»Feine Chirurgische!«

Die Instrumentöse drückte erst ihm die Pinzette mit den scharfen Krallen in die Hand, dann Doktor Benzinger. Roland Carl schaute hoch, und ihre Blicke kreuzten sich. Er merkte, wie sich der Assistent allmählich beruhigte, er lächelte sogar.

In diesem Moment ruhte jede Feindschaft. Sie hatten große Bauchoperationen oft gemeinsam gemacht, und immer erfolgreich. Vom Anfang der Operation bis jetzt waren nur etwa vierzig Sekunden verstrichen. Eine Rekordzeit! Niemand in dem Krankenhaus hatte eine so schnelle Hand, auch der Chefarzt nicht.

Roland Carl hob das Bauchfell mit der Pinzette an, und der

Assistent faßte dagegen. So entstand eine kleine Erhöhung, in die er hineinschnitt. In dem Moment, als er es tat, spritzte ihm Blut mit der Kraft eines Strahls ins Gesicht. Obwohl er halb darauf vorbereitet gewesen war, erschrak er. Das Blut lief über Mütze und Stirn, durchnäßte das Mundtuch. Es floß auch über seine Hände und versickerte in den Tüchern, die sie schnell ausgebreitet hatten. Immer mehr Blut quoll aus dem Loch hervor. Roland Carl starrte sekundenlang in den offenen Leib und wußte nicht, was er tun sollte.

Und da hatte er eine Vision! Plötzlich meinte er Hetties Gesicht zu sehen. Es schob sich zwischen ihn und den Verletzten auf dem Tisch. Er erkannte ihre Augen, den vorwurfsvollen Ausdruck darin, dann ihren Mund mit der aufgeplatzten Unterlippe, von der das Blut tropfte. Er hatte sie geschlagen. Jetzt spürte er auch wieder den brennenden Schmerz auf seinem Handrücken. Ja, er hatte sie geschlagen!

Dann verblaßte allmählich das Bild, und der Anfall ging vorüber. Ein rascher Blick in die Runde zeigte ihm, daß niemand etwas von seiner Verwirrung bemerkt hatte. Er arbeitete weiter, fuhr mit einem Finger in das entstandene Loch, erweiterte es, nahm einen zweiten hinzu und spreizte beide. Dann spaltete er das Bauchfell zwischen den Fingern, ging langsam höher, bis er am oberen Ende der Bauchvorderwand anlangte. Nun lag der Magen vor ihm. Der schien jedoch unverletzt, und das war ein Glück für den Jungen. Das Blut, das Roland Carl immer weiter entgegenquoll, kam von der Milz darunter, die mußte gerissen sein. Er wollte sich beeilen, damit er nicht zu spät kam, zumindest bis die Overholt-Klemme festsaß. Und dann würden sie neues Blut in den Körper pumpen, an die fünf Liter, wie es aussah. Mein Gott, wie lange starrte er schon auf den Magen, den er doch anheben mußte. Er machte so eine Milz zum ersten Mal. In den ganzen fünf Jahren, seit er selbständig operierte, war ihm so ein entsetzliches Gematsche nicht vorgekommen.

Er nahm Tücher, die ihm die Schwester reichte, und wischte den Leib aus. Dann glitt seine Hand unter den Magen, den Benzinger rechts hinüberzog, und begann nach dem Milzstiel zu suchen.

Er fand ihn nicht. Fast augenblicklich brach ihm der Schweiß aus, und er fühlte einen Schwächeanfall kommen. Er stemmte die Füße gegen den Boden, biß die Zähne aufeinander und schloß für Sekunden die Augen. Er spürte, wie ihm die Schwester die Stirn abwischte. Langsam öffnete er die Lider und stellte überrascht fest, daß er alles klar vor sich sah. Ein wenig wunderte er sich auch, daß der Patient nicht preßte. Immerhin arbeiteten sie ohne Succinyl.

»Wie geht es ihm?« fragte Roland Carl. Merkwürdigerweise klang seine Stimme normal wie immer.

»Nicht gut«, sagte Wilma Schneider vom Kopfende des Patienten. »Herz und Kreislauf werden schwächer.«

Vielleicht war es ihr sachlicher Ton, der ihn auf einmal durchdrehen ließ. Er wußte, daß sie ihn beruhigen wollte, aber gerade dadurch wurde er von Panik ergriffen. Er nahm die andere Hand zu Hilfe, und nun tasteten beide Hände in dem Leib umher. Aber er konnte die großen Gefäße, die zur Milz hinführten und abgerissen waren, einfach nicht finden.

»Lassen Sie das!« fuhr er die Schwester an, die immer wieder seine Stirn abtupfte. »Wischen Sie lieber das Blut weg, wie soll ich denn arbeiten?«

»Beeilung, Doktor, Beeilung!« rief die Anästhesistin. Plötzlich klang ihre Stimme nicht mehr ruhig. »Er bleibt weg!«

»Arterenol!« keuchte Roland Carl.

Auf einmal dachte er, daß dies alles nicht wirklich sei. Oft hatte er nachts geträumt, er könne eines Tages am Tisch versagen. Auch hier handelte es sich nur um einen Angsttraum; gleich würde er aufwachen, und Hettie, die neben ihm lag, würde sagen: Es ist alles gut, Rollo, sei ganz ruhig! Nichts war gut, und nie mehr würde er ruhig sein! Er hatte sie nämlich geschlagen. Und wieder verschoben sich die Bilder. Plötzlich war das Hetties Leib, in dem er umhertastete. Ganz deutlich hatte er dieses Gefühl. Und das Blut floß immer stärker. Hatten seine Hände noch größeren Schaden angerichtet auf der Suche nach... ja, nach was suchte er denn eigentlich? Auf einmal wußte er es nicht mehr. Er wußte nur, daß es Hetties Leib sein mußte, in dem er herumwühlte.

»Tupfer!« Er sprach mit hoher, überschnappender Stimme. »Wischen Sie endlich das Blut da weg! Tücher!«

Er konnte nicht mehr klar denken, und sekundenlang war ihm zumute, als flöge er hoch in den Lüften. Aber dieses Fliegen war alles andere als schön. Und dann, von einem Atemzug zum anderen, kam er zu sich. Mit dem Rest seiner Kraft begann er gegen das lähmende Entsetzen anzukämpfen.

»Herz und Kreislauf nicht mehr meßbar!«

Die Stimme der Anästhesistin kam wie aus weiter Ferne. Er hörte sie zwar, aber mit der Nachricht konnte er nichts anfangen.

»Noch mal Arterenol?«

Da war die Stimme wieder. Und diesmal antwortete ihr auch eine, aber nicht seine, sondern Benzingers Stimme: »Spritzen Sie! Um Gottes willen spritzen Sie!«

Roland Carl starrte in den offenen Leib. In dieser Sekunde wußte er mit absoluter Klarheit, daß er versagt hatte. Er fühlte sich ebenso hilflos wie der arme Mensch unter ihm. Und ebenso verloren. Denn er hatte ihn auf dem Gewissen.

»Exitus!«

Diese Nachricht brauchte er nicht, er spürte genau den Moment, in dem es zu Ende ging.

»Puls?« fragte er dennoch.

»Kein Puls mehr, Herr Oberarzt«, antwortete Wilma Schneider. »Es ist aus!«

»Wiederbelebung?« fragte Roland Carl ganz sinnlos.

»Wie denn?« Doktor Benzinger sagte es angesichts des Toten nicht einmal aggressiv. Roland Carls Hände tauchten aus dem Leib auf. Über der gewaltigen Wunde hielten sie an, dann begannen sie zu zittern und zu flattern. Er hob den Blick zu den Assistenten rings um den Tisch. Die starrten auf den Toten. Er sah aber den Ausdruck in ihren Gesichtern, und er sah auch ihre blutbesudelten Mäntel.

Roland Carl riß sich die Maske ab, die Haube herunter. Dann ging er mit geraden Schritten und ohne zu schwanken aus dem OP. Er schritt am Waschraum vorüber, an der Anästhesie, kam in den Gang, der sich lang vor ihm dehnte und der zu seinem Zimmer führte. »Mörder!« sagte er. Er sagte es ganz undramatisch, aber ziemlich laut. »Du bist ein Mörder, Roland Carl!«

Er erreichte sein Zimmer und schloß die Tür hinter sich. Dann schleppte er sich zu seinem Schreibtisch und ließ sich in den Stuhl fallen. Lange Zeit, die ihm wie eine Ewigkeit erschien, starrte er auf seine blutverschmierten Hände.

14
Frau Nielsen wurde am 28. April entlassen, an einem Freitag. Sie schickten ihre Patienten vormittags fort, noch vor dem Mittagessen. Aber Robert Carlsson meinte, sie sollte erst am Nachmittag gehen, denn da könnten sie noch einmal zusammen Kaffee trinken. Das taten sie, und der Chefarzt kostete von dem vorzüglichen Nußkuchen, den Frau Nielsens Mutter gebacken hatte. Sie schenkten ihm einen Strauß mit roten Rosen und weißem Flieder zum Abschied, und er war sehr gerührt.

Carlsson hatte mit der Krankenkasse seiner Patientin verhandelt und eine Kur durchgesetzt, die konnte sie in reichlich vier Wochen antreten. Bis dahin schrieb er sie krank und verlangte von ihr, daß sie alle acht Tage in seine Sprechstunde käme. Das sei ernst zu nehmen, erklärte er, denn sie hätten eine schwierige Operation durchgestanden. Beide! Größtmögliche Schonung also! Nur leichte Arbeiten zu Hause. Spazierengehen und etwas Gymnastik, alles genau nach dem Plan, den er ihr hatte aufschreiben lassen. Er blickte ihr lächelnd in die Augen, und dann verabschiedete er sich.

Ein wunderschöner Tag, dachte er, als er ins Freie trat und zur Chirurgie hinüberschritt. Der Mai klopfte auf einmal mächtig an die Tür. Als letzte Arbeit unterschrieb er wie an jedem Tag die Post. Er brauchte die Briefe nur flüchtig durchzusehen; Bettina Kuhlmann formulierte meistens auch selbst. Es war gut, wenn man sich auf seine Mitarbeiter verlassen konnte.

»Ich gratuliere Ihnen zu Frau Nielsen!« sagte die Sekretärin, als er mit den Rosen und dem Flieder durch das Vorzimmer ging. »Wir freuen uns mit Ihnen, Chef!«

»Ich danke vielmals, Frau Kuhlmann! Besten Dank!« Er spürte, wie er rot wurde, und verschwand schnell.

Er setzte sich in den »Jaguar«, rollte bis zum Pförtnerhäuschen, winkte Herrn Seestermann zu und tippte auf das Gas. Während er durch die Stadt zu seinem Haus fuhr, das weit außerhalb lag, schon zwischen Wiesen und Weiden, dachte er daran, daß er nochmals Eva Adams anrufen könnte. Er hatte es in den vergangenen Tagen mehrfach versucht, aber niemals Anschluß bekommen. Seit jener Nacht mit ihr war immerhin über eine Woche vergangen. Heute wollte er es noch einmal versuchen, das nahm er sich vor. Allerdings zum letzten Mal!

Als er wie immer in die Küche kam, um bei Frau Peters nach dem Rechten zu sehen, stoppte ihn ein Aufschrei. Seine Tochter Christine lief ihm entgegen und drängte ihn hinaus.

»Riecht ja phantastisch!« sagte er.

Sie hakte sich ein und führte ihn über die Diele zu den Wohnräumen. »Ich habe alles selbst gekocht«, sagte sie.

Im Speisezimmer schaute er auf den festlich gedeckten Tisch. Geschirr und Kristall und Silber auf blütenweißem Damast. Und Kerzen, weiße Kerzen in dem vierarmigen Leuchter, noch nicht angezündet. Aber die Streichhölzer lagen daneben.

»Was feiern wir denn?« fragte Robert Carlsson. Er dachte an Frau Nielsens Entlassung und war sehr gerührt, daß seine kleine Tochter dies so feierlich mit ihm begehen wollte. Wenn Christine wüßte, was ihm gerade diese geglückte Operation bedeutete! Tinka zündete zwei Zigaretten an und reichte ihm eine davon. Wieder beobachtete er besorgt, wie tief sie den Rauch einsog.

Dann sagte sie: »Ich habe gestern mit Eva gesprochen. Erinnerst du dich, Robert? Sie hat ihren Bericht fertig und wollte ihn dir über mich zukommen lassen. Und da habe ich gesagt, sie könnte dir ihn selbst bringen. Ist doch vernünftig, nicht wahr? Sie wird gleich hier sein.«

Er erwiderte nur ein Wort darauf, aber es klang ziemlich übermütig: »Kupplerin!«

»Jede Frau hat etwas von einer Kupplerin«, erklärte sie gelassen. »Hast du das noch nicht gewußt, Robert?«

»Ich sehe nur zwei Gedecke«, meinte er.

»Ich kann leider nicht mit euch essen. Immerhin habe ich andere Dinge zu studieren.«

»Kupplerin!« wiederholte er.

Sie sagte: »Robert, ich hatte von Anfang an das Gefühl, diese Frau gefällt dir. Und was dich angeht, habe ich mich noch niemals getäuscht!« Sie lehne sich an ihn und küßte ihn auf das Ohr. »Und nun muß ich gehen!«

Er begleitete sie über die Diele zur Eingangstür.

»Du bist doch nicht böse, daß ich das arrangiert habe, Robert?« fragte sie.

Er schüttelte lächelnd den Kopf.

»Ich habe die Kuhlmann angerufen, und die sagte mir, es läge nichts Wichtiges für dich an.«

»Ihr wißt gut Bescheid über mich, du und die Kuhlmann, besser als ich, nicht wahr?«

»Natürlich, Robert!«

»Ich werde mal 'ne Flasche Wein hochholen. In der Küche roch es, als ob es weißer sein müßte!«

»Nimm Mosel! Frauen mögen einen leicht süßen Mosel!«

»Ja, richtig, Tinka, ich erinnere mich ganz schwach.« Und trotz des ironischen Tones, in dem er sprach, tat er es wirklich. Er dachte nämlich an das gemeinsame Essen mit Eva auf dem Süllberg.

Lächelnd stieg er die Kellertreppe hinunter. Er suchte in den Regalen auf der rechten Seite des Weinabteils. Hätte er links nachgesehen, dort, wo noch die alten Rotweinbestände seines Vorgängers lagerten, hätte er zwischen Spinnweben das Tonbandgerät gefunden. In diesem Augenblick war es außer Betrieb. Es wurde über Sender in Gang gesetzt. Einer davon befand sich an der Rückwand seines Schreibtisches. Das Gerät begann sich stets dann zu drehen, wenn in den Wohnräumen gesprochen wurde. Von der Existenz dieser raffiniert angebrachten Abhöranlage hatte Robert Carlsson zu diesem Zeitpunkt noch keine Ahnung.

Niederschrift nach vorliegender Tonkassette
G 5/MR 9 T/22-4-78, 28. 4. 78, 17 Uhr 30
(Die Abhöranlage wurde in Christine Carlssons Wagen angebracht)

Christine: Hallo, Sie da! Was tun Sie da?

(Antwort unverständlich)

Christine: Aber doch nicht da hinter dem Haus!

(Antwort unverständlich)

Christine: Haben Sie mal die Freundlichkeit und kommen her!

Hedwig von Brinckmann: Sie haben so wunderschöne Koniferen, und da dachte ich mir, geh doch mal hin und schau sie dir an. Ihr Eingangstor stand offen. Ist das nicht purer Leichtsinn heutzutage?

Christine: Das scheint mir allerdings auch so!

Hedwig von Brinckmann: Sie müssen seine Tochter sein!

Christine: Natürlich bin ich das. Und Sie? Wer sind Sie?

Hedwig von Brinckmann: Eine Patientin –!

Christine: Schon in Behandlung?

Hedwig von Brinckmann: Noch nicht wieder, wollen wir mal so sagen!

Christine: Aber früher?

Hedwig von Brinckmann: Ja, selbstverständlich!

Christine: Sie müssen sich anmelden. Gehen Sie am Montag ins Krankenhaus und sprechen Sie in seinem Sekretariat vor. Frau Kuhlmann wird Ihnen gern einen Termin geben.

Hedwig von Brinckmann: Montag? Das sind ja nun noch drei Tage bis dahin.

Christine: Ist es denn eine akute Angelegenheit?

Hedwig von Brinckmann: So sollte man es nennen.

Christine: Für Notfälle ist das Krankenhaus natürlich offen. Man wird sie an den diensttuenden Arzt verweisen. Ich glaube, das ist heute Doktor Sonnenburg, ein ausgezeichneter Chirurg, den ich nur empfehlen kann.

Hedwig von Brinckmann: Aber lange nicht so gut wie Ihr Herr Vater!

Christine: Hören Sie, liebe Dame, deren Name ich noch immer nicht weiß...

Hedwig von Brinckmann: ...Brückner!

Christine: Hören Sie, Frau Brückner, ich kann es nur allen Ernstes wiederholen: Mein Vater empfängt in seinem Haus keinerlei... Patientinnen.

Hedwig von Brinckmann: Mich wird er empfangen, Fräulein Carlsson. Bleiben Sie mal am Auto stehen, und schauen Sie zu! Und... wie wär's denn mit einer kleinen Wette?

Robert Carlsson kam mit einer Flasche, die ihm zusagte, aus dem Keller zurück. Der Wein war angenehm temperiert; er brachte ihn gleich ins Zimmer und gab ihn in den Kühler. Dann trat er einen Schritt zurück und sah auf den festlich gedeckten Tisch. Sehr hübsch hatte seine kleine Tochter das gemacht. Sehr fein hatte sie überhaupt die ganze Angelegenheit arrangiert. Grienend steckte er sich eine Zigarette an, und darüber hörte er es klingeln.

Sie war da! Eva war gekommen! In bester Laune ging er durch den Raum zur Diele. »Ich mach' schon auf, Frau Peters!« rief er in Richtung Küche. »Bemühen Sie sich nicht!«

Als er die Hand auf den Türgriff legte, spürte er auf einmal die heftige Erregung in sich. Wie in ganz jungen Jahren hörte er sein Herz hoch im Halse schlagen. Ach, zum Teufel, sollte sie doch sehen, was er für sie empfand!

Er riß die Tür auf. Er sah die Frau draußen stehen und erkannte sie nicht. Er starrte sie nur an. Eine lange Weile, wie er glaubte. Und dann griff eine eiskalte Hand nach seinem Herzen, nahm es und drückte fest zu. Da lag es auf einmal bleiern in seiner Brust.

»Hallo, Rollo –« sagte Hettie vergnügt. Sie machte einen Schritt nach rechts und verdeckte Christine die Sicht auf den entsetzten Vater. Dann fuhr sie fort: »Rollo – mein kleiner, lieber Rollo, du hast ja eine Glatze bekommen in all den Jahren!«

Seine Lippen öffneten sich, und irgendein Ton drang heraus. Der wiederholte sich, und da hörte er das kleine, meckernde Lachen. Hatte sie nicht eben gesagt: ›Rollo, du hast eine Glatze bekommen in all den Jahren?‹ Hatte sie das gesagt? Ja! Wirklich, sie hatte sich keine Spur verändert, seit er sie zum letzten Mal sah. Dann kriegte er seinen Schrecken soweit in den Griff, daß er einen klaren Gedanken fassen konnte. Er schaute über Hetties Schultern zum Auto hin, gegen das Christine lehnte und lächelnd herüberblickte.

»Hast du ihr etwas gesagt?« fragte er.

»Kein Wort, Rollo, was denkst du denn von mir?«

»Tu mir einen Gefallen, Hettie, und geh da hinein und warte auf mich. Ich komme sofort.«

Er trat beseite und öffnete die Tür, damit sie an ihm vorbei konnte. Dabei sagte sie: »Du ahnst ja nicht, Rollo, wie sehr ich mich freue.«

G 5/MR 9 T/22-4-78 (Fortsetzung)

Christine: Wer ist diese Frau?

Robert: Ganz unwichtig!

Christine: Aber Robert! Du bist weiß um die Nase, und da sagst du »unwichtig«.

Robert: Glaubst du mir etwa nicht?

Christine: Doch, Robert! Warum sollte ich nicht? Aber du bist wirklich blaß!

Robert: Weißt du eigentlich, daß ich einen ziemlich anstrengenden Beruf habe?

Christine: Verzeih, Papa!

Robert: Aber, Tinka, ich bitte dich!

Christine: Wer ist die Frau, Robert?

Robert: Tochter –! Willst du mir nicht ein letztes kleines Geheimnis lassen?

Christine: Gut, Robert, behalte es ruhig! Aber eines sage ich dir! Hüte dich vor ihr!

Robert: Wieso?

Christine: Sie ist eine gefährliche Frau!

Robert: Woher weißt du das?

Christine: Robert! Frauen wissen mehr voneinander, als Männer jemals über sie erfahren werden.

Robert: Gut, Christine, ich werde deinen Rat beherzigen.

Christine: Sie mag zwar jünger sein, aber besser gefallen tut mir Eva!

Robert: Jünger als Eva?

Christine: Ist sie es nicht?

Robert: Ich habe keinen blassen Schimmer. Auf wie alt schätzt du sie?

Christine: Schwer zu sagen! Anfang Dreißig, denk' ich mir, oder so ähnlich! Und dann noch eins, Robert! Warum müssen es nur immer Rothaarige sein?

Robert: Du bist doch blond, Tinka!

Christine: Ich bin die Ausnahme in deinem Leben!

Robert: Ja, das bist du wirklich, mein Herzchen!

Christine: Darf ich dir einen Kuß geben?

Robert: Wär' wirklich schön!

Christine: Wie findest du ihn?

Robert: Deine Küsse haben, seit ich dich noch jeden Abend ins Bett brachte, nichts von ihrer Qualität verloren.

Christine: O nein, Robert! Und ich dachte, sie seien mit der Zeit immer besser geworden.

Robert: Oder so!

Christine: Ich liebe dich, Robert!

Robert: Tschüs, Tinka!

Christine: Tschüs, Papa!

15

Robert Carlsson schaltete das Tonbandgerät aus. Er zog sein Taschentuch hervor und schnaubte geräuschvoll hinein. Er wußte nicht, woher das Schluchzen kam, ob vom Weinen oder Lachen, vielleicht von beiden ein wenig. Er erinnerte sich genau, wie Tinka aus dem Wagen stieg und ihn auf den Mund küßte. Und er sah den kleinen Opel-Kadett aus der Einfahrt rollen, wobei sie links und rechts blinkte und langgezogen auf die Hupe drückte. Gerade in diesem Augenblick mußte ihm der Gedanke an Mord gekommen sein. Da hatte er wohl daran gedacht, seine ehemalige Frau Hettie umzubringen!

Inzwischen wanderten die Zeiger der Uhr auf elf am Abend, am sehr späten Abend! Und er war noch immer nicht zu einer Entscheidung gelangt. Er blickte zur Schiebetür, hinter der die Leiche lag. Auf dem Tisch befanden sich weitere Video- und Tonkassetten, die er bisher nicht gehört hatte. Noch immer hoffte er auf einen Hinweis in ihnen, der ihm alles Weitere ersparen würde.

An jenem 28. April ging er zum Haus zurück, nachdem der Opel-Kadett um die Ecke gebogen war. Und auf diesem Weg hatte er nur einen Gedanken: Hettie mußte verschwinden, und zwar schnell und endgültig! Niemals wieder durfte sie hier auftauchen!

Er fand sie vor dem für zwei Personen gedeckten Tisch. Sie starrte darauf, und so gelangte er ungesehen in ihren Rücken. Er brauchte nur die Hände auszustrecken, um ihren Hals zu erwischen, dachte er. Sekundenlang stand er unentschlossen hinter ihr. Und da sagte Hettie plötzlich und ohne ihre Haltung zu verändern: »Hübsch hast du den Tisch für uns beide decken lassen, Rollo!«

Er erwiderte: »Ich habe nicht dich erwartet!«

Sie drehte sich langsam herum, stand nun dicht vor ihm und schaute in seine Augen. »Natürlich, Rollo, das weiß ich doch. Es sollte auch nur ein kleiner Spaß sein. Ich seh' schon, daß ich ungelegen komme, und gehe gleich. Eigentlich wollte ich nur ›Guten Tag‹ sagen und dir zeigen, daß ich wieder im Lande bin.«

Sie trat einen Schritt zurück und musterte ihn lange. Und dann erklärte sie mit voller Überzeugung: »Du siehst unheimlich gut aus, Rollo! Ich weiß wirklich nicht, wo ich damals meine Augen hatte. Nun ja, ich muß wohl noch ein Kind gewesen sein.«

Er antwortete nicht, schaute sie nur an. Und etwas, was er nicht für möglich gehalten hatte, geschah: sie wurde unsicher unter seinem Blick. Sie wandte sich ab, spazierte an der Tür zur Diele vorüber in den Arbeitsraum. Ungeniert schob sie die Tür zum zweiten Wohntrakt auf, ging nah an der Liege vorbei und betrat die kleine Bar. Nachdem sie minutenlang auf das

Schwimmbecken geschaut hatte, wandte sie sich nach ihm um. Auf ihrem Gesicht lag etwas von einer Erschütterung. Ja, wenn es Dinge gab, die Hettie zu Herzen gehen konnten, dann waren es diese.

Endlich sagte sie: »Wie konnte es nur geschehen, Rollo, daß ich plötzlich nicht mehr an dich glaubte? Denn am Anfang unserer Liebe habe ich es doch getan!«

Doktor Robert Carlsson fuhr mit ihr in Richtung Elmshorn. Wenn er Hettie schon mit seinem Haus erschüttert hatte, so traf er sie mit dem Auto von der Firma »Britisch Leyland« noch einmal mitten ins Herz. Er wußte, daß viele Frauen in einer fast erotischen Weise auf dieses Fahrzeug reagierten. Er lenkte den Sportwagen noch waghalsiger als sonst. Die Häuser der Stadt kippten hinter ihnen ab. Bäume flogen heran, verneigten sich respektvoll und versanken hinter ihnen. Zu beiden Seiten das endlos grüne Band der Wiesen und vor ihnen die Straße, deren weißer Mittelstreifen mal links, mal rechts unter ihnen wegtauchte. Die Weidenbäume, deren tief herabhängenden Zweige über das Wagendach peitschten, und das Singen der Räder in den Kurven. Und darunter das gleichmütige Brummen des starken Motors. Hettie saß in ihrer Ecke, ihm zugewandt, und starrte ihn aus geweiteten Augen an.

Wenn ihr Erscheinen nicht brandgefährlich gewesen wäre, gefährlich besonders Tinkas wegen, hätte er laut herausgelacht. Hinter dem Ort Obendeich verlangsamte er das Tempo. Bald kämen sie nach Strohdeich, und dahinter führte ein Nebenweg zur Elbe hinunter an einen stillen, abgelegenen Fleck. Es dämmerte schon stark.

Was hatte Tinka vorhin gesagt? Die Frau sei jünger als Eva? O nein, sie war viel älter! Wie machte sie es nur, daß sie so phantastisch jung wirkte? Robert Carlsson hatte sie sich darauf angesehen. Er verstand etwas von Körpern, auch von der Haut einer Frau. In Hetties Gesicht war nichts geliftet worden, nicht durch leichtes Anheben ein Hauch von Jugendfrische hingezaubert. Und kaum Falten! Nur ein paar um die Augen, und merkwürdigerweise erhöhten die noch ihren Reiz. Sie trug ein Gemälde von einem Make-up, und sie war vollendet gekleidet. Er wettete, daß sie den Sportmantel in London gekauft hatte. Er war ganz sicher, denn auch er holte sich seine Kleidung von der Themse.

Er fuhr immer langsamer. Die Häuser von Strohdeich lagen schon hinter ihnen, und gleich würden sie an die scharfe Linkskurve kommen. Geradeaus führte dann jener Nebenweg ans Wasser hinunter. Er spürte, wie er zu schwitzen begann. Der Mordgedanke kommt rasch und leicht, dachte er...

Da war die Kurve, er wurde noch langsamer, und dann sah er den Nebenweg. Nun fuhr er Schritt, der Wagen rollte nur noch. Jetzt! dachte er. Nun mach schon endlich, geh von dieser dämlichen Straße herunter!

Hinter der Kurve, die scharf und gefährlich war, beschleunigte er allmählich. Er holte tief Luft, spürte, daß er eine ziemliche Weile den Atem angehalten hatte. Dann schaute er zu ihr hinüber. Sie saß in der Ecke und blickte ihn unverwandt an. Um ihren Mund lag ein kleines nachdenkliches Lächeln.

Sie fuhren in Elmshorn in die Mühlenstraße zum Hotel »Hamburger Hof«. Es war inzwischen neunzehn Uhr geworden, und während der ganzen Fahrt hatten sie nicht ein Wort miteinander gesprochen.

»Hast du deinen Namen geändert, weil du unter dem richtigen keine Anstellung mehr finden konntest?« fragte Hettie, nachdem sie im Hotelrestaurant Platz genommen hatten.

»Ja.«

»Merkwürdig –!«

»Was –?«

Sie sah ihn forschend an. »Merkwürdig, daß die Behörden ihr Einverständnis gegeben haben!«

Natürlich liefe es auf eine Erpressung hinaus, dachte er. Aber wie die aussähe und in welcher Höhe sie sich bewegen könnte, daran mochte Doktor Robert Carlsson nicht denken. Sie bestellten nur ein wenig Aufschnitt, weil auch Hettie angeblich keinen Hunger hatte, aber als der Ober einen mächtigen Landschinken auf einem Holzbrett herantrug, ließ sie sich einige saftige Scheiben abschneiden. Er sah ihr beim Essen zu und trank seinen Tee dabei.

»Ich habe einen schweren Fehler gemacht, als ich dich und Tinkalein im Stich ließ. Einen Lebensfehler!« Sie schob immer neue Happen in den Mund, kaute mit blitzenden Zähnen, die er für hervorragend gearbeitete Jacketkronen hielt, trank von dem Bier in kleinen Schlucken.

Und da erkannte er: Zwischen ihr und Eva gab es nicht die geringste Ähnlichkeit! Er konnte wirklich nur auf diese Idee kommen, weil die Haare von gleicher Farbe waren. Er stellte aber auch keine Ähnlichkeit mit Tinka fest, und das erleichterte ihn. Seine Tochter kam eben ganz und gar nach ihm.

Und dann, während er seine ehemalige Frau beobachtete, schlich sich ein merkwürdiger Gedanke in sein Hirn. Wenn sie doch pötzlich krank würde und auf seinen Tisch müßte, dachte er.

Aber das war ein Wunschtraum. Sie saß nämlich strotzend vor Kraft und Gesundheit vor ihm. Und mit bestem Appetit, denn gerade machte sie sich an die zweite Scheibe, die über ein Bauernbrot geschnitten war.

»Warum sollten sich nur Männer die Hörner abstoßen dürfen«, plauderte sie. »Warum Frauen nicht auch? Oder doch manche, also ich ganz sicher! Und so habe ich fröhliche Jahre verbracht, Rollo, sehr viel gesehen und mancherlei erlebt.« Sie schaute ihn verschmitzt an. »Ich bin bis nach Hongkong gekommen. Und nach Bangkok, wo ihr Männer alle hin wollt wegen der Thai-Mädels. Aber die Knaben dort sind auch nicht ohne, nein, wirklich nicht!«

Sie aß ein paar Bissen lang schweigend, ehe sie fortfuhr: »Aber gemessen an einer intakten Familie ist das alles nichts, das weiß ich inzwischen. Die Geborgenheit in einer häuslichen Atmosphäre wird durch nichts aufgewogen!«

Sie sah ihn erwartungsvoll an, ob er etwas sagen wollte dazu, aber er dachte nicht daran. Er fragte dann vielmehr: »Und was treibst du jetzt?«

»Ich bin schließlich nach München zurück. Das ist ja nun eine Stadt, in der es mir immer recht gut gefallen hat. Ich möchte eine Boutique aufmachen, mir schwebt etwas Besonderes vor. Natürlich brauche ich noch ein paar Geldgeber oder einen stillen Teilhaber...«

Sie schwieg und sah ihn an. Sie lächelte jetzt nicht, und sie hatte sogar Messer und Gabel sinken lassen. Da steckte also die Erpressung die Nasenspitze hervor, dachte Robert Carlsson.

Er fragte: »Wie hast du mich eigentlich entdecken können, Hettie?«

»Ganz ulkig, Rollo«, erwiderte sie. »Du erinnerst dich an die Trommers? Lisa Trommer in Grafingen, die uns Tinkalein manchmal abnahm, wenn du Nachtdienst hattest. Also, das könntest du eigentlich nicht vergessen haben.«

Nein, das hatte er wirklich nicht! Er sah sie mit einem schmalen Lächeln an.

Hettie fuhr fort: »Die Trommers traf ich vor zwei Jahren auf den Kanarischen Inseln. Im Grunde ein beschissener Urlaub, weil er mit einer dieser Reisegesellschaften ging, aber was sollte ich tun, ich war zu jener Zeit gerade abgebrannt. Und wie das so läuft heutzutage: Plötzlich stehe ich in der Hotelhalle den Trommers gegenüber. Na ja, langweilig waren die drei Wochen ohnehin, und da blieb es sich gleich, mit wem ich die Langeweile teilte, warum nicht auch mit den Trommers. Und ein Gutes hatte das Wiedersehen, ich gab ihnen meine Adresse, und vergangenen Dienstag sucht mich nun plötzlich Lisa Trommer in München auf. Die erzählt mir eine Schauergeschichte. Am Sonntag sei ein Detektiv bei ihnen gewesen. Ein weiblicher Detektiv, stell dir das mal vor! Und die habe gesagt, du würdest mich suchen und du würdest in Indianapolis eine Klinik leiten. Stimmt das, Rollo?«

Er starrte sie an. »Wie du siehst, lebe ich hier.«

»Das meine ich nicht, Rollo! Hast du ein Detektivbüro beauftragt, um nach mir zu suchen?«

Er hätte ihr beinahe ins Gesicht gelacht, nun schon zum zweiten Mal in so kurzer Zeit, so grotesk erschien ihm die Frage.

Hettie fuhr fort: »Ich glaub's inzwischen auch nicht mehr, daß du dieses Büro beauftragt hast. Es wurde wohl überhaupt nicht nach meinem Aufenthaltsort gefahndet.«

»Nach was sonst?« fragte Doktor Robert Carlsson. Plötzlich klang seine Stimme heiser.

»Jemand will wissen, was damals in Grafingen geschah, verstehst du? Diese Operation und alles andere!«

»Wer... wer will das wissen?«

Sie hatte mit dem Essen aufgehört. Ihre Hand kam über den Tisch und legte sich beruhigend auf seine. »Laß mal, Rollo! Ich werde der Reihe nach erzählen. Und gemeinsam werden wir herausfinden, was dahintersteckt. Also, dieser Detektiv ist überall in Grafingen gewesen, Lisa hat es herausgebracht, bei der alten Portiersfrau am Marktsteig und im Krankenhaus. Und am Schluß eben bei den Trommers. Dort ließ die Frau auch eine Geschäftskarte.«

Carlsson schüttelte den Kopf. »Ein Privatdetektiv?«

»Und ein weiblicher dazu, irgendwie imponiert mir das!« Hettie lächelte. »Also, Lisa überläßt mir die Geschäftskarte, ich ordne meine Dinge in München, und gestern früh mach' ich mich auf die Socken, fahr' nach Hamburg. Ich geh' zu der angegebenen Adresse, und dort treffe ich zwar nicht auf den Detektiv, aber auf einen Mann. Und merkwürdigerweise hatte ich vom ersten Augenblick an das Gefühl, daß er hinter allem steckt. Meine Nase, Rollo, du kennst die ja. Ich wußte sofort: Dieser Mann ist es, der an deiner Vergangenheit interessiert ist. Sagt dir der Name Osvald Kruger etwas?«

Robert Carlsson räusperte sich, ehe er antwortete: »Noch nie gehört!«

Und Hettie meinte: »Nun ja, das ist jedenfalls sein Name.«

Niederschrift nach vorliegendem Videoband
G 5/MR 5 V/23-4-78, 27. 4. 78, 15 Uhr 20

Frau Schmitz: Wenn ich Sie beide hier hereinbitten darf. Ich verstehe das gar nicht. Waren Sie denn mit Frau Rohr zu einer bestimmten Zeit verabredet?

Kruger: Nein, nicht so direkt.

Frau Schmitz: Na, sehen Sie! Sie müßte aber jeden Moment kommen. Also ein bißchen Geduld. Und Sie, meine Dame, Sie wollen mir gar nichts über Ihr Anliegen sagen?

Hedwig von Brinckmann: Nein, das möchte ich nicht.
Frau Schmitz: Na, schön! Zeitschriften liegen auf dem Tisch. Kaffee oder Tee?
Hedwig von Brinckmann: Danke!
Kruger: Vielen Dank!
Frau Schmitz: Nun, dann eben ein klein wenig Geduld!

Hedwig von Brinckmann: Ich dachte, so etwas gibt es nur im Kino.
Kruger: Was –?
Hedwig von Brinckmann: Nun, dieses Detektivbüro! ich dachte, das gibt es gar nicht wirklich.
Kruger: Sie haben zum ersten Mal damit zu tun?
Hedwig von Brinckmann: Aber ja, natürlich! Was denken Sie von mir, mein Herr?

Hedwig von Brinckmann: Mein seit Jahren verschollener Mann sucht nach mir, mein geschiedener Mann!

Hedwig von Brinckmann: Er leitet in den Staaten eine Klinik. In Indianapolis.
Kruger: Klingt abenteuerlich.
Hedwig von Brinckmann: Das Leben steckt voller Abenteuer, Herr...
Kruger: Kruger.
Hedwig von Brinckmann: ...Herr Kruger! Und ich liebe Abenteuer, ich sage ja zu ihnen, aber in diesem Fall wurde mir doch unheimlich! Können Sie das verstehen? Denn seit siebzehn Jahren habe ich nichts mehr von meinem Mann gehört.
Kruger: Von Christine auch nichts?
Hedwig von Brinckmann: Natürlich nicht! Von meiner... Woher, Herr Kruger, woher wissen Sie, daß ich eine Tochter habe?

Hedwig von Brinckmann: Bitte, Herr Kruger, lächeln Sie nicht so! Sie werden mir unheimlich. Männer Ihrer Art verwirren mich ohnehin leicht.

Kruger: Welcher Art ist denn das?

Hedwig von Brinckmann: Da sehen Sie, ich bin immer zu offen, immer ein wenig geradezu. Es ist ein schrecklicher, unausstehlicher Fehler von mir.

Kruger: Ich finde diese kleine Schwäche, wenn es denn überhaupt eine ist, außerordentlich reizvoll. Nein, meine liebe Frau von Brinckmann...

Hedwig von Brinckmann: Lassen Sie doch diesen entsetzlichen Namen! Meine Freunde nennen mich Hettie!

Kruger: Danke, Hettie! Ich heiße Osvald!

Hedwig von Brinckmann: Ossi –! Nein, wie niedlich!

Kruger: Also, Hettie, das Ganze ist weniger unheimlich, als Sie denken. Ich kenne Ihren Mann und Ihre Tochter.

Hedwig von Brinckmann: Von drüben?

Kruger: Nein. Sie leben hier. Zur Zeit jedenfalls.

Hedwig von Brinckmann: Und Sie können mich hinführen?

Kruger: Ja.

Hedwig von Brinckmann: Zu meinem Mann?

Kruger: Ja.

Hedwig von Brinckmann: Und zu meiner kleinen Tochter?

Kruger: Von Wuchs ist sie größer als Sie, Hettie!

Hedwig von Brinckmann: Das will ich glauben, Ossi! Mein Mann ist auch ein Riese. Wie geht es den beiden denn immer? Mein Gott... ich... ich bin ganz gerührt.

Kruger: Was hielten Sie davon, wenn wir hier fortgingen? Diese Frau Rohr, die überhaupt nicht zu kommen scheint, kann ja schließlich bleiben, wo der Pfeffer wächst. Haben Sie schon ein Hotel für die Nacht?

Hedwig von Brinckmann: Ich muß mich noch kümmern.

Kruger: Ich wohne im Hotel »Alsterseite«. Ich kenne den Empfangschef gut. Ich bin ziemlich sicher, daß er uns etwas für Sie geben wird.

Hedwig von Brinckmann: Es ist so gleich, wo ich mich niederlege, Osvald.

Kruger: In der »Alsterseite« wohnt es sich gar nicht so schlecht.

Hedwig von Brinckmann: Ich kenne es!

Kruger: Und heute abend, liebe Hettie, sind Sie mein Gast. Da will ich Sie mal ein bißchen verwöhnen.

»Und dann ergab es sich wieder ganz zufällig, daß dieser Osvald Kruger und ich im selben Hotel wohnten, im Hotel ›Alsterseite‹. Und so aßen wir gemeinsam zu Abend.«

Hettie schaute ihren geschiedenen Mann lächelnd an. Dann lehnte sie sich zurück. Nun hatte sie genug von dem Landschinken und den kleinen Gürkchen, Radieschen, Käsewürfeln, Oliven, Salatblättern – von diesem ganzen Zeug. Robert Carlsson reichte ihr die Zigaretten hinüber, und sie rauchten schweigend. Sie saßen allein in dem kleinen Hotelrestaurant, zwei Kellner standen in respektvoller Entfernung und warteten. Das machte sicher der »Jaguar« am Straßenrand. Der Hotelwirt war auch schon dagewesen zur Begrüßung, hatte nachgefragt, ob die Herrschaften vielleicht übernachten wollten. Bad und fließend heiß und kalt Wasser, alles sei vorhanden. Halb und halb belustigt hatten Hettie und Robert Carlsson sich angesehen. Und Robert hatte neben der Einladung des Hoteliers auch eine versteckte in Hetties Augen gesehen. Nein, wirklich, wenn ihr Auftauchen nicht so gefährlich gewesen wäre, er hätte laut und herzlich lachen können.

Rauch ausstoßend, sagte Hettie: »Und dann erzählte mir dieser Kruger alles über dich, Rollo. Du würdest dich Robert Carlsson nennen und das Kreiskrankenhaus in Duselburg leiten. Und unser Tinkalein studiere in Hamburg Medizin, stünde kurz vor dem Physikum. Wie mich das gerührt hat! Und schließlich sagte mir der Mann, ich solle heute ruhig zu dir gehen und alles erzählen, auch das von ihm. Er würde dich bald selbst einmal aufsuchen, und da seist du eben vorbereitet auf ihn, und das wäre vielleicht nicht schlecht.«

In der letzten halben Stunde hatte Doktor Robert Carlsson selbst für seine Verhältnisse viel geraucht. Und er steckte sich schon wieder eine Zigarette an. Darin zeigte sich seine Nervosität, denn sonst schien er völlig ruhig. Auch seine Hände lagen still auf dem Tisch, faßten nur hin und wieder nach der Zigarette im Mundwinkel.

»Was ist dieser Kruger für ein Mann?« fragte er.

»Als Mann durchaus beeindruckend.«

Doktor Robert Carlsson lächelte. »Ich meinte es etwas anders. Mich interessierte sein Beruf.«

»Schwer zu sagen, Rollo! Geschäftsmann? Oder Wissenschaftler. Künstler. Er kann sehr viel sein.«

»Auch ein Gangster?«

»Auch ein Gangster! Oder ein Geheimdienstmann. Um ihn ist etwas Geheimnisvolles!«

»Was will er von mir?«

Hettie zuckte mit den Schultern. Er sah sie forschend an, und wieder merkte er, wie sie unter seinem Blick unsicher wurde. Schließlich sagte sie reichlich hilflos: »Ich weiß es wirklich nicht, Rollo!«

»Gut, gut, Hettie!«

Plötzlich fiel ihm etwas ein, und es überlief ihn siedendheiß. Wie denn, wenn er vorhin seiner Eingebung gefolgt wäre? Wenn er jenen Seitenweg zu dem stillen Fleck an der Elbe genommen hätte? Da sie von jenem Kruger geschickt wurde, hätte die Polizei wirklich nicht lange nach ihm zu suchen brauchen. Er beglückwünschte sich, daß sie gesund und munter vor ihm saß.

Robert Carlsson sagte: »Dieser Kruger schickt dich zu mir und will damit signalisieren, daß er über mich Bescheid weiß. Aber wieviel weiß er? Hast du ihm etwas über die Operation an Moosler gesagt?«

»Nein!«

»Überhaupt etwas von Grafingen?«

»Nein!«

Er sah sie forschend an, und sie erwiderte unbefangen seinen Blick. Dann bekräftigte sie es noch einmal: »Nein, Rollo!«

»Es stinkt geradezu nach Erpressung! Wenn dieser geheimnisvolle Herr nur eine Ahnung hätte, wie wenig Bargeld ich besitze.« Das war auch ein bißchen in Hetties Richtung gesagt.

»Ich habe das Gefühl, daß es bei dem Mann nicht um Geld geht«, antwortete sie. »Zumindest nicht so vordergründig.«

»Um was sonst?«

»Wenn ich es nur selber wüßte, Rollo!«

Auf dem Rückweg von Elmshorn nach Duselburg sprachen sie wieder kaum ein Wort miteinander. Die Überraschung, sie sei für ein paar Tage in dem kleinen Duselburger Hotel abgestiegen, um in seiner und Tinkas Nähe zu sein, hatte sich Hettie bis ganz zuletzt aufgehoben.

Als sie an die Kurve vor Strohdeich kamen, wo Carlsson mit dem Gedanken gespielt hatte, von der Straße abzuweichen, setzte er wieder die Geschwindigkeit herab, aber diesmal nicht so stark wie vorher. Er fuhr sie zu dem Hotel in der Süderauer Straße. Einige Minuten lang saßen sie schweigend im Wagen und rauchten eine letzte Zigarette.

»Ich kann verstehen, Rollo, daß du kein Vertrauen zu mir hast«, sagte sie leise. »Aber ich will versuchen, es mir zu verdienen.«

Er antwortete nicht darauf.

Sie fuhr fort: »Ich werde mich also Christine erst nähern, wenn du mir ausdrücklich die Erlaubnis dazu gibst!«

Er wandte sich ihr zu, und seine Stimme klang erleichtert: »Das würde mich sehr freuen. Hettie!«

»Ist doch selbstverständlich, Rollo!«

Sie lehnte sich einen Moment an ihn, und dann küßte sie ihn auf die Wange. Dies hätte ihm nun unangenehm sein müssen, aber merkwürdigerweise war es das nicht.

»Tschüs, mein kleiner Rollo!« sagte sie. Dann stieg sie aus dem Wagen aus. Ein kleines bißchen wirkte es so, als ob sie dabei das Armaturenbrett des »Jaguars« streichelte.

16

In dem Augenblick, als er den Wagen in die Grundstückseinfahrt lenkte, kam die Erinnerung an Eva Adams und die Verabredung zum Abendessen an einen festlich gedeckten Tisch. Die Lichter im Haus strahlten ihm aus allen Fenstern des Erdgeschosses entgegen. Schnell fuhr er das Auto in die Garage und lief ins Haus. Natürlich war Frau Peters nach oben gegangen, die Uhr zeigte ja Mitternacht. Aber er erblickte auch Eva nicht. Sie mußte aber dagewesen sein, denn von einem der Teller hatte jemand gegessen und aus einem Glas einer getrunken; die Serviette lag benutzt neben dem Teller.

Der Leuchter war auch angezündet worden, merkwürdigerweise aber nur zwei der vier Kerzen, die nach seiner Seite hin. Er wanderte durch die hell erleuchteten Räume zur Bar und zum Schwimmbecken. Er fand sie nirgends, nicht im Wasser und auch nicht auf der Liege im Wohntrakt. Auf dem Plattenspieler lag eine Platte, Mozart, und an dem Fernsehrecorder von Philips, seinem Superspielzeug, war gefummelt worden. Er merkte es an der nicht richtig hineingedrückten Kassettenbox.

Noch einmal ging er umher und suchte nach einem Zettel von ihr, auf dem sie eine Nachricht hinterlassen haben könnte. Etwa in der Art: »Nicht noch einmal mit mir dieses Scheißspiel, Sie Affe!« Aber er entdeckte keinen solchen Zettel. Auf einer Wolke schien sie ihm entschwebt zu sein. Er steckte die Nase in die Luft und schnupperte. Ein wenig glaubte er ihren Duft zu spüren, aber das war wohl nur Einbildung. Plötzlich mußte er an eine verzauberte Nacht vor nicht langer Zeit zurückdenken, und er bedauerte, daß sie nicht den Mut aufgebracht hatte, ein bißchen länger zu warten. Als er an diesem Punkt anlangte, begann er sich zu ärgern. Sie hätte wenigstens das Licht ausmachen können, ehe sie verschwand. Aber vielleicht hatte es Frau Peters angezündet, und sie wußte die Stelle nicht, wo man es löschte. Jedenfalls tat er es nun für sie, und dann stieg er nach oben.

Sie lag in seinem Bett! Sie hatte sich in die Kissen gekuschelt und schlief fest.

Er stand fassungslos bei der Tür. Immer wieder verblüffte es ihn, wie geradewegs Frauen auf ihr Ziel zusteuern. Er knipste das Deckenlicht aus, ließ die Stehlampe an und ging zu ihr hinüber. Er zog einen Sessel ans Bett und setzte sich. Das Licht der Stehlampe fiel nur zur Hälfte darauf, so daß ihr Gesicht nicht geblendet wurde. Sie mußte im Tiefschlaf sein, denn sie bewegte sich nicht, und ihr Atem ging regelmäßig. Sie lag auf der Seite mit angezogenen Beinen, und sie schien ihm schutzlos preisgegeben. Dieser Gedanke berührte ihn.

Natürlich hatte er manchmal Gelegenheit gehabt, eine neue

Frau zu finden. Besonders als Christine noch klein war, gab es welche, die sich um das Mädchen kümmerten, aber im Grunde den Vater meinten. Und später auch, eigentlich hatte es immer wieder Möglichkeiten gegeben.

Lange hatte er geglaubt, daß er sich Christines wegen nicht wieder gebunden habe. Er wollte nicht, daß sich jemand zwischen sie drängte. Er war ausgefüllt vom Beruf, und die Freizeit beanspruchte seine kleine Tochter. Aber in dieser Nacht, als er sozusagen Evas Schlaf bewachte, wußte er auf einmal den tieferen Grund. Es war der Name. Wie konnte er eine Frau an einen Namen binden, den es eigentlich nicht gab?

Und dann schlug Eva die Augen auf. Sie lag mit dem Gesicht in seine Richtung, und so begegneten sich ihre Blicke. Von einer Sekunde zur anderen wurde sie hellwach. Sie drehte sich auf den Rücken, rekelte sich. Immerhin hatten sie sich nur einmal in einer solchen Situation befunden, und das war eine Woche her. Aber für sie schien es ganz natürlich, daß sie in seinem Bett lag und er danebensaß und auf sie aufpaßte. Ein zufriedener, tiefer Laut drang aus ihrer Kehle.

Robert Carlsson fragte: »Wer hat von meinem Tellerchen gegessen? Wer hat aus meinem Becherchen getrunken? Und wer liegt in meinem Bett?«

»Eva Schneewittchen!« Sie wandte ihm das Gesicht zu. »Aber nun will ich lieber Dornröschen sein. Und der Prinz soll kommen und mich mit einem Kuß aufwecken, wie man es in keinem Märchenbuch lesen kann.«

Sie streckte ihm die Hände entgegen; er nahm sie und streichelte sie. Dann sagte er: »Ich muß dich um Verzeihung bitten, Eva, wegen heute abend.«

»Längst vergessen, Lieber! Wenn es nicht so wichtig gewesen wäre...«

»Natürlich!«

»Und so unaufschiebbar...«

»Natürlich!«

»Leider kannst du gar nicht darüber sprechen...«

»Natürlich nicht!«

»Natürlich nicht!« Sie sah ihn lächelnd an. »Möchtest du

nicht ins Bett kommen? Ich verspreche dir, ganz in die Ecke hinüberzurücken.«

»Es tut mir leid, Eva, aber ich muß noch eine Weile arbeiten. Ich mach' mir dann unten auf der Liege was zum Schlafen zurecht. Wir könnten uns zum Frühstück sehen.« Er schaute sie an und schüttelte den Kopf. »Das geht ja auch nicht! Sechs Uhr morgens wird zu zeitig für dich sein.«

»Warum sollte es das? Ich steh' um fünf auf und mache alles zurecht.«

Er lächelte. »Das brauchst du nicht, Eva, das besorgt Frau Peters. Es reicht völlig aus, wenn du um sechs am Tisch sitzen würdest.«

»Aye, aye, Sir! Mit dem Glockenschlag.«

Er beugte sich über sie und küßte sie. Sie schlang ihre Arme um seinen Hals und hielt ihn fest. Er spürte ihren Körper. Und da war auch wieder der Duft, den er in der Halle gerochen hatte. Für lange Augenblicke wurde er schwankend in dem Entschluß, nach unten zu gehen. Aber dann tat er es doch. Er konnte nicht mit ihr schlafen. Zumindest nicht in dieser Nacht, kurz nachdem Hettie aufgetaucht war.

Er ging in das Arbeitszimmer hinunter und setzte sich an seinen Schreibtisch. Er rauchte eine Zigarette. Das elektronische Abhörgerät, von dessen Existenz er zu diesem Zeitpunkt noch nichts wußte, befand sich nur wenige Handbreit von ihm entfernt. Wenn er plötzlich zu reden angefangen hätte, hätte der Sender an der Schreibtischrückwand das Tonbandgerät im Keller zwischen den Rotweinflaschen in Gang gesetzt. Aber natürlich redete er in diesen Minuten nicht. Dafür dachte er um so intensiver nach.

Sie mußten verschwinden, seine Tochter und er. Aus der Stadt und noch besser aus dem Land. Aber wieviel Geld konnte er aufbringen? Er arbeitete nicht lange als Chefarzt. An das große Geld war er noch gar nicht herangekommen. Und das wenige an Rücklagen hatte er hergeben müssen, als sie in das Haus einzogen. Aber trotzdem mußten sie fort! Was auch dieser Herr Kruger von ihm wollte – Gutes würde es mit Sicherheit nicht sein! Und Hetties Erscheinen genügte vollauf! Aber welche Erklärung gab er Tinka? Sie stand vor dem Physikum, und da half wohl kein Drumherumreden mehr. Er hatte mit seiner Beichte bis nach ihrem Studium warten wollen. Nun müßte es gleich sein. Und wie würde sie alles aufnehmen? Würde sie dann überhaupt noch mit ihm gehen?

Er spürte plötzlich seinen trockenen Mund und stand auf, um sich Milch zu holen. Da sah er Eva an der Tür lehnen und ihn beobachten. Sie trug einen seiner Bademäntel, der viel zu groß für sie war und der um ihren Körper schlotterte.

»Wie lange stehst du da schon?« fragte er mißtrauisch.

Sie blickte ihn mit einem eigenartigen Ausdruck an, schüttelte schließlich den Kopf. »Nicht lange! Hast du nicht morgen zu operieren?«

»Ja!«

»Ich mach' mir Sorgen um dich, Herr Chefarzt!«

»Es ist etwas ganz Neues, daß sich eine Frau Sorgen um mich macht. Gar nicht unsympathisch!«

Und das war es wirklich nicht. Aber es war zugleich noch mehr! Er spürte ihre Zuneigung, an der er sich wärmen konnte wie an einem Ofen. Wie an einem großen Ofen mit vielen bunten Kacheln. »Du mußt jetzt ins Bett gehen, Robert!«

Sie sagte es mit weicher Stimme. Und dann kam sie barfuß durch den Raum auf ihn zu und nahm ihn bei der Hand.

17
Niederschrift eines Gedächtnisprotokolls auf Tonband
G 5/MR 5 GaT/24-4-78, 29. 4. 78, 14 Uhr 00

Es muß wohl der Augenblick bei der Tür gewesen sein, als mir auf einmal klar wurde, daß ich Robert liebe. Und zwar in einer Weise, wie mir die Liebe bisher noch nicht begegnet ist. Ich stand einige Minuten lang in seinem Rücken und beobachtete ihn. Er saß zusammengesunken über dem Schreibtisch, und es sah ganz so aus, als würde er mit einem schweren Entschluß ringen. Dann drehte er sich herum, und wir sahen uns an. Und in dem Augenblick hatte ich dieses Gefühl in mir.

Natürlich konnte ich nicht wieder einschlafen, nachdem Robert nach unten gegangen war. Er hatte zwar heiter und gelassen neben dem Bett gesessen, aber ich fand doch, daß er mit den vielen Späßen seine eigentliche Grundstimmung überdecken wollte. Und die schien mir reichlich melancholisch zu sein.

Was war geschehen in den Stunden, als er außer Haus war? Wen hatte er getroffen, und was wurde da besprochen? An eine geschäftliche Verabredung glaubte ich nicht. Auch nicht daran, daß man ihn dienstlich ins Krankenhaus gerufen hatte. Das hätte er mir schließlich gesagt. Nein, es mußte etwas anderes, weit Unangenehmeres gewesen sein.

Natürlich wußte ich schon von dem unglaublichen Schnitzer, den sich die Schmitz geleistet hatte. Durch ihren Leichtsinn haben sich Kruger und Roberts ehemalige Frau kennengelernt. Ausgerechnet in meinem Büro! Würde sie etwas über Roberts voriges Leben ausplaudern? Nach allem, was ich über diese Frau weiß, kann ich mir denken, daß sie es für viel Geld tut. Und damit hätte Kruger das Druckmittel in der Hand, um sich Robert gefügig zu machen. War Kruger an diesem Abend Roberts Gesprächspartner gewesen? Eigentlich mochte ich das nicht glauben. Ich konnte mir nicht vorstellen, daß er so weit aus seiner Deckung heraustrat. Aber er könnte Hettie vorschicken. Hatte er das getan? Hatte Robert in den vergangenen Stunden seine ehemalige Frau wiedergesehen?

Eine Weile lang drehte ich mich in dem Bett von einer Seite auf die andere, aber ich kam nicht zur Ruhe. Und da beschloß ich, den Stier bei den Hörnern zu packen, ich beschloß anzugreifen. Ich stand auf, holte mir Roberts Bademantel, den ich irgendwie um mich herumschlang, und stieg die Treppen hinab. Ich wollte ihm eröffnen, wer ich eigentlich sei und in wessen Auftrag ich bisher tätig war. Dann stand ich minutenlang bei der Tür, bis er sich umwandte und wir uns anschauten.

Und in diesem Moment hatte mich all meine Forschheit verlassen. Wenn man liebt, stellt sich wohl auch gleich die Angst als Partnerin ein; man fürchtet, den Gegenstand seiner Liebe zu verlieren.

Ich fühlte mich klein und hilflos und sagte nichts.

Dabei war ich auf der Rückfahrt von München nach Hamburg, diesmal fuhr ich mit der Bundesbahn, noch ganz die kühle Geschäftsfrau gewesen. Ich glaubte, das private Kapitel mit dem Mann Robert Carlsson abschließen zu können, ohne dabei inneren Schaden zu nehmen. Es sollte nicht mehr als eine freundliche Episode sein, an die ich mich auch später gern erinnern wollte.

Während der stundenlangen Bahnfahrt meinte ich wirklich, ich könnte mir das ausstehende Honorar von der Snyder inc. noch verdienen. Ich hielt mich auch dazu berechtigt. Wir arbeiten immerhin zu fünft in dem kleinen Büro, und die Gehälter der Angestellten hängen in erster Linie von meiner Geschicklichkeit ab. Zudem kommt ein Auftrag mit so hohem Honorar, wie es mir von Kruger geboten wurde, nicht allzuoft herein.

Aber schon der erste Abend allein zu Haus war schrecklich. Ich hatte niemanden, mit dem ich reden konnte, einfach niemand! Wenn wenigstens Eva im Lande wäre. Aber die reist immer noch in Südosteuropa umher, um nach Quellen zu suchen, die den Kriegsausbruch von neunzehnhundertvierzehn betreffen. Oder was die dafür halten. Die haben ja einen Knall in den Zeitungsstuben!

An diesem ersten Abend zu Hause deutete sich schon an, daß ich die Position der kühlen Geschäftsfrau nicht halten konnte. Aber natürlich machte ich es mir da noch nicht bewußt. Ich weiß nur, daß ich die gute Hälfte einer Flasche Wodka austrank und reichlich angetütert ins Bett fiel.

Den nächsten Vormittag verbrachte ich in meinem Büro hinter dem Schreibtisch. Recht untätig. Ich sah nur die Berichte meiner Mitarbeiter durch, die an anderen Vorgängen arbeiten. Alles keine bewegenden Sachen. Und dann geschah etwas Merkwürdiges!

Herr Kruger rief an, und ich ließ mich verleugnen. Das war mehr als ein Symptom. Ich saß zwar noch über eine Stunde grübelnd an meinem Schreibtisch, rührte mich auch über Mittag nicht weg, sondern ließ mir aus dem Steakhouse an der Ecke etwas hochholen. Aber ich wußte schon, was die Glocke geschlagen hatte. Wenn ich zukünftig nicht mehr für Kruger, sondern gegen ihn arbeiten wollte, mußte ich äußerst vorsichtig sein.

Immerhin weiß ich, daß die Art Leute, so zivil sie sich auch gebärden, unangenehm werden können. Ich mußte also versuchen, dem Herrn jeweils einen Schritt voraus zu sein. Während ich an dem Stück Fleisch und den Pommes frites herumkaute, überlegte ich, wie ich mit jemand aus dem Hotel »Alsterseite« ins Geschäft kommen könnte. Wenn ich in Krugers Appartement eine Wanze unterbrächte und hörte, was dort in nächster Zeit besprochen wird, wäre ich ein Stück weiter.

Als ich mich einmal zu einem Entschluß aufgerafft hatte, liefen die Dinge wie von selbst. Ich telefonierte mit Siegfried Feldmann. Das ist der Mann aus Doktor Wellers Forschungsgruppe, dessen Namen ich aus Hänschens Liste habe. Ich tat ziemlich geheimnisvoll, sagte, daß ich ihn um eine geschäftliche Unterredung bäte, von der ich annähme, sie würde sein Interesse finden. Er war einverstanden, und wir verabredeten uns für den 29. April in seiner Wohnung. Das ist am heutigen Abend.

Als ich den Hörer auflegte, hatte ich schon eine Idee, wie ich ihn auf meine Seite ziehen könnte. Anschließend machte ich mich auf die Beine, um einige Vorbereitungen für dieses Gespräch zu treffen. Ich mußte alles allein tun, weil ich niemanden aus dem Büro einweihen wollte.

Am späteren Nachmittag führte ich eine Reihe von Telefonaten, an deren Ende die Begegnung mit dem Etagenkellner aus Krugers Hotel stand. Wir trafen uns auf der oberen Plattform der Landungsbrücken und sahen auf das Hafenbecken hinunter. Es herrschte noch Publikumsverkehr, so daß wir wie Touristen wirkten. Ich merkte, daß er ein Mann war, bei dem ich gleich zur Sache kommen konnte. Ich bot ihm zweihundert Mark an, wenn er in »727« eine Wanze anbrächte. Er ging nicht weg, als er das hörte, ließ mich nicht einfach stehen, aber er lachte mir ins Gesicht. Ich fuhr fort, die zweihundert Mark seien nicht für die gesamte Aktion gedacht, sondern für jeden einzelnen Tag, solange die Sache eben läuft. Da lachte er nicht mehr. Und nachdem er mich auf zweihundertfünfzig Mark hinaufgehandelt hatte, sagte er zu.

Am späten Abend rief ich Christine an. Die Idee, ihren Papa

auf die Weise zu überraschen, wie es dann geschah, kam von ihr. Sie war ganz begeistert davon, aber auch ich wollte Robert ja wiedersehen. Obwohl ich zu diesem Zeitpunkt nicht wußte, wie sich die Dinge zwischen uns entwickeln mochten. Und im Grunde weiß ich das auch jetzt noch nicht. Trotz der letzten Nacht mit ihm!

Nachtrag! Ich habe mir das GaT eben noch einmal angehört und stelle fest, daß es Dinge enthält, die eigentlich nicht in solch ein Protokoll gehören. Ich fing damit an, um eine Gedächtnisstütze über die Vorgänge dieser Affäre zu haben. Nun merke ich, daß sich die Aufzeichnungen inhaltlich immer mehr verändern. Wenn ich meine innere Haltung während der Aufnahme analysiere, kommt es mir vor, als ob ich Robert alles zu erklären versuche, was ich ihm zur Zeit noch nicht sagen kann. Falls ich diese Protokolle später einmal Dritten zugänglich machen sollte, werde ich eine Menge Arbeit haben, die persönlichen Dinge wieder herauszunehmen.

Niederschrift eines Gedächtnisprotokolls auf Tonband
G 5/MR 6 GaT/25-4-78, 30. 4. 78, 1 Uhr 30

Ich traf mich mit Siegfried Feldmann heute abend gegen acht Uhr in seiner Wohnung; er wohnt in der Caspar-Voght-Straße, nahe dem Hammer Park. Er ist ein junger Mann um die Dreißig, recht gut aussehend und ganz sympathisch. Als wir ins Zimmer gingen, sah ich gleich, daß er in der Wohnung ebenso auf Ordnung hält wie in seiner Kleidung. Mir erschien die Atmosphäre ein wenig steril, ein bißchen wie es in dem Labor, das er leitet. Während ich mich umschaute, mochte er sich fragen, was die passabel aussehende junge Dame in seinen vier Wänden suchte, dazu an einem Samstagabend.

Ich erklärte es ihm: »Ich komme von der ›VAW‹, Herr Feldmann. Sagt Ihnen die Abkürzung etwas?«

»Die Vereinigten Aluminium-Werke?«

Ich nickte.

»Merkwürdig...«, sagte er darauf, wollte wohl noch etwas anfügen, schwieg aber. Und wie um seine Überraschung zu überspielen, bot er mir Platz an.

»Was zu trinken?« fragte er. »Ich könnte uns einen Martini machen.«

Ich sagte ihm, daß mir Wodka lieber sei, aber den hatte er nicht im Haus, und so blieb es bei dem Martini. Ich sah ihn etwas anfertigen aus französischem Vermouth, Gin, Orangen, Bitter und Eiswürfeln. Er vergaß auch die Olive nicht. Ebenso sorgsam mochte er tagsüber mit seinen Reagenzen umgehen. Manche Leute halten den Martini dry für den reinsten aller Cocktails, ich bekomme einen schweren Kopf danach.

»Was ist merkwürdig, Herr Feldmann?« fragte ich, während ich an meinem Glas nippte.

Er blickte mich nachdenklich an. »Vielleicht sagen Sie mir erst einmal, was Sie von mir wünschen?«

»Die ›VAW‹ möchte Sie als Mitarbeiter gewinnen«, ging ich direkt auf mein Ziel los. Und als er nicht antwortete, sondern mich nur weiterhin überrascht anstarrte, fragte ich: »Ist es das, was Sie merkwürdig finden?«

Er nickte. »Woher weiß man bei Ihnen, daß ich von den Snyders weg will?«

Nun war die Reihe an mir, überrascht zu sein. Ich beglückwünschte mich zu dem Treffer, den ich mit dem Namen Feldmann aus Hänschens Liste gezogen hatte. Oder hatte ich nicht nur einfach Glück gehabt? Ich wußte ja von den Schwierigkeiten, die die Snyder-Leitung mit ihrem Forschungsleiter Weller hatte. Warum sollten sich die auf diesen einen Mann beschränken? Warum nicht auch auf dessen Mitarbeiter?

»Haben Sie schon gekündigt?« fragte ich.

»Das allerdings nicht. Aber es hat in letzter Zeit Ärger gegeben, und ich habe aus meinem Mißvergnügen kein Hehl gemacht.« Er sah mich unheimlich berührt an. »Und Sie wissen davon?«

»Die Konkurrenz schläft natürlich nicht, Herr Feldmann!«

Er trank den Rest aus seinem Glas aus, schaute dann auf meins, das noch so gut wie voll war. Auf seinem Gesicht lag eine leichte Röte, und ich fragte mich, ob die vom Alkohol oder von der Verblüffung über mein Angebot kam.

»Was machen Sie bei den Aluminium-Werken?«

»Dort bin ich gar nicht tätig, Herr Feldmann. Ich arbeite für ein Maklerbüro. Wir beschäftigen uns mit Industrie-Investitionen. Hin und wieder übernehmen wir jedoch auch mal einen Auftrag dieser Art.«

»Welcher Art?«

»Nun, wenn es um eine diskrete Kontaktaufnahme geht!«

Er starrte unruhig auf mein Glas, das immer noch gefüllt war, ich nahm es also und trank es leer. Darauf machte er uns eine weitere Füllung zurecht. Während er das tat, fuhr ich fort: »Es handelt sich um eine Position, die Sie interessieren dürfte. Praktisch soll die Stellung, die Doktor Weller in Ihrem Betrieb einnimmt, bei den ›VAW‹ vakant werden. In absehbarer Zeit!«

Ich sah, wie es hinter seiner Stirn arbeitete, und so bohrte ich weiter. »Natürlich müßten Sie aus Hamburg heraus, aber ich denke mir, Sie sind in einem Alter, in dem man eine Luftveränderung noch gut verträgt.«

»Mich hält hier nichts!«

»Um so besser!«

Wir schwiegen eine Weile lang und nippten an unseren Gläsern. Auch er trank jetzt vorsichtig. Dann raffte er sich auf. »Woher soll ich wissen, daß Sie wirklich von den ›VAW‹ kommen?«

Diese Frage hatte ich erwartet. Und ihre Beantwortung gehörte zu den Dingen, die ich vor ein paar Tagen gründlich vorbereitet hatte. Ich griff in meine Handtasche und zog zwei Schreiben hervor. Dabei sagte ich: »Sie wissen wohl, daß die ›Vereinigten Aluminium-Werke‹ in bundeseigenem Besitz sind. Man fürchtet dort unerfreuliche Entwicklungen auf einer etwas höheren Ebene, wenn durchsickert, daß die Deutschen einen geschätzten Mitarbeiter aus einem amerikanischen Betrieb herausholen wollen. Deshalb hat man unser Büro zwischengeschaltet. Ich erfülle diesen Auftrag gern. Ohne besonders nationalistisch zu denken, meine ich doch, daß unsere Leute, zumindest so außergewöhnlich fähige, in deutschen Betrieben arbeiten sollten.«

»Vielleicht haben Sie recht«, erwiderte er.

Wir lächelten uns zu, und ich reichte ihm die beiden Schreiben über den Tisch. Nun hatte ich die aber eigenhändig angefertigt. Das erste Papier wies mich als Mitarbeiterin der Maklerfirma »Hintsche und Sohn« aus und ermächtigte mich, mit Herrn Siegfried Feldmann, wohnhaft Hamburg, Caspar-Voght-Straße 5, ein Kontaktgespräch zu führen mit dem Ziel, eine Verbindung zwischen ihm und den »Vereinigten Aluminium-Werken AG (VAW)« herzustellen. Darunter stand ein geschnörkeltes Etwas als Unterschrift. Die Maklerfirma gab es zwar in Hannover, ob sie sich aber mit Industrie-Investitionen abgab, wußte ich nicht. Ich hatte mich zu einer wirklich existierenden Firma entschlossen, falls Feldmann im Hannoveraner Telefonbuch nachschlagen sollte. Ich konnte nur hoffen, daß er dort nicht auch noch nachfragte. Das zweite Schreiben kam vom Direktorium der »VAW« und war an die Firma »Hintsche und Sohn« gerichtet. Nach einleitenden Floskeln kam man zur Sache. Man interessiere sich für einen Herrn Siegfried Feldmann, angestellt bei der »William Snyder International inc.«, Sitz Stetten bei Hamburg. In den »VAW« würde die Position eines Forschungsgruppenleiters vakant, und man würde diesen Posten gern mit Herrn Feldmann besetzen. Aus gegebenen Rücksichten müsse man darauf verzichten, die ersten sondierenden Gespräche selbst zu führen. Es käme zunächst darauf an, herauszufinden, ob Herr Feldmann überhaupt bereit sei, seinen alten Arbeitsplatz aufzugeben. Nach einigen abschließenden Sätzen folgte die Unterschrift. Auf die war ich besonders stolz. Ich hatte sie von einem faksimilierten Brief, der in einem Bericht des »Spiegels« abgedruckt worden war. Beide Briefe hatte ich auf Geschäftspapier mit gedruckten Briefköpfen geschrieben. Vor einigen Tagen hatte es mir viel Mühe gemacht, diese Dinge zu besorgen.

Ich beobachtete Feldmann genau, während er las, und stellte fest, daß er beeindruckt war. Erstaunlich, dachte ich, wie schnell Menschen auf Papier hereinfallen, wenn es nur einigermaßen amtlich aussieht.

Inzwischen hatte Feldmann seine Vorsicht aufgegeben und auch das zweite Glas geleert. Offensichtlich war er erregt. Ich trank ebenfalls aus, um ihn zu animieren, damit er weitertrank.

Das tat er auch, aber nun schenkte er uns französischen Kognak ein, den er wohl für besondere Anlässe reserviert hatte. Und nach einem weiteren Glas löste sich seine Zunge.

»Eigentlich schickt Sie mir der Himmel!« sagte er.

»Sie möchten also tatsächlich weg von den Snyders?«

»Ja!« Und nach einer Pause: »Ich lass' mir nicht sagen, daß ich von meiner Arbeit nichts verstünde.«

»Hat Doktor Weller das behauptet?«

»Ja!«

Ich lehnte mich zurück und schien nur mäßig interessiert zuzuhören. Ich durfte ihn nicht mißtrauisch machen. Aber er wollte jetzt wohl reden. Offensichtlich war er von Weller tief verletzt worden und mußte es loswerden. Außerdem hatte er inzwischen eine Menge getrunken und die Hemmschwelle überschritten.

Er sah mich eindringlich an. »Ich bringe Weller den Befund, sage ihm, daß sich nach der Testhierarchie keine Übereinstimmung zwischen den Bakterien- und Zellzuchtexperimenten ergeben. Das muß es nämlich, wissen Sie, aber es tat es nicht!«

Ich wurde plötzlich hellhörig. »Was waren denn das für Befunde?«

»Im Abwasser! Die Kontrolle des Abwassers gehört in meinen Verantwortungsbereich. Bevor wir das geklärte Wasser an die Elbe abgeben, ziehen wir noch einmal Proben.«

»Und aus denen stammte Ihr Befund?«

»Ja! Weller sah sich den an. Und dann ging er hin und zog selber eine Probe. Das war schon ungehörig, weil er damit indirekt zu verstehen gab, ich könnte nicht sauber gearbeitet haben. Wie stand ich denn da vor den Mitarbeitern meiner Abteilung! Auf jeden Fall machte Weller die Untersuchung noch einmal, und zwar allein und hinter verschlossenen Türen. Und dann sagte er, er sei zu anderen, ganz harmlosen Ergebnissen gekommen, ich hätte mich geirrt.«

»Vielleicht haben Sie es?«

»Nein! Der Befund war ja nicht zum ersten Mal aufgetaucht. Es handelte sich bereits um den dritten, und zwar kamen sie immer nach einem Abstand von genau einer Woche an.«

»Sagten Sie Weller das?«
»Natürlich!«
»Und er?«
»Er wischte es einfach beiseite.«
»Wissen Sie, was dies alles bedeuten kann?«
»Ich habe die Untersuchung nicht zu Ende führen können. Und merkwürdigerweise gab es darauf auch keine ähnlichen Befunde mehr.«

Ich mußte an einen Satz von Alec Willies denken, den er in unserem Gespräch geäußert hatte. Er sprach darüber, wie rasch man an Grenzwerte käme, wenn eine neue Technologie abgefahren würde. Hatte das Vorkommnis damit zu tun? Deckte Weller etwas vor den Angestellten, als er die Untersuchung allein weiterführte? Ja, zweifellos, aber das erklärte noch nicht seine eigenen Schwierigkeiten mit der Konzernleitung. Zwang er Alec Willies, etwas zu tun, das nicht in dessen Konzept paßte? Ja, genau in der Richtung mochte es liegen, denn Feldmann behauptete, die ominösen Befunde hätten nach Wellers Untersuchungen aufgehört. Was waren das für Befunde, und was bewirkten sie? Wenn ich das herauskriegte, hätte ich das Rätsel um Weller wohl gelöst. Ich hatte aber auch das Gefühl, daß ich aufhören sollte, weiter in den jungen Mann mir gegenüber zu dringen. Wir sprachen noch eine Weile lang über belanglose Dinge, dann verabschiedete ich mich. Auf der Treppe bat ich ihn, vorläufig nichts zu unternehmen, auch nicht zu kündigen, bis ich von meinen Leuten neue Instruktionen erhalten hätte. Ich würde mich wieder bei ihm melden.

Auf der Straße zeigte er sich überrascht, weil ich ohne Auto gekommen war. Ich hatte es aber in einiger Entfernung am Fahrenkamp geparkt. Ich wollte nicht, daß er sich vielleicht die Nummer merkte. Er schlug vor, ein Taxi zu rufen, aber ich meinte, bis zur S-Bahn sei es ja nicht weit. Er schüttelte besorgt den Kopf, schließlich ginge es auf Mitternacht, und die Straßen seien dunkel und leer. Ob er mitkommen sollte? Ich lachte ihn aus, erwiderte, ich sei eine Frau, die sich gut zur Wehr setzen könnte.

Aber das Lachen blieb mir rasch im Halse stecken! Als ich

nämlich die verlassene Caspar-Voght-Straße hinunterging, allerdings nicht zur S-Bahn, sondern in entgegengesetzter Richtung zum Hammer Park, hatte ich auf einmal ein Gefühl, als ob ich verfolgt würde. Ich drehte mich um, mehrmals, sah die lange Reihe abgestellter Wagen am Straßenrand, aber keine Menschenseele. Und doch wußte ich, daß jemand hinter mir her war. Aber wo? Wahrscheinlich verschwand er hinter den Autos, sobald ich mich umdrehte. In meinem Beruf entwickelt man ein Gespür dafür, wenn einem ein Schatten folgt. Man kann es schwer erklären. Vielleicht klingt es lächerlich, wenn ich sage, daß sich mir die Nackenhaare sträubten. Und doch war es was in dieser Art. Ich will auch ruhig zugeben, daß ich Angst hatte. Ich war allein auf der Straße. Außer der Person hinter mir. Und am Hammer Park, dort, wo mein Auto parkte, würde es noch einsamer sein. Auf jeden Fall aber unheimlicher. Ich überlegte, ob ich umkehren sollte. Ich war schon drauf und dran, es zu tun, aber ich tat es dann doch nicht. Wenn es einen Schatten gab, durfte er auf keinen Fall erfahren, daß ich von seiner Existenz wußte. Ich ging also weiter, kam zum Fahrenkamp und an mein Auto. Als ich die Tür hinter mir einschnappen ließ und den Schlüssel ins Zündschloß steckte, atmete ich auf. Aber in diesem Augenblick wurde ich auch gewahr, daß mir die Wäsche am Körper klebte. Ich schwitzte stark. Eine Weile lang blieb ich untätig hinter dem Lenkrad sitzen; ich war nicht fähig, den Motor in Gang zu setzen.

Und dann blickte ich in den Rückspiegel und sah ihn kommen! Ich gab mir den Befehl loszufahren, aber meine Hände gehorchten nicht. Er kam immer näher, und ich tat nichts! Ich starrte nur wie hypnotisiert in den Rückspiegel. Und dann war er auf gleicher Höhe mit mir. Ich wagte nicht, meinen Kopf zu drehen, aber aus den Augenwinkeln sah ich, daß er nicht einmal in meine Richtung schaute. Er ging einfach weiter. Ein bißchen wirkte er wie ein Mann, der am späten Abend seinen Hund ausführt. Nur hatte er eben keinen Hund dabei! Etwas weiter oben bog er in den Park ein und verschwand. Plötzlich hatte ich den Eindruck, er sei einer, der sich auf dunklen Straßen an allein gehende Frauen heranmacht. Ich begann laut zu lachen über meine Angst, denn mit solchen Kandidaten werde ich fertig. Ich konnte endlich losfahren.

Aber so einer war er nicht! Als ich nämlich das Ende des Fahrenkamp erreicht hatte, sah ich das Auto aus dem Parkweg auftauchen. An einem Fahrzeug, das um diese Zeit aus dem Park kam, mochte nichts Ungewöhnliches sein. Seltsam war aber, daß erst die Scheinwerfer eingeschaltet wurden, nachdem er schon lange auf der Hauptstraße fuhr.

Ich erreichte bald belebtere Gegenden und verlor ihn aus den Augen. Aber ich wußte, daß er noch an mir klebte. Inzwischen hatte ich mich jedoch beruhigt, und als ich das Auto vor meinem Haus parkte und die Haustür aufschloß, tat ich alles mit ruhigen, sicheren Handgriffen.

Dann raste ich allerdings die Treppen zu meiner Wohnung hinauf. Ich machte im Wohnraum Licht und lief ins dunkle Schlafzimmer. Ich stellte mich ans Fenster und beobachtete die Straße. Er kam nur kurz nach mir. Ich sah ihn die gegenüberliegende Straßenseite entlanggehen und zu meinem beleuchteten Fenster nebenan hinaufschauen.

Herr Kruger hatte in den letzten Tagen oft versucht, mit mir zu sprechen, und ich ließ mich jedesmal verleugnen. Das war vielleicht ein Fehler gewesen, denn nun hatte er mir diesen Schatten angehängt. Plötzlich wußte ich, daß die Zeit des Plänkelns vorüber war. Jetzt waren wir in die heiße Phase eingetreten.

18

»Ich möchte, daß Sie einen Menschen für mich töten!« sagte Herr Kruger.

»Wie meinen Sie das?« fragte Doktor Robert Carlsson nach einer langen Pause.

Herr Kruger erklärte: »Ich meine es so: Ein Patient kommt auf ihren Tisch, Sie operieren ihn, und er wacht aus der Narkose nicht mehr auf!«

Es war ein schöner Maientag. Sonnenstrahlen überfluteten den Schreibtisch, fielen auf Herrn Krugers Gesicht, machten es freundlich und hell. Und das stand in krassem Widerspruch zu seinen Worten. Doktor Robert Carlsson griff nach dem zweiten Telefon auf seinem Schreibtisch, nach dem mit dem direkten Amtsanschluß.

Herr Kruger sagte höflich: »Nun wollen Sie die Polizei rufen, nicht wahr? Ich habe mir gedacht, daß Sie so reagieren würden. Aber ich muß Ihnen abraten, Doktor! Zumindest sollten Sie vorher nachdenken, gründlich überlegen: Was Sie danach tun, das liegt bei Ihnen!«

Es waren nicht einmal Krugers Worte, die Doktor Carlsson zögern ließen. Nein –! Plötzlich kam ihm eine Erinnerung.

Er dachte an den Abend, als er mit Hettie in dem Hotelrestaurant gesessen und sich gewünscht hatte, sie sollte krank werden und auf seinen Tisch kommen. Grotesk – eine groteske Duplizität! Und gab es einen Unterschied? Moralisch gesehen? Nur weil ein anderer aussprach, was er gedacht hatte? Sie sahen sich über das Telefon hinweg in die Augen und hörten das Freizeichen tuten.

»Und bedenken Sie eins, Doktor!« fuhr Herr Kruger fort. »Ich bin Ihnen weit voraus. Ich weiß alles über Sie, über Ihre beiden Leben, und Sie wissen über mich nichts! Hinzu kommt, daß ich das Moment der Überraschung für mich habe. Sie sollten also wirklich nachdenken.«

Doktor Robert Carlsson legte den Hörer zurück, wobei er sein Gegenüber beobachtete. Auf dessen Gesicht lag der Ausdruck einer stillen Freundlichkeit, sonst nichts.

Herr Kruger sagte: »Und noch etwas sollten wir klarstellen, damit Sie nicht zu Vorurteilen gelangen. Sehen Sie keinen Gangster in mir! Meine Leute und ich sind so honett, wie man nur irgend sein kann. Die Angelegenheit ist mir schrecklich! Ich habe zum ersten Mal, und das dürfen Sie glauben, mit der Tötung eines Menschen zu tun. Meine Leute und ich fassen das Ganze als eine Operation auf. Und dafür sollten Sie es auch halten: Es ist eine Operation! Es geht um eine Menge, und wir haben alle Mittel der konservativen Medizin angewendet. Ohne Erfolg! Jetzt bleibt nur noch die Operation! Der Krankheitsherd muß herausgeschnitten werden, verstehen Sie?«

Doktor Robert Carlsson schüttelte noch immer fassungslos den Kopf. »Nein –!«

»Nun, vielleicht ist es auch nicht notwendig, daß Sie in diesem Stadium schon alles verstehen«, meinte Herr Kruger beruhigend.

»Vor allem verstehe ich nicht«, sagte Robert Carlsson, »weshalb Sie nicht hingehen und Ihre Erbtante unters Auto stoßen, sie mit Pilzen vergiften oder ihr ganz einfach eine Kugel vor den Kopf ballern!«

»Wieso Erbtante?«

»Na, da geht's doch um Geld bei Ihnen!«

»Da haben Sie recht, Doktor!« Herr Kruger lächelte feinsinnig. »Es geht um Geld, um viel, viel Geld!«

»Und was springt für mich dabei heraus?« Doktor Robert Carlsson hatte plötzlich einen leichten, flapsigen Ton, der nicht recht zu ihm paßte.

Herr Kruger spürte es. Er erwiderte lächelnd: »Mehr Doktor, als Sie in diesem Moment auch nur abschätzen können! Aber lassen Sie uns – um beim Bild zu bleiben – auf die Erbtante zurückkommen. Wir können sie nicht einfach töten, wie Sie sich das vorstellen. Die Aufklärungsrate bei Mord liegt hoch, ich glaube, bei über neunzig Prozent. Das ist viel, Doktor, das wollen meine Leute und ich nicht riskieren. Aber ein Toter auf Ihrem Tisch? Bei einem so gut beleumundeten Arzt? Erst vor drei Wochen haben Sie eine Frau nach Herzstillstand zurückgeholt und geheilt.«

»Woher wissen Sie das?« Carlsson flüsterte es beinahe.

Herr Kruger meinte gelassen: »Ich weiß beinahe alles über Sie!« Und nach einer kleinen Pause: »Wer fragt also nach, wenn bei so einem Arzt wirklich mal jemand auf dem Tisch bleibt?«

»Einer ist schon zuviel!« Doktor Robert Carlsson flüsterte immer noch.

»Sie reden sicher von dem jungen Friedo Moosler damals aus Grafingen?«

Robert Carlsson starrte sein Gegenüber an, und merkwürdigerweise ging Kruger darauf aus dem Blick des Arztes heraus.

Carlsson sagte: »Ja, von dem rede ich auch!«

Kruger schaute auf das junge Grün der Birken vor dem Fenster, die Blätter schienen im Sonnenlicht zu tanzen vor ungebärdiger Lebenskraft. »Sie haben viel für Ihr Tochter Christine getan, Herr Carlsson«, erklärte er dann. »Sie sollten deren Sicherheit nicht gefährden, und Sie sollten ihr auch nicht das Bild von ihrem Vater zerstören!«

Herr Kruger griff in sein Jackett und zog ein Foto hervor. Das legte er auf den Schreibtisch und schob es zu Carlsson hinüber. Er fuhr fort: »Ich habe mich in den letzten Tagen oft in Ihre Lage versetzt, Herr Carlsson, habe mich gefragt, wie ich an Ihrer Stelle handeln würde. Ich habe eine Tochter wie Sie, und ich glaube, ich täte es wohl auch, und zwar ihretwegen!«

Doktor Robert Carlsson warf einen Blick auf das Foto. Es zeigte ein junges Mädchen, etwa in Christines Alter. Es hatte starke Ähnlichkeit mit Herrn Kruger, etwa wie Christine mit ihm. Carlsson fragte in geradezu kläglichem Ton: »Wieso sind Sie auf mich gekommen?«

»Ein angenehmer Zufall!« Und nach einem Blick auf Carlssons Gesicht fuhr Kruger mit einem entschuldigenden Lächeln fort: »Erfreulich für meine Leute und mich! Wir erfuhren, daß unsere... Erbtante sich einer Operation bei Ihnen unterziehen will. Zu diesem Zeitpunkt glaubten wir noch an eine konservative Therapie bei unseren Schwierigkeiten, und deshalb waren wir sehr am Wohlergehen unserer Tante interessiert. Wir überprüften also Ihren Ruf als Arzt und stellten fest, daß man wenig über Ihr Vorleben weiß. Wir forschten weiter, und da stießen wir auf Doktor Roland Carl und sein unglückliches Leben in Grafingen.«

Es herrschte längeres Schweigen. Herr Kruger sprach als guter Psychologe nur soviel wie nötig und auch das am richtigen Platz und im richtigen Tonfall. Carlsson durchschaute es, denn er war auch ein guter Psychologe.

Nicht einmal unüblich, dachte er. So ging es zu im Zusammenleben der Menschen. Hin und wieder wurde der Bleistift genommen und ein Strich durch einen Namen gemacht. Niemals hätte er für möglich gehalten, daß er je selbst den Bleistift in die Hand gedrückt bekäme.

»Wer ist die Erbtante?« fragte er endlich.

Herr Kruger schüttelte den Kopf. »Das erfahren Sie erst ganz am Schluß, wenn wir uns wirklich einig geworden sind.«

Carlsson sagte: »Da ist noch meine geschiedene Frau, die Sie mir, wie ich annehme, als zusätzliches Druckmittel ins Haus geschickt haben.«

»Ihre Frau scheint außerordentlich geldgierig zu sein.« Herr Kruger lächelte. »Die übernehmen wir! Sobald wir Ihre Zusage haben, Doktor, wird sie aus Duselburg und aus Ihrem Leben verschwinden. Endgültig! Für immer! Bis dahin müssen Sie sie eben hinhalten, das sollten Sie schon Ihrer Tochter wegen tun.«

»Ja, was wird aus meiner Tochter und mir, wenn die... Operation in Ihrem Sinne geglückt ist?«

»Mein Vorschlag: Sie bleiben noch eine angemessene Zeit in Duselburg, dann kündigen Sie. Sie wandern in die USA aus und übernehmen die Leitung einer Klinik, die wir Ihnen besorgen werden. Nicht gerade in Indianapolis, eine kleinere Stadt täte es wohl auch. Und Ihre Tochter setzt ihr Studium in den Staaten fort.«

Herr Kruger machte eine Pause, weil er Robert Carlsson lächeln sah. Dann fragte er: »Sie glauben mir nicht?«

Carlsson schüttelte den Kopf.

Herr Kruger erklärte geschäftsmäßig: »Wir sind bereit, alles mit Ihnen vertraglich festzulegen. Wir wollen, daß Sie sich ganz sicher fühlen, nur dann werden Sie nämlich gute Arbeit leisten.«

Wieder schwiegen sie. Es schien sehr lange her zu sein, dachte Robert Carlsson, daß er diesen Mann hatte an die frische Luft setzen wollen.

Und dann hörte er ihn sagen: »Gehen Sie rüber in die USA, Doktor! Auch die Schwierigkeiten mit Ihrem zweiten Namen überwinden Sie dadurch für immer. Was denken Sie, wie groß die Welt ist. Und wie weit! Und wie phantastisch bunt! Kommen Sie aus dieser Duselburger Enge heraus!«

Aber im Grunde wollte er gar nicht heraus, denn er empfand seine Umwelt nicht so. Die Gassen von Duselburg beengten ihn nicht, er lebte gern hier. Außerdem fühlte er sich nicht mehr jung genug, um noch einmal von vorn anzufangen.

Nachdem Herr Kruger gegangen war, hatte sich Doktor Robert Carlsson die Karteikarten aller Patienten heraussuchen lassen, die in den kommenden Monaten zur Operation anstanden. Darunter mußte sich jene Person befinden, die nach Krugers Meinung umgebracht werden sollte. Er stopfte die Karten in seine Aktentasche, fuhr nach Hause und breitete sie auf dem Schreibtisch aus. Dann ließ er sich von Frau Peters Kaffee machen. Mit der großen Tasse in der einen Hand und der Zigarette in der anderen wanderte er durch das Haus.

Ein geradezu wahnwitziges Verlangen! Und natürlich war es der richtige Impuls gewesen, sofort die Polizei zu benachrichtigen. Aber was für ein Komplott wollte er aufdecken? Wer war das Opfer? Ein Patient? Gut! Aber welcher? Einer, der aus Dutzenden von Karteikarten herausgefunden werden mußte? Interessant! Und jener Herr Kruger? Von dem wußte er auch nur den Namen und seinen angeblichen Aufenthalt im Hotel »Alsterseite«. Und das Mittel der Erpressung? Ach –! Er lebte seit Jahren unter falschem Namen? Hatte sich so eine leitende Anstellung bei der Kreisverwaltung von Duselburg erschlichen? Ja, das sei nun freilich der erste konkrete Hinweis!

Nein, er konnte nicht zur Polizei gehen! Aber noch während der Unterredung mit Kruger war ihm ein anderer Gedanke gekommen. Er mußte jenen Todeskandidaten überreden, von sich aus auf die Operation zu verzichten. Das würde die Erpressung gegenstandslos machen, zumindest für den Moment. Und natürlich durfte Kruger nicht erfahren, daß er mit dem Patienten gesprochen hatte. Er schenkte sich eine weitere Tasse Kaffee aus der Wärmekanne ein, und mit einer neuen Zigarette setzte er sich an den Schreibtisch.

Das Herausfinden dieses einen Patienten aus den Karteikarten erwies sich als unmöglich. Er blickte auf Namen, Adressen und Krankheitsbefunde. Das sagte ihm alles nichts! Er brauchte zu der Karteikarte den Patienten hinzu! Herr Kruger schien kalkuliert zu haben, daß er den richtigen Namen nicht finden würde. Doktor Robert Carlsson begann sich zu ärgern.

Er ärgerte sich aber auch über die Schreibmaschine, die auf dem Beistelltisch nicht richtig stand. Normalerweise mußte ihre rechte Kante mit der Rückwand des Schreibtisches eine Linie bilden. Das tat sie heute nicht. Sein penibler Ordnungssinn wurde von vielen gefürchtet. Das war ihm gleichgültig. Er verlangte von den Menschen in seinem Umkreis, seine Spiele mitzuspielen. Hier hatte Frau Peters nicht aufgepaßt! Er würde sie darauf aufmerksam machen, verdammt noch eins, er würde der Frau den Marsch blasen! Die machten hier mit ihm, was sie wollten! Und den Namen des Patienten fand er nicht! Nie! Niemals würde er den herausfinden.

Natürlich gab es noch einen Weg, das Problem zu lösen. Robert Carlsson ging auf Krugers Forderung ein und tötete den Patienten. Es könnte über die Anästhesie ablaufen. Der junge Assistenzarzt Baumert war unzuverlässig, alle wußten es. Beim letzten Narkosezwischenfall hatte man die Schuld allein dem jungen Mann zugeschoben. Und eigenartig, dieser Eindruck verstärkte sich noch, als Carlsson den Assistenzarzt in Schutz nahm. Ja, über die Anästhesie mochte es zu machen sein.

Doktor Robert Carlsson starrte auf die Schreibmaschine und ärgerte sich über deren verrutschten Stand. Und dann überfiel ihn plötzlich eine Erinnerung! Wie war das damals in Grafingen gewesen, als er zu der Unglücksoperation an den Tisch ging? Er hatte getrunken, ja sicher! Da konnte nichts verdreht, nichts beschönigt werden. Und diese Auseinandersetzung mit Hettie! Am Tisch hatten sich dann die Bilder verschoben. Er war zwischen Traum und Wirklichkeit hin und her gependelt, zwischen Realität und Irrealität. Was in jenen Sekunden, in denen es für Friedo Moosler um Leben und Tod ging, mit ihm selbst geschah, das wußte er auch heute nicht recht.

Natürlich traf ihn die volle Schuld für alles! Aber wie stand es um die Schuld des damaligen Chefarztes? Der hatte Bereitschaft gehabt und mußte auf Abruf zur Verfügung sein. Und er war in jener Nacht auch nicht das erste Mal zu Haus geblieben. Oft hatte er seine Anweisungen telefonisch vom Bett aus gegeben, hatte sich auf die andere Seite gedreht, während sie mit einer Notmannschaft arbeiten mußten. Nein, der Chefarzt vertuschte die Sache auch im eigenen Interesse! Und damit er den Mann, der zu dieser Manipulation Anlaß gab, nicht täglich vor Augen behielt, mußte Roland Carl aus Grafingen verschwinden. Schließlich ließ ihm jener Weißner noch seine Gefährdung durch Trunksucht in die Personalpapiere setzen, um die eigene Unschuld an dem Vorgefallenen zu untermauern.

Aber nun zu ihm, zu Robert Carlsson! Hatte er wirklich die Absicht gehabt, seinen Assistenten Baumert ins offene Messer rennen zu lassen? Mit Vorbedacht? Aus kühler Überlegung heraus? Das konnte doch nicht sein! Es begann ihm vor sich selbst zu ekeln! Und diese Schreibmaschine! Weder Frau Peters noch eine der beiden Reinigungskräfte hatten das Ding so verhunzt hingestellt. Das trauten die sich einfach nicht! Jemand anderer mußte sich dort zu schaffen gemacht haben. Aber wer? Christine? Nein! Eva? Wozu? Und was hätten sie gewollt? Briefe schreiben? Oder ging es nicht um die Maschine? Wurde der Beistelltisch beiseite geräumt, um an die Rückwand des Schreibtisches zu kommen? War es das?

Langsam drückte Doktor Robert Carlsson den Rest der Zigarette im Ascher aus. Dann stand er auf. Äußerst vorsichtig nahm er die Schreibmaschine herunter, stellte den Tisch beiseite. Darauf rückte er den Schreibtisch ab. Er erwartete nicht gerade eine Bombe zu finden, die hochgehen könnte, aber er machte alles mit bedächtigen Bewegungen. Und dann entdeckte er schnell die Wanze an der Schreibtischrückwand. Im ersten Augenblick wußte er nicht, was das für ein Ding sein sollte. Aber dann erinnerte er sich, in letzter Zeit viel über elektronische Abhörgeräte gelesen zu haben. Die Wanzen waren kleiner als ein Fünfmarkstück und durchaus in der Lage, ein entfernt stehendes Tonbandgerät in Gang zu setzen.

Doktor Carlssons Blick wanderte zum Fenster hinaus. Etwa fünfhundert Meter weiter war das nächste Grundstück, und das Haus darauf stand bereits seit Monaten leer. Saßen sie dort und hörten ihn ab?

Robert Carlsson riß die Wanze von der Rückwand. Plötzlich begriff er, daß es bei der ganzen Angelegenheit wirklich nicht um eine Erbtante ging. Nein, ganz so einfach lagen die Dinge wohl nicht! Hinter jenem mysteriösen Herrn Kruger mußte eine einflußreiche Organisation stecken, die sogar über entsprechende Mittel verfügte, in sein Haus einzudringen. Ohne daß er es merkte! Ganz plötzlich begann sich Doktor Robert Carlsson zu fürchten!

19
Niederschrift eines Gedächtnisprotokolls auf Tonband
G 5/MR 7 GaT/26-4-78, 8. 5. 78, 23 Uhr 00

Heute sind sie in meine Wohnung eingebrochen, haben alles durchsucht. Natürlich kamen sie von Kruger und wollten die Bänder holen. Er weiß ja, daß ich ihn aufgezeichnet habe. Kruger ist also dabei, sich ebenso von mir abzusetzen, wie ich das von ihm tue. Und damit ihm nicht nachgewiesen werden kann, daß es jemals eine Verbindung zwischen uns gegeben hat, braucht er die Bänder. Ich bewahre die aber nicht zu Hause auf, auch nicht die Niederschriften davon.

Ich will jedoch von Anfang an berichten. Heute entschloß ich mich endlich zu der Begegnung mit Kruger. Er hat in den letzten Tagen nicht mehr im Büro angerufen, und so tat ich es. Wir trafen uns wieder am Jungfernstieg, dort, wo es beim Alsterpavillon die Stufen hinuntergeht und die Dampfer anlegen. Hier hatten wir vor Wochen schon einmal miteinander gesprochen, aber diesmal zeichnete ich ihn nicht mehr auf. Ich glaubte nicht, daß noch Interessantes dabei herauskommen könnte. Er war eigentlich immer auf der Hut gewesen, und bei unserem letzten Gespräch würde er es wohl noch mehr sein. Inzwischen hatten ihm seine Leute berichtet, daß ich mit Siegfried Feldmann gesprochen hatte. Dem würde er aber nicht viel beimessen, denn Weller hatte ja die Untersuchung zu Ende geführt, und danach waren keine kritischen Befunde mehr im Abwasser aufgetaucht. Feldmann wußte also nichts und konnte mir daher auch nichts mitteilen. Aber eins wurde Herrn Kruger durch diese Begegnung klar, er wußte nun, daß ich nicht mehr für ihn, sondern gegen ihn arbeitete. Davon ließ er sich jedoch nichts anmerken, er gab sich höflich und gelassen wie immer.

»Sie haben sich in letzter Zeit rar gemacht, Frau Rohr!« eröffnete er das Gespräch. »Seit unserem letzten Treffen sind über vierzehn Tage vergangen.«

»Ich hatte viel zu tun.«

»In unserer Sache?«

»Auch!«

Er sah mich forschend an. »Ich sehe schon, daß Sie nicht viel Erfolg hatten.«

»Ja, leider ist es so!«

»Und wie soll es weitergehen? Was meinen Sie?«

»Ich möchte aufgeben, Herr Kruger. Ich sage das nicht gern, weil ein Mißerfolg natürlich dem Ruf meines Geschäfts schadet.«

»Ja, das tut es sicher!« Das klang doppeldeutig, und es schien auch eine leichte Drohung in seinen Worten zu liegen, obwohl er immer weiter freundlich lächelte.

Wir saßen wieder auf der Bank und schauten einem Alsterdampfer zu, der durch das Becken der Binnenalster schaukelte und die Anlegestelle in unserer Nähe ansteuerte.

Kruger sagte: »Leider kann ich Ihnen unter diesen Umständen das noch ausstehende Honorar nicht auszahlen lassen, das verstehen Sie sicher. Ich will nur anfügen, daß ich die Entwicklung bedaure.«

Ich nickte darauf. »Ich habe Ihnen noch eine Spesenrechnung aufgemacht. Wenn Sie mal sehen wollen!«

Ich reichte ihm eine Mappe, in der sich Rechnungen vom Hotel »Königshof« und der Leihwagenfirma »Adolf Menzel« befanden. Ebenfalls hatte ich das Flugticket und die Fahrkarte der Bundesbahn darin abgeheftet. Ich habe lange überlegt, ob ich mir die Auslagen rückerstatten lassen soll. Aber es handelt sich immerhin um mehrere hundert Mark, und ich brauche das Geld. Allein die Summe für den Etagenkellner aus der »Alsterseite« wird beträchtlich sein. Ich weiß ohnehin nicht, wie lange ich das durchhalten kann. Zum ersten Mal arbeite ich mit Verlust. Und bisher habe ich noch kein einziges Band aus dem Appartement 727 erhalten.

Kruger blätterte bedächtig in dem Hefter, sagte schließlich:

»Immerhin ersehe ich daraus, daß Sie überhaupt für uns tätig wurden.«

»Natürlich! Was dachten Sie denn?«

»Sie sind nach München gereist?«

»Ja.«

»Und?«

»Nichts!«

»Haben Sie sich mal überlegt, ob er früher unter einem anderen Namen gelebt hat?«

Kruger sah mir forschend ins Gesicht, und ich fragte mich, wieviel er wußte. Hatte ihm Roberts ehemalige Frau bereits alles gesagt? In diesem Moment hatte ich stark den Eindruck.

Als ich nicht antwortete, fuhr er fort: »Sie sollten mal darüber nachdenken, Frau Rohr! Es wäre doch vorstellbar, nicht wahr?«

»Natürlich ist es das! Aber unter welchem Namen schließlich? Es gibt so viele!«

Wieder ließ er die Belege durch seine Finger gleiten. »Wie sind Sie denn auf München gekommen?«

»Ich erhielt einen Hinweis, daß er dort möglicherweise studiert haben könnte.«

»Von wem?«

Ich zögerte eine Sekunde, aber dann dachte ich, es richtete keinen Schaden an, wenn ich ihm diese Information gab. »Von seiner Tochter. Sie glaubte sich zu erinnern, daß ihr Vater mal was in der Art erwähnt hat.«

»Weiter hat die Kleine keinerlei Erinnerungen?«

»Nein. Sie verbrachte ihre ersten Lebensjahre in einem Schweizer Internat. Carlsson holte sie erst, als sie zusammen nach Lübeck gingen.«

»München also! Aber das ist doch immerhin etwas.«

»Ich habe alle Immatrikulationslisten durchgesehen aus den fünfziger Jahren. Er ist nicht darunter.«

»Und wenn er damals einen anderen Namen trug?«

Kruger ließ sich nicht von seiner Idee abbringen, und wiederum hatte ich den Eindruck, daß er bereits alles wußte. Ich zuckte die Achseln.

»Und nun wollen Sie aufgeben, Frau Rohr?«

Ich erwiderte: »Ich könnte ein Dutzend weiterer Universitäten abgrasen. Aber wozu? Wir vergeuden Ihr Geld und meine Zeit. Vielleicht sollten Sie sich direkt an die ›Chirurgische Gesellschaft‹ wenden, wie?« Er sah mich überrascht an, und ich fuhr fort: »Aber das wollen Sie wohl nicht, weil es zuviel Aufsehen macht, nicht wahr?«

Auch in meinen Worten lag eine gewisse Doppeldeutigkeit, und ich fand, wenn er mir vorhin drohte, so konnte ich das schließlich auch.

»Ich wollte meine Informationen ja nicht vom Markt holen«, erwiderte er. »Da hätte ich mich nicht an Sie zu wenden brauchen.«

Wir sahen uns eine Weile schweigend an, dann sagte er leise: »Warum bleiben Sie nicht auf unserer Seite, Frau Rohr? Wirklich, ich wünschte es mir so sehr. Und nicht nur für mich!«

Da war die Drohung wieder. Ich hörte sie deutlich heraus. Ich schüttelte den Kopf.

Nach einer Pause fragte er: »Ihr letztes Wort?«

»Ja.«

»Na schön! Ich sehe die Spesenabrechnung durch und schicke Ihnen einen Barscheck.«

Ich nickte.

Dann sagte er, und es klang irgendwie bedauernd: »Leben Sie wohl, Frau Rohr!«

Auch das war nicht ohne doppelten Boden, fand ich. Ich stand auf. Als ich über den kleinen Platz zur Treppe ging, fiel mir auf, daß er mir zum Abschied nicht einmal die Hand gereicht hatte. Das geschah zum ersten Mal. Ich langte auf den oberen Stufen an und wandte mich um. Er saß noch auf der Bank und blickte mir hinterher. Auf seinem Gesicht lag noch immer dieses leise Bedauern.

Ich entdeckte meinen Schatten wieder, als ich den Parkplatz meinem Haus gegenüber ansteuerte. Vor ein paar Tagen hatte er mir nachts beim Hammer Park Schrecken eingejagt, und später beobachtete ich ihn von meinem Schlafzimmerfenster aus, als er die wie ausgestorben daliegende Straße entlangging. Nun hockte er in einem Auto und fuhr von meiner Haustür weg. Ich hätte ihn jederzeit hinter mir erwartet, aber niemals vor mir. Ich war so überrascht, daß ich eine Zeitlang untätig sitzen blieb und sogar vergaß, den Motor auszuschalten.

Er mußte sich sehr sicher gefühlt haben, wenn er den Wagen direkt vor meiner Haustür parkte. Oder war er nur ein blutiger Anfänger? Natürlich wußte er nicht, daß ich ihn sozusagen enttarnt hatte. Aber immerhin! Er mußte ein Anfänger sein. Ich lächelte böse, als ich aus dem Auto stieg und über die Straße ging.

Aber er war kein blutiger Anfänger, das nahm ich gleich zurück. Denn die Wohnung war fachgerecht durchsucht worden, die Arbeit eines Profis. Es fiel mir auch nur auf, weil er eine Zigarette während der Arbeit rauchte. Er mochte gelüftet haben anschließend, aber ich merkte es trotzdem. Ich bin Nichtraucherin, und in meiner Wohnung wird auch von sonst niemandem geraucht. Ich empfange hier nämlich so gut wie niemals Besuch. Die Raucher unterschätzen den Gestank ihres Zigarettenqualms. Ich wittere die geringsten Spuren davon, zumindest in den eigenen vier Wänden. Und ich erhielt auch die Bestätigung! Ich fand nämlich einige wenige Aschepartikelchen am oberen Rand des Klosettbeckens, wo er das Zigarettenende nebst der Asche hinuntergespült hatte.

Dies war jedoch der einzige Hinweis, daß er dagewesen war. Alles lag oder stand an seinem Platz. Es fehlte auch nichts. Ich hielt es nicht einmal für möglich, daß er Fingerabdrücke hinterlassen haben könnte. Nein, er war ein Profi, und ein eiskalter dazu. Und er mußte sehr sicher gewesen sein, weil er sogar den Wagen vor der Haustür abstellte. Und auf einmal wußte ich auch, wie sie es gemacht hatten. Mein Gespräch mit Kruger gab ihnen die Gewähr, daß ich anderweitig beschäftigt war. Sie standen die ganze Zeit über in Funksprechverbindung. Als ich vom Jungfernstieg losfuhr, gab ein zweiter, der zweifellos hinter mir herfuhr, dem ersten in meiner Wohnung das Signal zu verschwinden. Nun brauche ich vom Jungfernstieg bis zu mir nach Haus nur knappe zehn Minuten, und heute schaffte ich es wohl noch kürzer, weil der Verkehr schon merklich nachgelassen hatte. So erwischte ich ihn noch vor meiner Haustür. Nur wußte er eben nicht, daß er mir bereits bekannt war. Natürlich hatten sie die Bänder nicht gefunden. Sie würden Kruger von ihrem Mißerfolg berichten, und nach dem Ausgang des letzten Gesprächs mit ihm würde er sie wieder zu mir schicken. Und das konnte sehr unerfreulich werden. Ich weiß, daß diese Sorte gewalttätig wird. Ich würde ihnen die Bänder schließlich geben müssen, denn ich kann Schmerzen nicht ertragen. Schon bei dem Gedanken daran fühlte ich den Schweiß ausbrechen.

Ich zwang mich jedoch zur Ruhe, ging in die Küche und machte mir eine Tasse Pulverkaffee. Die trank ich gleich im Stehen. Ich mußte verschwinden, nachhaltig und ohne Spur. Wie vom Erdboden eben! So lange, bis die ganze Affäre hinter Robert und mir lag. Um die aber glücklich abzuwickeln, hatte ich noch einige Dinge zu tun, und dabei konnte ich keine Beobachter gebrauchen. Morgen wollte ich mich ein zweites Mal mit Feldmann treffen. Ich mußte ihn dazu bewegen, daß er Licht in die Sache mit Weller brachte, und ich hatte auch schon einen Plan. Eine weitere Begegnung mit Hänschen wollte ich auch herbeiführen. Aber die mußte in meinem Büro stattfinden, weil ich die unbedingt auf einem Videoband brauchte. Wie das zu bewerkstelligen war, wußte ich allerdings nicht, denn im Büro durfte ich mich auch nicht mehr blicken lassen. Die Schmitz mußte ich anrufen und ihr sagen, daß ich verreisen würde. Das will ich allerdings tatsächlich, aber erst in einigen Tagen. Robert und ich beabsichtigen, über Pfingsten nach Berlin hinüberzufliegen. Das würde ohnehin gut sein, denn da kämen wir aus der Schußlinie. Und nach unserer Rückkehr könnte die Affäre vielleicht schon abgewickelt sein. Ja, mit ein bißchen Glück könnte sie es sein!

Aber bis dahin müßte ich verschwinden! Mir fiel nur ein Ort ein, Evas Wohnung. Von deren Existenz hatte außer Robert niemand eine Ahnung. Und wie kam ich dorthin? Mit mindestens zwei Schatten hinter mir? Ich wußte das in diesen Minuten noch nicht. Ich durfte auch außer meiner Handtasche nichts mitnehmen, nicht einmal den kleinsten Koffer. Das würde meine Beobachter nur mißtrauisch machen. Ich dachte daran, daß Eva und ich annähernd die gleiche Figur haben, ich würde mich also für die nächsten Tage aus ihrem Kleiderschrank bedienen müssen. Nur – wie kam ich in ihre Wohnung?

Es war etwa halb sieben Uhr abends, als ich mich wieder ins Auto setzte. Es herrschte kaum noch Verkehr, und es war auch noch hell. Aber daß der Versuch, meine Schatten abzuhängen, in die Dämmerung hineingehen würde, erschien mir günstig. Als ich losfuhr, sah ich, wie sich etwa hundert Meter hinter mir ein Opel vom Kantstein löste. Sie waren da! Aber dieses Auto kannte ich noch nicht, der andere hatte in einem Ford gesessen. Sie waren also zu zweit, ganz wie ich vermutet hatte. Ich mußte daran denken, daß die Leute für diese Arbeit immer nur unauffällige Mittelklassewagen benutzen. Ich fuhr durch mehrere Straßen, hielt vor dem Postamt am Grasweg an und ging hinein. Aus dem Dunkel des Eingangs heraus sah ich den Opel kurz darauf langsam vorübergleiten. Ich benutzte die Zeit, um meine Sekretärin anzurufen. Ich sagte ihr, daß ich plötzlich verreisen müßte. Die Geschäfte sollten weiterlaufen wie gewohnt, ich würde mich täglich melden.

Als ich weiterfuhr, sah ich den Opel nach einigen Minuten hinter mir auftauchen. Ich passierte einige unbelebte Straßen, und da ließ er sich abfallen. Ich konnte ihn nicht mehr entdecken.

Ich nahm die Richtung zur Barmbeker Straße, wo um diese Zeit noch Verkehr herrschte. Vor einem Kiosk hielt ich ein zweites Mal an. Ich kaufte eine Schinkenwurst, obwohl ich nicht den geringsten Appetit verspürte, und biß hinein. Nach einer Weile kam der Opel und blieb weit entfernt stehen. Und da wußte ich auch, wie sie es anstellten, damit sie mich nicht aus den Augen verloren. Sie mußten an meinem Wagen einen Piepser angebracht haben, der ihnen anzeigte, wo ich mich gerade befand. Diese Erkenntnis brachte mir auch die mögliche Lösung meines Problems.

Ich ließ die halbe Wurst liegen und ging zum Auto zurück. Ich fuhr die Barmbeker Straße hoch und über den Borgweg in den Stadtpark hinein. Den Opel konnte ich etwa seit der Hochbahnstation nicht mehr entdecken. Er tauchte auch nicht auf, als ich mitten im Park in Höhe des Wasserturms anhielt.

Ich sah kaum jemand auf den Wegen rings um mich, und wenn auch, es würde sich niemand einmischen, wenn mir jetzt etwas geschah. Das mußte ich riskieren. Es waren schreckliche Minuten, als ich untätig hinter dem Lenkrad saß und wartete. Hin und wieder fuhr ein Fahrzeug vorüber, aber der Opel kam nicht.

Das gab mir die letzte Gewißheit, daß sie tatsächlich mit einem Piepser arbeiteten. Nach einigen Minuten stieg ich endlich aus und machte mich an meinem Auto zu schaffen.

Ich fand das Ding schnell. Es klebte hinter der rechten vorderen Radverkleidung, ein Magnet hielt es dort fest. Ich riß das Gerät ab und behielt es noch eine Weile lang in der Hand, als ich wieder losfuhr. Mit ebensolchen Apparaten hatte auch ich lange Jahre gearbeitet. Ich kann den Ekel gar nicht beschreiben, den ich fühlte, als ich diese Wanze in meiner schweißnassen Hand hielt.

Es dämmerte nun stark, und kurz bevor ich aus dem Stadtpark hinauskam, schmiß ich das Ding aus dem Fenster. Sie würden eine Weile zu tun haben, bis sie es fanden. Wenn sie sich überhaupt die Mühe machten, danach zu suchen.

Ich fuhr direkt zum Flughafen Fuhlsbüttel und stellte den Wagen dort für eine Woche ab. Falls sie ihn aufspürten, mochte er sie in der Annahme bestätigen, daß ich kopflos die Flucht ergriffen hatte. Das konnte nur gut sein, auch die Schmitz würde ihnen nichts anderes sagen können.

Ein Taxi brachte mich zurück zum Hauptbahnhof, und von dort nahm ich die Hochbahn zum Eppendorfer Baum. Bis zur Maria-Louisen-Straße ging ich zu Fuß. Ich war unterwegs vorsichtig gewesen, und so wußte ich, daß ich sie abgehängt hatte. In Evas Wohnung stellte ich gleich die Gasheizung an, weil mich fror. Dann sank ich in einen Sessel. Ich war fix und fertig. Ich brachte es nicht einmal zustande, Robert anzurufen. Obwohl ich mir nichts sehnlichster wünschte, als seine Stimme zu hören.

20

»Ach, Rollo, das ist ja ganz phantastisch! Schlaf- und Ankleidezimmer wie auf deiner Seite und dazwischen das Bad. Ein Pendant zu deinen Räumen!«

Hettie stand hinten in dem Schlafzimmer, das einmal von der Frau seines Vorgängers bewohnt worden war, und rief es ihm über die Räume hinweg zu. Dann kam sie mit tänzelnden Schritten herüber und blieb dicht vor ihm stehen.

»Die Leute vor uns hier waren alt?«

»Ziemlich.«

»Ich finde, junge Leute sollten in einem Bett zusammen schlafen. Unter einer Decke! Sind wir noch jung, Rollo?«

Auf diesen Blödsinn antwortete er nicht. Sie mißverstand sein Schweigen, und auf ihrem Gesicht breitete sich Lächeln aus. Dann trat sie auf den Balkon.

»Der Knick da, den die Elbe macht«, rief sie, »ist das bei Brunsbüttelkoog?«

»Ja.«

Sie wandte sich um zu ihm, legte die Hände links und rechts von sich auf das Geländer. Die Sonne in ihrem Rücken ließ ihr Haar Funken sprühen. Sie sah hervorragend aus, und sie hatte viel Zeit auf ihr Äußeres verwandt, ehe sie ihn zum zweiten Mal besuchen kam.

Sie sagte: »Das Haus ist sehr nach meinem Geschmack, Rollo! Wirklich großzügig konzipiert. Wir werden uns hier wohl fühlen und glückliche Jahre haben. Später sollten wir allerdings überlegen, ob wir nicht doch nach Hamburg gehen.«

Es war grotesk! Für einen Moment hatte er das Gefühl, als sähen sie das Haus zum ersten Mal und Hettie könnte entscheiden, ob sie darin leben wollten oder nicht.

Er antwortete: »Ich kann niemals mehr in eine Stadt wie Hamburg. Das Risiko, erkannt zu werden, ist dort ungleich größer als hier.«

»Erkannt zu werden? Wie meinst du das, Rollo?«

»Ich lebe unter einem falschen Namen!«

»Ach ja!« Es schien ihr nicht viel auszumachen, sie tat es einfach ab. »Nun, Duselburg ist nicht aus der Welt, eine Autostunde bis Hamburg. Da kann ich beinahe zum täglichen Einkauf hineinfahren, nicht wahr?«

Er antwortete nicht. »Halten Sie Ihre geschiedene Frau hin!« hatte ihm Herr Kruger geraten. Sie kam vom Balkon zurück.

»Bist du inzwischen zu einem Entschluß gekommen, Rollo?« fragte sie.

Er schüttelte den Kopf.

»Das mußt du aber, Rollo! Es ist über eine Woche her, daß wir uns wiedersahen.«

»Ich möchte erst erfahren, was dieser Kruger von mir will.«

»Er hat es dir immer noch nicht gesagt? Auch bei seinem zweiten Besuch nicht?«

»Nein!«

Es stimmte! Kruger hatte ihn tatsächlich wieder aufgesucht. Da saßen sie im Haus zusammen, hörten ein paar Schallplatten und sprachen alles noch einmal durch. In aller Ruhe. Ohne Emotionen. Es hörte sich an, als redeten sie über die Angelegenheiten fremder Menschen. Kruger bedrängte ihn nicht, und er hielt ihn doch auch hin. Denn den Namen jenes Patienten kannte er noch immer nicht.

Er sagte: »Du mußt mir einfach Zeit lassen! Du wirst auf Christine treffen, und da bleibt mir die große Beichte nicht erspart.« Er lächelte gequält. »Ich muß ein bißchen Anlauf nehmen.«

»Du sollst die Zeit haben, Rollo, bis zum Wochenende nach Pfingsten! Das ist noch einmal eine Woche, und die müßte ausreichen für deinen Anlauf. Ich fahre heute abend nach Hamburg und bleibe über die Feiertage bei meinen Verwandten.«

»Beim Barkassenreeder?«

»Bei meinem Onkel Clemens von Brinckmann!«

Ja, richtig, das gab es auch noch! Den Barkassenreeder und die »Schöne Aussicht« in Hamburg und den ganzen Rattenschwanz von Angebereien und Lügen; er hatte es total vergessen. Auf seinem Gesicht erschien ein Lächeln, das sie mißdeutete; sie kannte ihn eben nicht mehr gut nach all den Jahren. Sie streckte die Hand aus und zog ihn auf das Bett, auf dem sie schon seit einer Weile saß.

»Rollo«, sagte sie. »Ich könnte dabeisein, wenn du mit Tinka über die Geschichte aus Grafingen sprichst. Es würde dir sicher leichter fallen, und vielleicht versteht sie dann alles besser. So ein kleines bißchen Schuld an dem habe ich schließlich auch, und das will ich ihr gern mal sagen.«

Sie meinte es ehrlich, wie sie daherredete, und sie meinte es auch gut. So in ihrer Art eben! Ihre Leichtfertigkeit war einfach umwerfend. Sie ließ sich auf dem Bett zurückgleiten. Die Strähnen ihres roten Haares lagen auf dem Kopfkissen. Er hatte sich am Fußende angelehnt, und sie schauten sich lächelnd an.

Dann sagte sie: »Ich bin neugierig, wie unsere Tochter auf mich reagieren wird, Rollo! Ich bin fast sicher, daß ich sie schnell für mich gewinnen kann.«

Er antwortete nicht darauf, aber sein Lächeln verstärkte sich, und er spürte, daß es sie reizte. Sie sagte: »Ich werde ihr nicht einmal sagen müssen, daß du sie mir durch eure Namensänderung praktisch entzogen hast.«

»Bis zu dieser Namensänderung vergingen vier Jahre, und in dieser Zeit hast du nicht ein einziges Mal nach ihr gefragt.«

»Aber Rollo, wir sollten uns nicht unsere Versäumnisse vorwerfen. Und ich sehe ja auch, daß sie sich gut entwickelt hat bei dir. Aber du treibst ein bißchen viel Kult mit ihr! Wo man hinschaut in diesem Haus, gibt es Fotos von ihr. Sogar auf deinem Nachttisch! Was sagen deine Freundinnen dazu, Rollo, oder hast du keine?«

Ihr Lächeln wurde frecher. Und einladender! Dann deutete sie auf das gerahmte Foto neben dem Bett. Christine saß auf dem Vorderdeck eines Motorbootes und blickte lachend zur Kamera. Hettie nahm das Bild in die Hände und schaute es prüfend an. »Sie scheint meine Figur zu haben.«

Er antwortete: »Sie ist länger als du. Sie hat auch längere Beine!«

Wenn es einen kleinen Fehler in Hetties Proportionen gab, dann waren es die Beine. Darunter litt sie, das wußte er, und deshalb hatte er ja auch nur davon gesprochen. Aber plötzlich hatte er keine Lust mehr. Er nahm ihr das Bild aus der Hand und stellte es an seinen Platz zurück.

»Ich glaube, es ist alles gesagt! Ich werde noch einmal überlegen, und du läßt Christine bis dahin in Ruhe. Ich habe dein Wort darauf. Du gehst von dir aus an das Mädchen nicht heran!«

»Wie du redest, Rollo«, erwiderte sie, »klingt es fast wie eine Drohung.«

Er sah ihr direkt in die Augen. »Es ist eine Drohung, Hettie! Vergiß es nicht!«

Er sagte es ganz sachlich, kühl und unverbindlich. Einen Moment lang war es still, dann erwiderte sie ebenso: »Gut, Rollo, eine Woche geb' ich dir! Bis zum Wochenende nach Pfingsten. Ich glaub', das ist der zwanzigste Mai.«

Die beiden Frauen begegneten sich in der Diele. Die Überraschung stand in ihren Gesichtern geschrieben. Aber das dauerte nur einen Moment, und dann wiegten sie sich auf den Wellen herzlicher Liebenswürdigkeit. Zu allem Überfluß kam in diesem Augenblick Carlssons Wirtschafterin von ihrer Wohnung aus dem zweiten Stock, um in die Küche zu gehen. Frau Peters blickte auf die Haare der beiden Frauen, die sich in Länge und Schnitt und Farbe so ähnelten, dann zog sie sich, einen Gruß stotternd, zurück.

Robert stand lächelnd und irgendwie aufgekratzt dabei, half Eva aus dem Mantel heraus und Hettie in ihren hinein. Dann begleitete er sie aus dem Haus. Sie war zu Fuß gekommen und wollte auch für den Rückweg kein Taxi. Bei der Einfahrt zum Grundstück blieb sie stehen.

»Weißt du, was ich glaube, Rollo?« fragte sie mit verträumtem Blick. »Unsere späten Jahre werden die schönsten sein. Ich habe ja gewußt, daß du noch immer etwas für mich empfindest. Ja, ja, eigentlich habe ich nie daran gezweifelt. Aber seit ich die Frau da drinnen sah, habe ich auch den Beweis!«

Robert Carlsson antwortete nicht. Er dachte an Krugers Worte, daß er sie hinhalten und nicht nervös machen dürfe.

»Und ich weiß auch, daß mein kleiner Rollo keine noch so gute Kopie nehmen wird, wenn er das Original haben kann.« Sie machte einen letzten Schritt heran und berührte ihn. »Und du kannst mich haben, Rollo!« Sie zog sich an ihm hoch und küßte ihn auf den Mund. Dann ging sie schnell davon.

Er sah ihr nach. Ja, es stimmte schon: ihre Beine waren wirklich nicht so gut, obwohl sie die beim Gehen geschickt setzte. Christines Beine hingegen waren makellos. Er schlenderte zum Haus zurück. Und obwohl es wirklich nicht den geringsten Grund dazu gab, fühlte er sich plötzlich in beinahe ausgelassener Stimmung.

»Würdest du mit mir nach Amerika gehen, wenn ich dort eine Klinik übernähme, Eva?« fragte er. »Würdest du als meine Frau mit mir gehen?«

Sie saßen sich am Kaffeetisch gegenüber, den Frau Peters in der Eßecke gedeckt hatte, und Robert Carlsson schob sich gerade ein Stück von dem Napfkuchen in den Mund.

Sie antwortete: »Ich würde auch hierbleiben und allen Leuten ins Gesicht sehen, Robert! Als deine Frau!«

Eva lachte nicht. Sie schaute ihn unverwandt an, auf ihrem Gesicht lag ein tiefernster Ausdruck. Plötzlich hatte sich durch seine Frage und ihre Antwort die Atmosphäre verändert. Es war, als ob ein hoher Ton im Raum läge, ein Sirren, und sie schienen ihn beide zu hören. Und mit jedem weiteren Moment ihres Schweigens wurde er unerträglicher.

Krampfhaft lächelnd sagte Robert Carlsson: »Das habe ich nicht gefragt, Eva! Ich wollte wissen, ob du mich heiraten und mit mir in die USA auswandern würdest?«

Sie erwiderte: »Ich gehe überall mit dir hin, Robert, wenn du mich darum bittest. Überall! Auch in die USA. Aber nicht, wenn du deswegen einen Mord begehen müßtest!«

Es entstand ein langes Schweigen. Robert Carlsson rückte den Kuchenteller und die Kaffeetasse zurück, griff nach den Zigaretten. Er machte einige Züge. Er spürte ihren Blick von der anderen Seite des Tisches, und es war ihm unmöglich, herauszufinden, was in dieser Minute eigentlich in ihm vorging. Er wußte es nicht. Er verstand überhaupt nichts mehr, und zugleich begriff er doch alles. Er rauchte hastig. Und auf einmal hatte er das brennende Verlangen nach einem Schnaps. Wie vor zwanzig Jahren, dachte er, genau wie damals!

Dann begann er zu sprechen: »Vor etwa einer Woche tauchte hier plötzlich meine frühere Frau auf, Christines Mutter. Sie erzählte eine merkwürdige Geschichte. Da sei ein Detektiv nach Grafingen gekommen, einer kleinen Stadt in Bayern. Der habe erst im Krankenhaus nach einem Oberarzt Carl gefragt, dann am Marktsteig, wo der Arzt gewohnt habe, schließlich bei der Familie Trommer. Er habe sich unter dem Vorwand, Doktor Carl suche seine geschiedene Frau, nach Ereignissen erkundigt, die zwanzig Jahre zurückliegen. Es sei übrigens ein weiblicher Detektiv gewesen.«

Robert Carlsson hob den Blick und sah Eva an, aber sie antwortete nicht. Er fuhr fort: »Ein paar Tage später machte sich Frau Trommer nach München auf und besuchte meine ehemalige Frau. Sie erzählte ihr alles und gab ihr schließlich die Geschäftskarte des weiblichen Detektivs. So kam meine Frau nach Duselburg und zu mir. Du bist dieser weibliche Detektiv, nicht wahr?«

»Ja!«

»Und du hast ihr meine Adresse gegeben?«

»Nein!«

»Wer sonst?«

»Sie kam durch einen unglücklichen Zufall daran. Sie traf in meinem Büro auf einen Herrn Kruger, den du wohl inzwischen auch kennengelernt hast. Stimmt das?«

Robert Carlsson antwortete nicht, unverwandt starrte er sie an. Sie wiederholte ihre Frage: »Hat sich dieser Kruger bei dir gemeldet?«

»Ja«, sagte er.

»Merkwürdig!« Sie schüttelte den Kopf. »Ich hätte nicht für möglich gehalten, daß er sich so weit vorwagen würde. Eigentlich ist es gegen jede Regel.«

Robert Carlsson stand langsam auf, und gegen den Tisch gelehnt sagte er: »Wie vor zwanzig Jahren, genau wie damals!«

»Was ist wie damals?« fragte sie.

Sie bekam keine Antwort darauf. Statt dessen ging er von dem Tisch fort, wanderte durch das Haus zum Barraum. Dabei zündete er sich eine Zigarette an. Er kam an den Tresen, lehnte sich dagegen und starrte auf die Flaschen in den Regalen. Gedanken schwirrten durch seinen Kopf. Etwa solche: Wenn Hettie damals nur einen Tag länger das herrliche Blau des Mittelmeeres genossen hätte! Oder wenn sie mit Jonathan nicht in einem Hui von Rom herübergebraust wäre! Sein Leben hätte einen anderen Verlauf genommen. Hatte er eigentlich Bereitschaftsdienst über Pfingsten? Für lange Augenblicke wußte er es nicht. Er überlegte krampfhaft. Und dann fiel es ihm wieder ein. Er hatte nicht! Er brauchte drei Tage überhaupt nicht zu arbeiten. Morgen früh wollten Eva und er nach Berlin fliegen.

Plötzlich spürte er irgend etwas in seinem Rücken und wandte sich um. Sie stand dicht hinter ihm. In ihren Augen lag etwas, das er nicht deuten konnte. Sekundenlang hatte er das Gefühl, sie würde zwischen ihn und die Flaschen gehen, falls er nach einer greifen sollte. Er spürte die starke Spannung. In ihren Augen war nichts mehr von dem niedlichen Spiel, das sie wochenlang gespielt hatten. Und plötzlich hatte er nicht mehr den geringsten Drang nach einem Schnaps. Er lief durch die Räume zum Eßplatz zurück und setzte sich still hin.

Sie war nah hinter ihm geblieben und ließ sich gleichzeitig nieder. Für eine Weile geschah überhaupt nichts. Dann griff sie nach der Kaffeekanne. Er hörte in der Stille das überlaute Klirren des Deckels auf dem Kannenrand. Er sah ihre Hand zittern. Es wirkte deshalb komisch, weil ihr Gesicht dabei einen völlig ruhigen, abgeklären Ausdruck behielt.

Zum ersten Mal lachte Doktor Robert Carlsson. »Gib die Kanne her!« Er schenkte ihnen Kaffee ein. Darauf rauchte er eine Zigarette. Sie sprachen nicht. Sie dachten in diesen Minuten wohl auch nicht viel. Robert Carlsson trank die Tasse leer, drückte die Zigarette aus und zündete sich gleich eine neue an.

Endlich begann Eva zu reden. »Am Anfang war es ein Auftrag wie jeder andere, Robert! Er unterschied sich nur durch die Höhe des Honorars. Die Sache sollte zwanzigtausend Mark bringen, und das ist in dieser Branche viel. Ich habe nie etwas Besonderes darin gesehen, Situationen aufzuklären und über Menschen zu recherchieren. Es ist mein Beruf. Korrekterweise müßte ich sagen: Er war es, denn ich möchte ihn aufgeben!«

Sie schwieg und blickte ihn erwartungsvoll an.

Nach einer langen Pause sagte er: »Red weiter!«

Sie fuhr fort: »Ich erhielt den Auftrag, dich hinsichtlich deiner beruflichen Qualitäten zu überprüfen. So kam ich als Schriftstellerin Eva Adams her, sprach mit allen möglichen Leuten, machte meinen Bericht, legte den vor. Der genügte nicht. Die Auftraggeber wollten etwas über die weißen, unerforschten Flecken in deinem Leben wissen. Ich hätte es mir denken können bei der Höhe des Honorars. Ich wußte nicht recht, was ich tun sollte. Inzwischen hatten wir auch schon miteinander geschlafen. Schließlich fuhr ich aber doch nach München. Einerseits hoffte ich, auf die eine oder andere Art noch an das Honorar zu kommen, ohne dich verraten zu müssen. Andererseits interessierten auch mich die weißen Bezirke in deinem Leben. Es ist eben mein Beruf, Robert, ich bin Detektiv. Oder ich war es doch zumindest. Im weiteren Verlauf dieses Falles, wenn ich das mal so nennen darf, ist dann etwas Merkwürdiges mit mir geschehen. Ich habe mich verändert. Ich bin jemand anderes geworden, und ich bin mit dieser Entwicklung zufrieden.«

Sie schwieg.

»Du heißt also nicht Eva Adams?« fragte er endlich.

»Nein.

»Aber es gibt diese Schriftstellerin, ich habe mal bei ihr angerufen, allerdings ohne Erfolg. Die Nummer habe ich aus dem Hamburger Telefonbuch herausgesucht.«

»Sie ist meine Freundin, zur Zeit im Ausland.«

»Und wer bis du?«

»Was ist schon ein Name, nicht wahr? Also gut – ich heiße Marlies Rohr!«

Er stutzte, begann zu überlegen. Und schließlich: »Marlies Rohr? War das nicht der Name, den du mir bei unserem Essen auf dem Süllberg genannt hast?«

»Ja, Robert! Und wenn du damals weitergefragt hättest, hätte ich dir sicher die ganze Wahrheit gesagt.«

»Dir hätte nichts Besseres einfallen können!«

»Ja, das weiß ich heute auch.«

»Aber dann siegte nach langem Kampf die Geschäftsfrau in dir, nicht wahr, mein Liebling, da...«

Er stockte, weil sie ihm plötzlich einen Blick herüberwarf. Er lächelte ironisch. »Ich weiß nicht, wie ich dich nennen soll. Eva kann ich nicht mehr sagen, und an den anderen Namen werde ich mich nicht gewöhnen.«

Sie beugte sich über den Tisch ihm zu. »Mir ist es ganz gleichgültig, wie du mich nennst. Und mir selbst ist jeder Name an dir recht. Ich mag dich, wie du vor mir sitzt; dich will ich und nicht deinen Namen! Der läßt mich ganz kalt!«

Er war betroffen. Noch niemals hatte sich eine Frau so rückhaltlos zu ihm bekannt. Er dachte an ihr Kennenlernen, an ihre erste Nacht. Was hatte sich denn verändert seitdem? Hatte es sich überhaupt?

Er sagte: »Ich kann es nicht verstehen!«

»Was, Robert?«

»Warum bist du nicht sofort zu mir gekommen nach deiner Rückkehr aus Grafingen? Warum hast du Kruger alles über mich gesagt?«

»Aber das habe ich doch nicht!«

»Hör mal! Der Kruger kam zu mir und wußte die geringste Kleinigkeit aus jener Zeit. Nur so kann er mich überhaupt erpressen.«

»Deine Frau hat es ihm gesagt!«

Er schüttelte den Kopf.

»Du glaubst mir nicht?«

»Sie bestreitet es.«

»Sie hat dich doch immer angelogen, Robert.«

»Sie hätte einen Grund, sich vor mich zu stellen; sie will mich nämlich wiederhaben.«

»Sie hat dich schon verraten, bevor sie dich überhaupt sah. Sie traf Kruger in meinem Büro, und gemeinsam sind sie ins Hotel ›Alsterseite‹ gegangen. In Krugers Appartement. Dort hat sie ihm alles über dich gesagt. Für fünfzigtausend Mark oder so, die sie für eine Boutique oder einen ähnlichen Firlefanz braucht. Ist ja auch nicht wichtig. Aber das Geld scheint sie bekommen zu haben, und dann ist sie hierhergefahren.«

Er starrte sie an und fand keine Worte. Schließlich stotterte er: »Woher... woher weißt du das alles?«

Sie lächelte. »Ich weiß es eben, Robert! Ermittlungen zu führen ist mein Beruf, das sagte ich doch schon. Zu dem Zeitpunkt, als sie bei Kruger plauderte, wußte sie noch nichts von deiner Stellung in Duselburg. Dann kam sie her und sah die Umgebung, in der du lebst. Und sie sah dich! Du mußt dich in einem positiven Sinne verändert haben. Und so will sie nun auch zusätzlich dich, Robert! Glaubst du mir?«

Er antwortete nicht, wußte nicht, was er denken sollte.

»Glaubst du mir?« fragte sie noch einmal.

Er nickte. Dann hörte er sie erleichtert sagen: »Wir sind noch nicht allzuweit vorangekommen, Robert, aber ein Stückchen weiter doch! Und jetzt werde ich dir beweisen, daß es sich so und nicht anders abgespielt hat!«

Sie stand auf und ging in die Diele, wo ihr Gepäck stand. Robert starrte ihr nach. Sie hatte einen Koffer mitgebracht, denn immerhin hatten sie ja drei Tage miteinander verbringen wollen. Sie wollten ursprünglich sogar nach Berlin fliegen. Schade! Im Gegensatz zu ihr glaubte Robert Carlsson nämlich nicht, daß sie ein Stückchen vorangekommen seien. Sie kehrte mit einem Recorder zurück. Aus ihrer Handtasche zog sie eine Kassette und tat sie hinein. Dann setzte sie sich ihm gegenüber, und ohne ein Wort der Erklärung drückte sie auf den Abspielknopf.

Niederschrift nach vorliegender Tonkassette
G 5/MR 10 T/27-4-78, 27. 4. 78, 23 Uhr 50

(Die Abhöranlage wurde in Krugers Appartement 727 installiert)

Kruger: Möchtest du eine Zigarette?

Hedwig von Brinckmann: Ich nehme einen Zug aus deiner.

Kruger: Einen Schluck von dem »Dom Perigon«?

Hedwig von Brinckmann: Kannst du mir mal eben das Glas an die Lippen halten? Ich will nicht loslassen.

Hedwig von Brinckmann: Beachtlich!
Kruger: Der Champagner?

Hedwig von Brinckmann: Nein, du!

Kruger: Laß uns mal von was anderem reden! Laß uns mal von deiner Boutique reden!

Hedwig von Brinckmann: Na schön!

Kruger: Beim Abendessen klang es engagierter. Da erzähltest du, daß du unbedingt einen Laden eröffnen wolltest und nur noch nach Geldgebern oder einem stillen Teilhaber suchst.

Hedwig von Brinckmann: Solche Leute finden sich immer, nicht wahr?

Kruger: Vielleicht hast du ihn schon gefunden.

Hedwig von Brinckmann: Einen stillen Teilhaber?

Kruger: Ich dachte in diesem Fall mehr an eine einmalige Investition.

Hedwig von Brinckmann: Und mit der Summe, die du anlegen willst, möchtest du mich eine Zeitlang exklusiv kaufen?

Kruger: Ja.

Hedwig von Brinckmann: Hm –!

Kruger: Aber in einem etwas anderen Sinne, als du jetzt vielleicht denkst.

Hedwig von Brinckmann: Was weißt du schon, Ossi, was ich denke?

Kruger: Ich möchte deine Lebensgeschichte kaufen, Hettie! Die allerdings exklusiv. Und besonders interessiert mich die Zeit, die du mit deinem geschiedenen Mann verbracht hast.

Hedwig von Brinckmann: Ah ja –?

Kruger: Ihr hattet ein Kind, nicht wahr? Die kleine Christine! Dann hast du dich scheiden lassen. Die Scheidung ging von dir aus, wenn ich richtig vermute?

Hedwig von Brinckmann: Ja, Ossi!

Kruger: Ich denke mir, daß entsetzliche Dinge geschehen sein müssen, wenn eine Frau ihren Mann, eine Mutter ihr Kind zurückläßt. Ist es nicht so?

Hedwig von Brinckmann: Ja, Ossi!

Kruger: Außerdem habe ich den Verdacht, daß dein Mann und deine Tochter damals unter einem anderen Namen gelebt haben. Tippe ich daneben?

Hedwig von Brinckmann: Nein, Ossi!

Kruger: Verstehst du jetzt, wenn ich sage, ich möchte deine Lebensgeschichte kaufen?

Hedwig von Brinckmann: Ossi, gib mir jetzt doch mal das Champagnerglas her und eine Zigarette: ich muß nachdenken.

Kruger: Bitte!

Hedwig von Brinckmann: Danke... Der »Perignon« ist gar nicht so schlecht... Überhaupt das Ganze hier! Das Fluidum! Ich bin gern in der ›Alsterseite‹... Ich steige meistens hier ab, wenn ich in Hamburg bin... Nimm mir das Glas wieder ab, Ossi! Ja, so eine Lebensgeschichte... wenn man die exklusiv verkauft, wird das teuer! Die Illustrierten bieten Märchensummen für einen solchen Stoff. Mach mir dein Angebot Ossi!

Kruger: Ich habe an zehntausend Mark gedacht.

Hedwig von Brinckmann: Das ist nicht einmal ein guter Witz! Wir sprachen davon, daß ich mit dem Geld meine Boutique auf den Weg bringen will.

Kruger: Du könntest das Geld auch anders nutzen! Stell dir vor, du machst eine Traumreise, Hettie! Südamerika. Australien. Die Südsee. Die Welt liegt zu deinen Füßen!

Hedwig von Brinckmann: Das wirklich Schlimme ist, daß ich schon alles gesehen habe. Glaubst du mir das, Ossi?

Kruger: Ich bin von Haus aus skeptisch, aber merkwürdigerweise glaube ich dir. Aber selbst du mußt einen Wunsch haben, den du dir mit diesem Geld erfüllen könntest.

Hedwig von Brinckmann: Ich habe nur den einen Wunsch, sehr tief auszuruhen. Und der Preis dafür übersteigt den Wert dieser Lebensgeschichte. Also muß ich auf meine Boutique zurückkommen.

Kruger: Aber solche Läden gibt es heutzutage an jeder Straßenecke. Der Markt ist dicht dafür. Als Freund müßte ich dir ohnehin abraten.

Hedwig von Brinckmann: Du wirst dich wundern, wenn du eines Tages meine Boutique kennenlernst und mich darin. Ich habe an fünfzigtausend Mark gedacht.

Kruger: Ausgeschlossen, Hettie! Ich könnte vielleicht – und ich betone das »vielleicht« –, vielleicht könnte ich auf zwanzigtausend gehen.

Hedwig von Brinckmann: Dann vergessen wir das Ganze.

Kruger: Mir liegt es nicht, zu schachern, aber... aber wenn wir deine Summe halbierten, kämen... wir immerhin auf fünfundzwanzigtausend, und das ist doch wirk... wirklich eine stattliche Zahl.

Hedwig von Brinckmann: Ich liebe keine Halbheiten, Ossi!

Kruger: Drei... drei... drei...

Hedwig von Brinckmann: Fünfzigtausend, Ossi, dahin müßten wir schon gelangen.

Kruger: Du bist... bist unersättlich!

Kruger: Möchtest du eine Zigarette?

Hedwig von Brinckmann: Ich nehm einen Zug aus deiner.

Kruger: Einen Schluck von dem »Dom Perignon?«

Hedwig von Brinckmann: Kannst du mir mal eben das Glas an die Lippen halten?

Hedwig von Brinckmann: Kennst du den Schwarzwald, Ossi? Kennst du dies herrliche Stück deutschen Landes? Stell ihn dir vor mit seinen Bergen und Tälern, seinen Wäldern. Und mitten hineingesetzt eine verträumte kleine Stadt. Eine Spielzeugstadt mit verwinkelten Gäßchen, die sich weiten Plätzen öffnen. Brunnen darauf, und aus ihnen sprudelndes, hellklares Wasser. Fachwerkhäuser, in denen es noch Handwerk gibt. Freundliche, bescheidene und vor allem ehrliche Menschen. Siehst du das alles vor dir, Ossi?

Kruger: Hm – ja, ziemlich deutlich.

Hedwig von Brinckmann: In so einer Stadt haben wir gelebt, mein damaliger Mann, unsere kleine Tochter Christine und ich. Eine glückliche Familie, das kann man sagen. Und bis heute habe ich nicht verstanden, wie mein Mann unsere Geborgenheit aufs Spiel setzen konnte.

Kruger: Wodurch? Wodurch setzte er sie aufs Spiel?

Hedwig von Brinckmann: Er trank!

Kruger: Ein Trinker also?

Hedwig von Brinckmann: Später sicher! Aber zunächst trank er wohl nur, um Streß abzubauen. Aus Unzufriedenheit.

Kruger: Womit war er unzufrieden?

Hedwig von Brinckmann: Vielleicht mit dem schweren Dienst in dem Kleinstadtkrankenhaus? Etwa zwölf Nachtdienste im Monat, und Chirurgenarbeit ist harte Knochenarbeit. Vielleicht damit, daß er nicht aufstieg? Er blieb Oberarzt, und so reichte er nicht ans große Geld heran. Vielleicht war er auch meiner überdrüssig? Vielleicht war es auch von allem ein wenig? Jedenfalls kam es eines Tages zur Katastrophe...

Kruger: Wie sah die aus?

Hedwig von Brinckmann: Er operierte im Vollrausch...

Kruger: Und?

Hedwig von Brinckmann: Der Patient, ein ganz junger Mensch, blieb auf dem Tisch...

Kruger: Und?

Hedwig von Brinckmann: Der Fall wurde vertuscht...

Kruger: Laß mich mal fortfahren, Hettie! Danach gelang es ihm nicht mehr, an einem Krankenhaus zu arbeiten. Keiner wollte ihn haben.

Hedwig von Brinckmann: Ja, Ossi!

Kruger: Schließlich änderte er seinen Namen.

Hedwig von Brinckmann: Ja, Ossi!

Kruger: Eine ganz erstaunliche Geschichte!

Hedwig von Brinckmann: Meinst du nicht auch, daß die ihr Geld wert ist?

Kruger: Fünf... fünfzigtausend, das ist eine phan... phantastische Summe.

Hedwig von Brinckmann: Dafür bekommst du eine Geschichte exklusiv. Glaubst du denn nicht, Ossi, daß sie das allemal wert ist?

Kruger: Im Mo-Moment w-weiß ich nur, w-weiß ich...

———

Kruger: Möchtest du eine Zigarette?

Hedwig von Brinckmann: Nein, danke!

Kruger: Einen Schluck von dem »Dom Perignon«?

Hedwig von Brinckmann: Nein, nun mag ich wirklich nichts mehr!

———

Kruger: Ich denke mir, daß die Stadt, wo ihr als junge Familie gelebt habt, nicht im Schwarzwald liegt?

Hedwig von Brinckmann: Völlig richtig!

Kruger: Wo denn?

Hedwig von Brinckmann: Paß mal auf, Ossi! Morgen vormittag, wenn die Banken öffnen, gehen wir hin zu deiner. Und da machen wir dann eine Überweisung von deinem Konto auf meines in München. Und danach, Ossi, danach... Aber bis dahin muß ich schlafen...

Doktor Robert Carlsson konnte gar nicht anders, er mußte lachen. Ja, das war Hettie, deren Stimme er eben hörte, wie er sie immer gekannt hatte.

»Wie findest du denn das?« hörte er die andere Frau fragen.

Er antwortete nicht.

»Findest du das nicht auch ein kleines bißchen happig?«

»Wie meinst du?« fragte er irritiert. »Wie findest du es?«

»Happig!« wiederholte sie. »Ich finde es ziemlich happig!«

Er wechselte das Thema. »Woher hast du dieses Band?«

»Ich habe einen Etagenkellner bestochen in dem Hotel.«

Er hob den Blick und sah sie durchdringend an.

Sie sagte: »Das mußte ich tun, Robert, wenn ich uns schützen will.«

Aber er dachte an etwas anderes. Plötzlich fiel ihm die Wanze wieder ein, die er an der Rückwand seines Schreibtisches gefunden hatte.

Sie fuhr fort: »Dieser Kellner ist äußerst vorsichtig. Natürlich setzt er einiges aufs Spiel, aber er bekommt ja auch eine Menge Geld dafür. Er trifft sich mit mir nur nach umständlichen Sicherheitsvorkehrungen und immer außerhalb Hamburgs. So bin ich viel zu spät an die Bänder und deren Auswertung gekommen. Dieses Gespräch eben datiert schon von Ende April.«

Er fragte: »Die... Wanze da, an der Rückwand von meinem Schreibtisch, hast du die auch angebracht?«

Sie sah ihn überrascht an, dann senkte sie den Blick.

»Na, komm schon!« forderte er sie auf. »Tu doch nicht so, als seist du eine Absolventin und besuchtest deinen ersten Tanzstundenball!«

Und plötzlich kam ihm ein Gedanke, der ihn zu elektrisieren schien. Er lachte laut auf. Und dann: »Damals in der Musikhalle... unser Kennenlernen, hör mal!«

Auf einmal saß sie kerzengerade da. Sie war hellwach, und ihm schien, als ob sie erst jetzt mit voller Konzentration zu kämpfen begann. Sie sagte betont: »Es hat genau so stattgefunden, Robert, wie wir es beide erlebt haben!«

Aber auch er wurde immer munterer. »Nein, nein! Du hattest von Kruger den Auftrag, mich zu bespitzeln. Deshalb kamst du in die Musikhalle! Stimmt das?«

»Ja, es stimmt!« erwiderte sie. »Ich hatte dich bis dahin nie gesehen. Du warst für mich ein Name auf einem Stück Papier. Und dann sah ich dich! Und dann geschah alles so, wie wir es erlebt haben!«

Er antwortete nicht.

»Ich liebe dich, Robert!« sagte sie leise, beinahe flüsternd. Er hörte sie natürlich, aber ihren Ton nahm er nicht auf. Er war viel zu beschäftigt mit seinen Erinnerungen. Er sagte: »Meine Tochter kam zu spät. Ausgerechnet an jenem Abend sprang der Wagen nicht an. Jemand hatte ihr die Kerzenstecker abgezogen. Hast du eine Erklärung dafür?«

»Ein Mitarbeiter von mir hat das besorgt«, erwiderte sie.

Er fuhr fort: »Wenn meine Tochter nicht in letzter Sekunde gekommen wäre, hätte ich dir die zweite Karte gegeben. Darauf warst du aus, und ich nehme an, daß es danach die Schriftstellerin Eva Adams nicht mehr gegeben hätte. Ist das so?«

Ebenso tonlos wie vorher antwortete sie: »Wahrscheinlich.«

»Du wärst dann eben eine andere Frau mit einem anderen Namen für mich gewesen?«

»Möglicherweise.«

Mehr noch als die Abhöranlage schien ihn die Art und Weise zu verletzen, wie sie sich an ihn herangemacht hatte. Das riß eine alte Wunde auf. »Ich möchte, daß du jetzt gehst, Eva!« Er merkte, wie er sie wieder Eva nannte, aber er verbesserte sich nicht.

Sie rührte sich nicht. Und ihr Gesicht blieb völlig ruhig, aber es mußte sie viel Kraft kosten. Fasziniert starrte er sie an. Und auf einmal entdeckte er wieder die Ähnlichkeit mit Hettie. Am Abend des Konzerts hatte er sie auch wahrgenommen: die weit auseinanderliegenden Augen; der an sich schöne Mund, den nur die leichte Falte, die um ihn herumführte, ein bißchen gewöhnlich machte. Merkwürdigerweise war es ihm in letzter Zeit nicht mehr aufgefallen. Wahrscheinlich, weil er es nicht hatte sehen wollen.

»Ich möchte, daß du jetzt gehst!« wiederholte er.

Aber sie tat es noch immer nicht. Statt dessen fragte sie: »Dieser Mann, den du für Kruger töten sollst, kennst du schon seinen Namen?«

»Nein.«

»Er heißt Doktor Detlev Weller!«

Er schaute sie verwirrt an. Richtig, sie konnte ihm den Namen des Opfers nennen! Der Gedanke war ihm gar nicht gekommen. Er hatte ebenso vergessen, daß er überhaupt jemanden ermorden sollte. Dies alles schien ihm in der letzten Stunde nicht mehr wichtig zu sein. Er ging zum Schreibtisch hinüber und holte die Karteikarten hervor. Der genannte Detlev Weller lag als fünfter von oben auf dem Stoß. Der Name war ihm nicht weiter aufgefallen, er hatte ihn nicht einmal in Betracht gezogen. Er wandte sich um.

Sie stand hinter ihm. »Weller arbeitet bei der ›William Snyder incorporated‹ auf der anderen Flußseite. Er leitet die Forschungsabteilung. Und Kruger ist seinetwegen extra von Boston herübergekommen. Herr Kruger führt den Sicherheitsdienst des Konzerns.« Sie sah ihn abwartend an, aber er stellte keine weiteren Fragen. Sie kam eng an ihn heran, legte ihre Finger gegen seine Wange. Er spürte, wie sie zitterten.

»Ruh dich aus über Pfingsten, Robert!« sagte sie. »Versprich es mir!«

Er antwortete nicht. Da drehte sie sich um und ging durch den Raum zur Diele. Bei der Tür blieb sie stehen. »Ich habe etwas eingefädelt über einen Mitarbeiter von Weller. Ich weiß nämlich immer noch nicht, weshalb sie ihn eigentlich umbringen wollen. Ich hoffe, ich werde es herausbringen. Und damit hätten wir dann etwas gegen Kruger und seine Herren in der Hand. Die sollen sich noch wundern!«

Wieder sah sie ihn fragend an, und wieder antwortete er nicht.

Und da ging sie endgültig. Er folgte ihr auf steifen Beinen durch die Diele, stellte sich neben der Haustür ans Fenster und sah ihr nach. Sie lief über den Kiesweg bis zum Tor, dort drehte sie sich noch einmal um und schaute zurück. Eine ganze Weile stand sie so, wie er übrigens auch, ohne sich zu rühren.

»Hol sie zurück«, sagte etwas in ihm, »halte sie auf, laß sie nicht gehen!« Aber er stand wie ein Klotz und rührte sich nicht vom Fleck.

Vielleicht wäre alles anders gekommen, dachte Doktor Robert Carlsson, wenn er es getan hätte. Vielleicht hätte alles einen anderen Verlauf genommen. Aber wie oft wählt man von zwei möglichen Wegen den falschen. Aus Trotz! Aus verletzter Eitelkeit! Oder auch nur aus Bequemlichkeit! Wie oft geht man den falschen Weg!

21
Niederschrift eines Gedächtnisprotokolls auf Tonband
G 5/MR 8 GaT/29-4-78, 15. 5. 78, 23 Uhr 00

An dieses Pfingstfest werde ich noch lange denken. Ich hocke eingesperrt in Evas Wohnung. Mir fehlen die eigenen vier Wände, in die ich mich verkrieche, wenn ich nicht weiter weiß. Dann brauche ich mehr als sonst meine Bücher, die Farbdrucke, die ich ausschneide und anhefte, alte Briefe, meine Schallplatten. Dies alles vermisse ich. Aber im Grunde fehlt mir etwas ganz anderes!

Am Donnerstag vor Pfingsten bekam ich die ersten Bänder aus »727«, und darunter war auch jenes, auf dem Hettie ihr Wissen über Robert verkaufte. Als ich das zum ersten Mal hörte, bestätigte sich mir nur eine Befürchtung, die ich seit vielen Tagen gehabt hatte. Bei unserer Arbeit braucht man Glück, und Kruger hatte es, als er die Frau in meinem Büro traf. Natürlich hat er die Gelegenheit genutzt. Aber die Art und Weise, wie er es dann tat, trübte doch den Eindruck, den ich bisher von ihm gehabt habe. Trotz allem hielt ich ihn für ziemlich seriös. Aber er ist nicht anders, als Männer eben allgemein sind. Taktisch gut fand ich allerdings, daß er Hettie zu Robert schickte; hätte ich wohl auch so gemacht. Sie war wie eine Trumpfkarte, die er halb aus dem Ärmel zog, bereit, sie wieder verschwinden zu lassen, wenn nur auf seine Wünsche eingegangen wurde.

Hetties Erscheinen muß Robert in arge Bedrängnis versetzt haben. Ich fuhr am Freitag mit gemischten Gefühlen nach Duselburg, weil ich nun mit Robert offen reden mußte. Auch den Ausgang unseres Gesprächs habe ich vorausgeahnt. Er konnte gar nicht anders reagieren. Er wäre nicht der Mann, den ich mag, wenn er sich anders benommen hätte.

Obwohl ich wußte, daß mich Krugers Leute bisher nicht aufgespürt haben, verhielt ich mich auf der Fahrt außerordentlich vorsichtig. Ich stieg zunächst in einen Zug nach Bad Bramstedt. Von dort brachte mich ein Taxi nach Itzehoe zu einer fingierten Adresse hinüber. Ich wanderte durch die Straßen des Städtchens zum Bahnhof und benutzte für den Rest meiner Rundreise noch einmal die Bundesbahn. Auf dem ganzen Weg konnte ich keine verdächtige Person in meiner Nähe ausmachen. Sicherlich vermutet Kruger mich irgendwo im Ausland. Seine Leute hatten meinen Wagen auf dem Parkplatz des Flughafens entdeckt. Das ließ er durchblicken, als er mit der Schmitz telefonierte. Ich hatte mit meiner Sekretärin gesprochen und so getan, als riefe ich aus Rom an. Das hatte sie Kruger mit meinem Einverständnis ausgerichtet. Nun würde er mich sicher in jeder europäischen Stadt vermuten, nur nicht in Rom. Aber wohl auch nicht in Hamburg und dessen Umgebung. Das hoffte ich zumindest. Seine beiden Autos, der Opel und der Ford, hatten allerdings noch tagelang in der Nähe meines Büros gestanden, mal der eine oder der andere. Einer meiner Mitarbeiter, den ich schließlich doch so weit wie nötig einweihte, hat das für mich recherchiert. Ich wußte inzwischen auch, daß die Nummern beider Autos auf die Firma Snyder inc. zugelassen waren.

Als ich mich am Freitag von Robert trennte, fuhr ich zunächst nach Lübeck und über diesen Umweg nach Hamburg zurück. Ich ging gleich in die Maria-Louisen-Straße. Eva hat genügend Vorräte in ihrer Truhe, sogar Brot, ich mußte mir also nichts besorgen. Aber ich aß wenig, und ich möchte über diesen Sonnabend und Pfingstsonntag nichts weiter sagen. Ab heute nachmittag hielt ich es nicht mehr aus, stundenlang war ich durch die Wohnung gelaufen. Gegen sechzehn Uhr holte ich Evas Wagen aus der Garage, fuhr los, einfach so aufs Geratewohl. Und so fand ich mich plötzlich auf der Elbchaussee wieder, und weil ich nun schon einmal dort war, ließ ich den Wagen weiterrollen bis Blankenese. Vor dem Süllberg-Restaurant stoppte ich. Als ich damals mit Robert herkam, standen nur wenige Autos auf dem Parkplatz, heute machte es natürlich Mühe, überhaupt eine freie Stelle zu finden. Es glückte jedoch. Ich scheine überhaupt viel Glück zu haben, denn auch der Restaurant-Direktor erkannte mich wieder. Er gab mir einen Platz in der »Windrose« am breiten Fenster. Ich bestellte nur eine Kleinigkeit, ein wenig Lachs auf gewärmten Rundstückscheiben. Ja, ich weiß, ich bin eine sentimentale Kuh!

Als ich auf den Fluß hinunterblickte, kam mir die Erinnerung an mein zweites Gespräch mit Siegfried Feldmann. Mit dem traf ich mich in Schulau, ebenfalls an der Elbe und nur wenige Kilometer von hier entfernt. Das war bereits am Dienstag vergangener Woche gewesen. Ich kam vor der verabredeten Zeit an und beobachtete das Lokal. Ich hatte ähnliche Sicherheitsvorkehrungen auf meiner Fahrt nach Schulau getroffen. Feldmann erschien pünktlich. Ich selbst blieb noch lange draußen in der Umgebung, bis ich keinen Zweifel mehr hatte, daß ihm niemand gefolgt war. Dann betrat auch ich das Lokal.

Ich sagte ihm, daß ich meinen Chefs berichtet hätte und daß die inzwischen in der Direktion der »Vereinigten Aluminium-Werke« vorstellig geworden seien. Die Angelegenheit entwickele sich prächtig; seine mögliche Bereitschaft, den Wirkungsbereich zu wechseln, habe einige Begeisterung ausgelöst. Ich beobachtete Feldmann und sah, daß die vergangenen Tage ausgereicht hatten, ihn auf kleinem Feuer gar zu kochen.

Natürlich tat er mir leid, wie er mit freudiger Erregung vor mir saß, und ich kam mir recht schofel vor. Aber ich sagte mir, daß ich mit dieser Manipulation den Mord an Weller verhindern wollte. Und es ging um Robert und ein bißchen auch um mich selbst.

»Natürlich habe ich unserem Büro einen umfassenden Bericht vorgelegt«, erklärte ich ihm.

Er schien peinlich berührt, vergewisserte sich aber doch. »Wie umfassend?«

»Nun ja, ich schrieb einfach alles auf, was wir an jenem Abend besprochen haben.«

»Auch das über die Abwasserbefunde?«

Ich nickte. »Ich mußte schließlich erläutern, woher Ihre Verstimmung mit Weller rührte.«

»Vielleicht hätten Sie es nicht tun sollen«, meinte er mit einem gequälten Lächeln. »Ich mußte natürlich damit rechnen, aber irgendwie hoffte ich, Sie würden es nicht tun.« Und nach einer Pause setzte er hinzu: »Ich hatte an jenem Abend wohl zu rasch getrunken.«

»Ihre Befürchtungen sind unbegründet, Herr Feldmann!« Ich verstand ihn absichtlich falsch. »Ich glaube nicht, daß Ihr Ärger mit Weller und Ihre Absicht, ohnehin von den Snyders wegzugehen, auf Ihren Preis drücken wird. Soweit ich unterrichtet bin, will man auch die pekuniäre Seite großzügig mit Ihnen regeln.«

»So meinte ich das gar nicht.«

Ich blickte ihn überrascht an, tat dann so, als verstünde ich ihn endlich. »Ah ja, Sie wollen sich bis zuletzt Ihrem alten Betrieb gegenüber loyal verhalten? Das spricht natürlich für Sie, Herr Feldmann! Aber ich bin nicht sicher, ob es auch notwendig ist.«

Nach diesem ersten Schuß in eine neue Richtung schwieg ich, und auch er erwiderte nichts darauf. Wir rührten in unseren Kaffeetassen und blickten auf die Elbe hinaus. Um diese Zeit kamen die großen Dampfer herein und steuerten den Hamburger Überseehafen an.

Nach einer Weile meinte ich vorsichtig: »Vielleicht sollten

Sie sich daran gewöhnen, schon jetzt in den ›VAW‹ Ihre neue Heimat zu sehen.«

»Und wie könnte ich das?«

»Haben Sie sich mal überlegt, daß die ›VAW‹ an diesen merkwürdigen Befunden interessiert sein könnten?«

»Ich weiß nichts darüber.«

»Ja, ja, Herr Weller hat die Untersuchung zu Ende geführt, das haben Sie mir gesagt. Aber jeder Befund muß seine Ursache haben, und auf die kommt es eben an. Und Sie wollen doch nicht behaupten, daß Sie sich über dieses mögliche Warum keine Gedanken gemacht hätten.«

Ich schwieg und sah ihn abwartend an. Aber er antwortete nicht. Wir waren an einen kritischen Punkt gekommen, und über den mußten wir hinaus. Also fuhr ich fort: »Ich habe für diese Dinge nur ein mangelndes, laienhaftes Verständnis, aber ich habe mir sagen lassen...«

»Von wem haben Sie sich sagen lassen?« unterbrach er mich.

»Die Leute aus den ›VAW‹ haben es meinen Chefs gesagt!«

»Und was?«

»Die Befunde könnten von einer neuen Technologie herrühren, die man bei den Snyders einführt. Wäre das möglich?«

»Unter Umständen!«

»Nun sind die Befunde unter Ihrer Kontrolle dreimal aufgetaucht. Einmal wöchentlich, aber in regelmäßigen Abständen. Es könnte sich jedesmal um den Probelauf einer neuen Technologie gehandelt haben. Richtig?«

»Möglich.«

»Die Snyders sind seit einundsiebzig in den roten Zahlen, hab' ich mir auch sagen lassen. Es ist doch einleuchtend, daß der Konzern alles unternimmt, um kostensenkend oder in verbesserter Qualität zu produzieren. Damit er einen besseren Platz auf dem Markt bekommt. Und es ist doch ebenfalls klar, daß sich die ›VAW‹ für diese Vorgänge interessiert. Es wäre doch schwachsinnig, sich einzubilden, die Dinge lägen bei der gegenwärtigen Wirtschaftslage und dem verstärkten Konkurrenzkampf nicht so. Was meinen Sie?«

»Im Moment habe ich den Eindruck, als ob sich Ihr Auftraggeber zwar außerordentlich für die Abwasserbefunde interessiert, aber nicht so sehr für mich.«

»Das sehen Sie falsch, Herr Feldmann!«

»Haben Ihnen die ›VAW‹ Order gegeben, diesen Aspekt mit mir durchzusprechen?«

Ich protestierte heftig. »Wo denken Sie hin? Ich muß Ihnen gestehen, daß ich diese Idee hatte. Ich könnte mir vorstellen, daß Ihre spätere Verhandlungsposition außerordentlich stark wäre, wenn Sie... sagen wir mal, wenn Sie einiges Material mitbrächten. Tun Sie es nicht, ist es auch nicht weiter schlimm, denke ich mir, denn in erster Linie will man ja Sie als Mitarbeiter gewinnen.«

Er glaubte mir kein Wort, das sah ich an seinem Ausdruck. Aber merkwürdigerweise schien ihm der Schlenker in meiner Taktik zu bestätigen, daß ich tatsächlich von den ›VAW‹ käme und daß man dort zwei Fliegen mit einer Klappe schlagen wollte.

»Uff!« sagte er nach einer Weile. »Ich brauch' einen Kognak, und einen kann ich wohl vor der Rückfahrt vertragen.«

Er rief den Kellner, und nachdem wir getrunken hatten, löste sich die Spannung in ihm. Auch sein Lächeln wurde wieder offener.

Ich versuchte, ihn von einer anderen Seite weichzuklopfen. »Muß Doktor Weller damals nicht zu dem gleichen Zwischenergebnis wie Sie gekommen sein?«

»Ja.«

»Dann hat er die Testreihe fortgeführt. Was hat er mit dem Resultat gemacht, Herr Feldmann, was meinen Sie?«

»Ich weiß nicht.«

»Nehmen wir mal an, es sei besonders heikel ausgefallen, etwa so, daß sich gleich die Wasserwirtschaft eingeschaltet hätte und der Konzern in eine Zwangslage geraten wäre. Haben Sie mal daran gedacht?«

»Ja.«

»Was hat er also mit dem Ergebnis gemacht?«

»Er wird es der Konzernleitung übergeben haben.«

»Er hat es ihr verkauft!«

»Was ich auch immer gegen ihn einzuwenden habe, so einer ist der Weller sicher nicht.«

»Schön, schön!« lenkte ich ein. »Ob es sich in klingender Münze ausgezahlt oder ob sich danach seine Stellung im Betrieb noch mehr gefestigt hat, das kommt schließlich auf dasselbe heraus. Bedenklich ist nur eins: Sie kamen mit dem Befund zu ihm, und er hat Sie kaltgestellt. Den Nutzen hat er allein. Möchten Sie sich nicht revanchieren?«

Feldmann ließ sich Zeit mit der Antwort, und ich drängte ihn nicht. Ich brauchte auch eine Pause, denn mich hatte das Gespräch angestrengt. Wir schwiegen also beide und schauten auf den Strom hinaus. Eines Tages, dachte ich, wenn alles vorüber war, mußte ich mich noch einmal mit diesem Mann treffen und ihm alles zu erklären versuchen. Das würde wohl kein heiteres Gespräch werden.

Schließlich hörte ich ihn sagen: »Sie haben da vorhin von einer neuen Technologie geredet und von eventuellen Probeläufen. Ich weiß darüber nichts, und ich weiß auch nicht, wie ich etwas erfahren kann. Das alles gehört in eine andere Abteilung.«

»Gut, Herr Feldmann«, erwiderte ich, »aber das Abwasser ist Ihr Ressort! Wir können wohl davon ausgehen, daß Weller über die Fortführung seiner Untersuchung eine Akte angelegt hat. Wo könnte er die haben?«

»Er hat sie sicher unserer Leitung übergeben.«

»Und die Kopie davon?«

Er zuckte die Achseln.

»Hat Herr Weller ein eigenes Büro?«

»Ja.«

»Hat er einen Safe darin?«

»Ja.«

»Wo wird er das Ergebnis also aufbewahren?«

Darauf antwortete er nicht. Ich legte meine Minox auf den Tisch. Er starrte mit einem unglücklichen Ausdruck darauf. Sie befand sich in der Mitte zwischen uns.

»Können Sie mit einem solchen Apparat umgehen?«

Er nickte.

»Ich brauche ja nicht mehr als eine Aufnahme von jeder Seite des Weller-Berichts.«

»Wenn es ihn gibt.«

»Natürlich!«

»Und wenn ich ihn überhaupt finde.«

»Versteht sich!«

Er starrte noch immer auf die Minox zwischen uns, und dann wandte er sich um und blickte durch das Lokal. Ich hätte beinahe laut aufgelacht, denn das hatte ich schon getan, ehe ich die Kamera auf den Tisch packte. Es war ein kalter, unfreundlicher Tag, und außer uns befand sich niemand in dem Ausflugslokal. Selbst der Kellner hatte sich lange Zeit nicht mehr blicken lassen.

Ich sagte: »Lassen Sie mich noch einmal wiederholen, Herr Feldmann! Sie müssen das alles natürlich nicht tun. Wenn Sie sich aber dazu entschließen, bin ich sicher, daß es Ihre Verhandlungsposition ungemein stärkt.«

Es dauerte noch einen Moment, dann griff er nach der Minox auf dem Tisch. Ich ging zuerst aus dem Lokal, setzte mich in mein Auto und fuhr ein Stück stadteinwärts. In einem Seitenweg blieb ich stehen. Es dauerte nicht lange, bis er kam. Ich hängte mich an ihn. Während der ganzen Rückfahrt konnte ich niemand entdecken, der ihm oder mir folgte. Herr Kruger schien diesem Feldmann keinerlei Beachtung zu schenken. Auf unserem Weg passierten wir auch Blankenese und das Süllberg-Restaurant, in dem ich heute, am Pfingstmontag, mutterseelenallein am breiten Fenster saß. Ich ging aber bald wieder. In diesen Tagen konnte ich es nirgends aushalten.

Ich fuhr in Evas Wohnung und nahm meine Wanderung durch die Räume wieder auf. Jedesmal, wenn ich am Telefon vorbeikam, starrte ich darauf. Das hatte ich auch die vergangenen Tage schon getan. Es hatte niemals geklingelt, am Sonnabend und Sonntag nicht. Auch heute blieb es still. Schließlich könnte Robert mich zu erreichen versuchen. Und wenn sich bei mir zu Hause niemand meldete, würde er vielleicht hier anrufen; schließlich hatten wir in dieser Wohnung eine Nacht zusammen verbracht. Aber er rief nicht an.

Spät am Abend holte ich noch einmal das letzte Videoband mit Hänschen hervor und tat es in den Recorder. Die Aufnahme stammte vom Donnerstag vor Pfingsten, ich traf mich nach Geschäftsschluß in meinem Büro mit ihm. Das Band hatte ich unter dem Titel G 5/MR 6 V/28-4-78, 11. 5. 78, 18 Uhr 30 den Papieren über diese Affäre genommen. Zu jenem Zeitpunkt war ich bereits fest entschlossen, mein Büro aufzulösen. Die Videoaufzeichnungen mit Hänschen brauche ich, falls er mich später zu erpressen versucht. Ich setzte mich vor den Fernseher und drückte auf den Abspielknopf des Recorders. Mein Büro erschien auf dem Bild mit dem Schreibtisch im Vordergrund und Hänschen auf dem Besucherstuhl dahinter.

»Da siehst du mal, was geschieht, wenn ich dir nicht zuliefere«, sagte er gerade.

In dem Moment hatte ich auf den Knopf unter dem Schreibtisch gedrückt, und die Kamera hatte mit der Aufzeichnung begonnen.

»Da bin ich aufgeschmissen«, hörte ich mich antworten.

»Gibst du es wenigstens zu?«

»Ja, doch! Und ich hoffe, es wird dich in deinem männlichen Stolz und im Gefühl deiner beruflichen Unfehlbarkeit bestätigen.« Ich erinnere mich noch genau an meine Empfindungen, als ich diesen Satz aussprach. Noch niemals war mir der Mann so widerlich gewesen.

»Carlsson ist also nicht drin in eurem Computer?« fragte ich. »Ihr habt nichts über ihn?«

Er schüttelte den Kopf. »Nein, ganz eigenartig! Er kommt mir vor wie ein Mensch ohne Spur.«

»Er soll viele Jahre in den USA gelebt haben.«

»Aber davor war er hier!«

»Vielleicht ist er durch nichts aufgelaufen.«

»Das eben ist schwer verständlich.«

»Ihr könnt schließlich nicht alle Leute gespeichert haben.«

»Meinst du?«

Er sah mich mit einem überlegenen Lächeln an. Meine Güte, dachte ich, welche Macht hatten sie solchen Typen gegeben, und wie mißbrauchten sie die. Über jeden wurde eine Akte angelegt, und hatten sie mal einen nicht in ihrer Datei, dann war er gleich ein Mensch ohne Spur.

»Und du hast auch nichts über den Mann herausgefunden?« hörte ich ihn fragen.

»Nein!«

»Wie bist du denn vorgegangen?«

»Ich fuhr nach München, weil ich einen Tip bekam, er könnte dort studiert haben. Hat er aber nicht.«

»Und da bist du zu Kruger gegangen und hast den Auftrag zurückgegeben?«

»Was sollte ich denn anderes tun? Ich komme einfach nicht weiter in dem Fall.« Ich sprach ziemlich erregt, und ich mußte mir nicht einmal Mühe geben, denn ich war es bei dem Gespräch tatsächlich. »Man muß ja wohl auch mal eine Pleite hinnehmen können!«

»Ist ja gut, reg dich nicht auf!« Er sah mit einem nachdenklichen Blick zu mir herüber. »Vielleich solltest du mal in Urlaub gehen!«

»Hätte ich sicher nötig!«

»Dann tu es auch!«

»Ich mach' mir eben nur Sorgen, weil du einen Fuß in der Tür zu dieser ›Snyder incorporated‹ haben wolltest.«

Er erwiderte leichthin: »Mach dir keine Gedanken deswegen. Da findet sich schon wieder eine Gelegenheit.«

»Ich bin froh, daß du es von dieser Seite siehst. Laß uns einen trinken darauf!«

Ich langte nach der Flasche und den Gläsern und schenkte uns ein. Wir tranken.

»Ach ja, das Geschäftliche!« Wieder griff ich in das Schreibtischfach und holte Geld hervor, das ich für ihn vorbereitet hatte. Ich erklärte: »Ich habe sechstausend Mark von Kruger als erste Rate bekommen. Weitere hat er natürlich gestoppt. Hier ist dein Anteil, zähl bitte nach!«

Ich schob ihm das Bündel über den Schreibtisch zu, alles Hunderter.

»Ist doch nicht nötig.«

»Mir wär's lieber, du zählst nach!«

Er zierte sich ein wenig, aber dann ließ er die Scheine geschickt durch die Finger rauschen. Es war alles gut zu sehen im Bild, seine flinken Hände und die Hunderter darin.

»Zweitausend!« sagte er, nachdem er fertig war. »Stimmt auffallend!«

»Ein Drittel also«, meinte ich wie nebenbei. »Das war doch immer deine Gewinnbeteiligung!«

»Ja, mein Mädchen, das war sie!« Er tat den Packen achtlos in die Jackettasche und sah mich lächelnd an. Das Geld mußte ihn in heitere Stimmung versetzt haben. Er sagte: »Wie wär's, wenn wir nächste Woche zusammen ausgingen? Groß essen, diesmal auf meine Rechnung. Und anschließend ein bißchen tanzen?«

»Ich warte nur auf deinen Anruf!«

Ich beugte mich vor und schaltete den Fernseher aus. Eine ganze Weile starrte ich auf die nun dunkle Mattscheibe. Deshalb hatte ich dieses Gespräch aufgezeichnet! Weil ich die Geldübergabe im Bild brauche! Nun habe ich ihn mindestens so in der Hand wie er mich.

Es war inzwischen ziemlich spät geworden, und ich stand auf. Im Badezimmer ließ ich Wasser in die Wanne laufen. Nachdem ich mich bereits ausgezogen hatte, ging ich noch mal zurück ins Wohnzimmer und holte das Telefon herüber. Bereit sein ist alles, dachte ich in einem Anflug von Galgenhumor. Ich lag wohl annähernd eine Stunde in der Wanne, ließ immer wieder heißes Wasser zulaufen. Es erwies sich als ganz sinnlos, daß ich das Telefon umgestöpselt hatte. Es blieb die ganze Zeit über still.

22

»Das fragst du doch nicht im Ernst, Robert?«

»Aber ja, Tinka, in vollem Ernst!«

»Nun, dann sag' ich dir, daß es wenig Spaß macht! Die ganze sture Büffelei in der Anatomie, die dauernden Testate, was sollte daran lustig sein?«

»Aber es ist ja notwendig, Tinka, Voraussetzung für alle klinischen Fächer.«

»Ich weiß.«

»Du wirst doch durchhalten, Tinka?«

»Bin ich deine Tochter, Robert?«

Es war früher Morgen, Sonnabend, der zwanzigste Mai. An diesem Tag lief Hetties Ultimatum ab. Sie saßen beim Frühstück, das sie gemeinsam zubereitet hatten. Die Wirtschafterin war auf ein langes Wochenende nach Lübeck zu ihren Kindern gefahren. Frau Peters lebte seit vielen Jahren bei ihnen, schon seit der Lübecker Zeit. Als der Umzug nach Duselburg bevorstand, hatte die Frau lange gezögert, aber schließlich aus Anhänglichkeit die Koffer gepackt.

»Du nimmst doch die Pille, Tinka?« fragte Doktor Robert Carlsson, nachdem er seine Tochter lange angesehen hatte.

»Aber Papa!« protestierte sie.

Er hob abwehrend die Hände. »Weißt du, ich meine es so: Studium und Kinder zusammen geht eben nicht.«

»Warum vertraust du mir eigentlich nicht?«

»Aber ich tue es ja, Tinka! Und trotzdem mache ich mir Sorgen. Alle Väter tun das, ist doch ganz natürlich. Und ich möchte auch nur, daß du mit jedem Problem zu mir kommst!«

»Das werd' ich schon machen, Papa!«

»So wie ich mit meinen Schwierigkeiten gern zu dir kommen würde.«

Sie begann laut zu lachen. »O ja, das wünschte ich mir; nur wird es nicht geschehen.«

»Wieso nicht?«

»Du hast so etwas... Tugendsames an dir, so etwas Ehrenhaftes! Ja, jetzt hab' ich es: Die Ehrenhaftigkeit sitzt an dir wie die Rüstung an einem Ritter. Da dringt keine Anfechtung durch!« Sie griff nach Zigaretten und Feuerzeug und zündete für sie beide an.

Doktor Robert Carlsson sog an seiner und beobachtete sie dabei. Wie immer stellte er besorgt fest, daß sie den Rauch viel zu tief inhalierte. Dann sagte er: »Und trotzdem gibt es ein einigermaßen großes Problem, Tinka! Eigentlich wollte ich gestern abend mit dir darüber sprechen. Es war der eigentliche Grund, weshalb ich dich bat herauszukommen.«

»Ich weiß, Robert!«

Er sah sie über den Rauch hinweg an. »Was weißt du?«

»Nun, du hast den ganzen Abend merkwürdig herumgedruckst.«

»Ja, ich brachte den Anfang nicht zuwege. Es ist eine ziemlich schwerwiegende Sache. Und wir müssen darüber reden. Ich werde vielleicht morgen zu dir in die Rabenstraße kommen, falls du Zeit hast.«

»Hab' ich, Robert!«

»Nun, dann werde ich mal kommen. Ich hoffe nur, daß wir danach noch so gute Freunde sind wie bisher.«

»Darauf verwette ich meine rechte Hand!«

»Du sollst nicht leichtsinnig sein, Tinka! Nicht mal im Spiel, nicht mal aus Spaß!« Plötzlich war der Ton seiner Stimme bitterernst.

Sie sah ihn erschrocken an, aber dann begann sie wieder zu lachen. »Du kannst mir nicht angst machen, denn bei den Dingen, die dich betreffen, gibt es nicht die Spur von Leichtsinn. Außerdem kenne ich dein Problem, Robert!«

»Du...« Er stockte. »Wie meinst du das?«

Ihre Miene wurde immer geheimnisvoller. »Nun, sie hat mit mir darüber gesprochen.«

»Sie...«

»Ja, wir haben uns doch gesehen.«

»Du hast...«

»Ja, Robert! Und bitte, klapp den Mund zu! So sitzt kein Chefarzt da! Natürlich habe ich mit Eva gesprochen. Ein bißchen habe ich ja wohl einen Anspruch darauf, informiert zu sein. Schließlich habe ich euch beide verkuppelt.«

Doktor Robert Carlsson lehnte sich zurück; irgendwie schien er erleichtert zu sein, denn er lächelte sogar.

Christine fuhr fort: »Robert, ich würde mich so freuen, wenn aus euch beiden etwas wird. Eva ist eine Frau, die auch in bösen Tagen zu dir hält, da bin ich sicher. Wirklich, ich wäre geradezu glücklich, wenn ihr euch heiratet.«

Er lächelte. »Damit wärst du mich dann los, nicht wahr?«

»Robert –!«

»Laß es gut sein, Tinka! Ich komme morgen abend in deine Wohnung, um alles mit dir zu besprechen.«

Darauf beendete er das Frühstück, und sie gingen zusammen aus dem Haus. Vorher hatte er nachgesehen, ob alle Türen zum Garten verriegelt waren, auch die zum Keller. Er verschloß sorgfältig die Eingangstür, denn er wußte nicht, wann er zurück sein konnte. Sie fuhren in Richtung der Bundesstraße nach Elmshorn, Christine in ihrem Kadett vorneweg und Carlsson im Sportwagen hinterher. Und dann war da noch jemand, der beiden in einem blauen VW-Käfer folgte!

Als sie die Bundesstraße erreichten, blinkte Christina nach beiden Seiten und bog ab. Doktor Robert Carlsson fuhr in gerader Richtung weiter zum Krankenhaus. Er hatte seine Visite um eine Stunde vorverlegt, und er würde sich auch nur die dringenden Fälle anschauen. Der Plan war so eingerichtet, daß für Sonnabend und Sonntag kein Bereitschaftsdienst auf ihn fiel. Er hatte sich für beide Tage viel vorgenommen. Zunächst wollte er hinüber ins Kehdinger Land, wo dieser Doktor Weller wohnte.

Die Woche nach Pfingsten verlief in arbeitsreichem Trubel. Er kam kaum zum Verschnaufen, viel weniger konnte er sich auf sein eigentliches Problem konzentrieren. Hettie ließ sich nicht wieder blicken, bis zum heutigen Tag nicht, den sie ihm als Frist gesetzt hatte. Auch Eva hatte er nicht gesehen. Merkwürdig, er dachte immer an Eva, niemals ihren richtigen Namen, und er dachte viel an sie.

Kruger kam zweimal während der Woche. Jedesmal in die Klinik. Still und bescheiden saß er im Vorzimmer, wenn Robert Carlsson von den Nachmittagsvisiten zurückkehrte. Der Mann blieb nur kurze Zeit, weil er sah, wie überlastet Carlsson war. Beim zweiten Mal gab er ihm die Zusage, auf jenen Plan einzugehen. Es wurde nicht klar, ob Kruger ihm glaubte oder nicht, aber auf jeden Fall zeigte er sich sehr erfreut über das Einverständnis.

Völlig rätselhaft blieb Robert Carlsson der VW-Käfer, der ihm jeden Tag folgte. Wohin der Arzt fuhr in dieser Woche nach Pfingsten, der Käfer begleitete ihn. Auch an diesem Sonnabendmorgen klebte er an ihm. Manchmal kam er so nah heran, daß Carlsson den Fahrer deutlich erkennen konnte, er hatte ein glattes, nichtssagendes Gesicht.

Als der Chefarzt noch vor elf Uhr das Krankenhaus verließ, schloß sich ihm das Auto hinter dem Pförtnerhäuschen wieder an. Sein Verfolger hielt es für überflüssig, sich zu tarnen. Wahrscheinlich sollte Carlsson wissen, daß er überwacht wurde. Natürlich schickte Kruger ihm den Mann hinterher, um zu zeigen, daß er ihn nicht aus den Augen ließ. Der VW hätte keine Chance gehabt, wenn es darauf angekommen wäre. Aber Doktor Robert Carlssons Weg führte nur zwischen Wohnhaus und Klinik hin und her, und das wußte Kruger schließlich auch.

Gemächlich trudelten sie durch die Gassen der Stadt in Richtung Fluß. Um elf Uhr setzte die Autofähre über, und die wollte Carlsson nehmen. Sie rollten auf das Fährdeck und kamen nebeneinander zu stehen. Zum ersten Mal hatte er Gelegenheit, seinen Verfolger aus nächster Nähe zu beobachten. Es war wirklich ein unbedeutendes Bürschchen von höchstens fünfundzwanzig. Der junge Mann ließ einen uninteressierten Blick über Carlsson gleiten, dann zog er eine »Morgenpost« aus der Tasche und begann zu lesen.

Robert Carlsson hatte sich für das Gespräch mit Weller nichts zurechtgelegt, er wollte es dem Augenblick überlassen. Er wußte nur, daß der Mann von der Operation zurücktreten sollte, und zwar von sich aus. Darin sah Doktor Robert Carlsson seine Chance. Gelang es nicht, mußte er morgen in die Alte Rabenstraße und Christine alles sagen. Aber daran mochte er nicht denken. Wie gestern abend und heute morgen schob er es auch jetzt wieder vor sich her.

Nach dem Übersetzen fuhren sie durch das Kehdinger Land, und für eine Weile hielt Carlsson den Wagen bei achtzig Stundenkilometern. Erst hinter Altendorf tippte er gegen das Gaspedal, und da flitzte der »Jaguar« davon. Eigentlich verstand Robert Carlsson nicht, wie Kruger ihm solch ein Fahrzeug auf die Fährte setzen konnte. Lange bevor er die Bundesstraße 73 erreichte, war von seinem Verfolger nichts mehr zu sehen.

Doktor Detlev Weller wohnte in der Nähe von Oldendorf auf

einem stillgelegten Bauernhof. Carlsson folgte dem Weg, den man ihm im Dorf beschrieben hatte, und als er an den Pfad zu Wellers Hof kam, traf er auf das Verbotsschild für Autos. Er ging zu Fuß weiter, vorbei an Gattern, hinter denen Kühe weideten. Von irgendwoher hörte er Schafe blöken. Es roch nach Vieh und Gras und Erde. Ein angenehmer Geruch!

Doktor Detlev Weller, ein Mann von Mitte Dreißig, hatte eine hochaufgeschossene, dürre Figur. Lang und hager war auch das Gesicht. Und mit den starken, leicht vorstehenden Zähnen erinnerte es Robert Carlsson an die Pferde, die er auch in der Nähe des Hofes gesehen hatte. Hinzu kam seine Mähne. Unablässig waren drei Finger der rechten Hand beschäftigt, eine der vielen Strähnen aus dem Gesicht zu streichen.

»Schön, daß Sie mal vorbeikommen, Doktor!« rief er, nachdem sich seine erste Überraschung gelegt hatte.

Weller war gerade dabei, eine Kompostmiete umzustoßen, ein Gemisch aus verrottetem Laub und Kuhdung. Carlsson dachte an seine Pflanzen, die in einem ähnlichen Gemenge standen. Er fand den Mann vom ersten Moment an sympathisch, und er erinnerte sich auch sofort wieder an ihr Gespräch in seiner Ordination vor einiger Zeit. Der Doktor der Naturwissenschaften humpelte nur schwach auf dem rechten Bein. Das war die Geschichte, die eine Nachbehandlung nötig machte. Robert Carlsson hatte sich gestern noch einmal das Krankenbild angesehen, eine mittelschwere Operation, bei der im Grunde nichts schiefgehen konnte. Im Grunde...

Carlsson sagte: »Ich kam zufällig aus Richtung Cuxhaven, und da dachte ich, biegst mal schnell ab, und da bin ich.«

»Und wie sind Ihnen die letzten zweihundert Meter bekommen?« fragte Weller. »Ist es nicht ein neues Gefühl, einmal zu Fuß durch die frische Luft zu gehen?«

Robert Carlsson lächelte. »Ich hab' mir schon gedacht, daß Sie das Schild aufgestellt haben. Es ist sicher ein Privatweg zu Ihrem Hof?«

»Ja!«

»Und wie machen Sie es mit dem eigenen Wagen?«

»Ich besitze keinen!«

»Ach –!« Doktor Robert Carlsson war überrascht. »Und wie kommen Sie in das Werk?«

»Bis Himmelpforten mit dem Fahrrad, und von dort wie jeder vernünftige Mensch mit dem Bus.«

»Gibt es viele vernünftige Menschen?«

Doktor Detlev Weller stieß die Forke ins Erdreich, legte seine Unterarme auf den Handgriff und sah Robert Carlsson an. Er sagte: »Wenn die Menschheit in absehbarer Zeit ausstirbt, unfähig nämlich, sich veränderten Umweltbedingungen anzupassen und damit den Dinosauriern nicht unähnlich, wird es geschehen, weil sie, obwohl im Besitz von Vernunft, schließlich doch der ihnen ebenso eingeborenen Unvernunft nachgegeben hat.«

Schön an dem Doktor der Naturwissenschaften Detlev Weller waren die Augen. Die hatten das helle Blau der Küste, aber selten hatte Robert Carlsson Augen so leuchten sehen. »Ich bin mal wegen der Operation vorbeigekommen«, sagte der Arzt.

»Das habe ich mir schon gedacht, Doktor«, erwiderte Weller. »Und ich muß sagen, daß ich es kaum noch erwarten kann. Es wird immer beschwerlicher mit dem Bein.«

»Schrauben Sie Ihre Erwartungen nicht zu hoch, Herr Weller! Deshalb bin ich hier! In der amerikanischen Fachpresse sind einige Artikel aufgetaucht. Die betreffen die Operation, wie sie auch Ihnen bevorsteht. Man ist zu neuen Erkenntnissen gelangt, die heftig diskutiert werden. Das Für und Wider wogt hin und her. Und ich möchte erst weitere Ergebnisse abwarten.«

Kein Wort von dem entsprach der Wahrheit! Alles das log Doktor Robert Carlsson ins leuchtende Blau von Wellers Augen hinein. »Ich habe bereits drei ähnlich gelagerte Operationen abgesagt. Natürlich keine akuten Fälle, genau wie bei Ihnen. Und auch Sie, Herr Weller, können ruhig noch ein Jahr oder zwei abwarten, ohne daß sich Ihr Zustand verschlechtert.«

»Nein –!« Detlev Weller schrie es heraus. Er riß die Forke aus dem Boden, machte ein paar Schritte – plötzlich humpelte er stark –, wandte sich um. »Nein, Doktor, ich kann nicht länger warten! Ich habe mich innerlich eingerichtet auf die Operation, und ich habe Ihre Zusage! Mit dem Betrieb ist alles abgesprochen, die Familie hat sich darauf eingestellt. Das Krankenhaus, die ambulante Weiterbehandlung und anschließend die Ferien. Wir haben einen Plan für dieses Jahr, und den stoße ich nicht um, auch nicht wegen neuer Erkenntnisse. Seit zwei Jahren humple ich herum. Ich bin in meinen besten Jahren, ich will nicht länger warten!«

Doktor Robert Carlsson hatte nicht mit so massivem Widerstand gerechnet. Meistens sahen die Patienten eine Art Respektsperson in ihm, wenn er mit ihnen sprach. Dieser Weller schien mehr so etwas wie ein Partner zu sein. Er wußte nicht, wie er fortfahren sollte.

Weller fragte: »Oder stört es Sie, daß ich als Kassenpatient in Ihre Sprechstunde gekommen bin?«

»Reden Sie keinen Unsinn, Weller! Ich bin nicht geldgierig!« Carlssons Wut entlud sich in diesen beiden Sätzen.

»Verzeihen Sie, Doktor, es war nicht so gemeint. Außerdem habe ich von Frau Nielsen gehört.«

»Wieso? Wieso haben Sie von Frau Nielsen gehört?«

»Sie hat Verwandte im Kehdinger Land. Wissen Sie, wie man Sie in den Dörfern hierherum nennt? Man sagt, Sie seien der Duselburger Wunderdoktor.«

Robert Carlsson war verwirrt. Diese Art von Mundpropaganda war das letzte, das er brauchen konnte. Weller setzte sich zu dem Arzt auf den Holzstoß, und einige Minuten lang starrten sie schweigend in die Gegend. Carlsson wußte nicht, was er tun sollte. Er konnte dem Mann doch nicht sagen, daß Weller sich auf Wunsch eines Herrn Kruger zwar auf den Operationstisch legen, aber von dem nicht wieder aufstehen sollte. Das konnte er doch nicht sagen! Er hatte ja nicht den geringsten Beweis für die Mordabsichten aus der Chefetage der »Snyder incorporated«.

»Riechen Sie das, Doktor?« hörte er Weller neben sich. »Der Kompost duftet bis hierher.«

»Riecht nach Brot«, meinte Carlsson.

»Ja, genau! Auf meinen Boden kommt keine Handvoll

Kunstdünger. Sie ahnen nicht, was für ein Mißbrauch damit getrieben wird. Sie ernähren zwar die Pflanzen, aber was tun sie für die Krümelstruktur im Boden? Nichts! Und die Salze schwemmen aus, gehen in die Flüsse. Wissen Sie, daß es heute schon Flüsse gibt, die biologisch tot sind?«

Doktor Robert Carlsson hatte kaum zugehört. Verzweifelt fragte er sich, wie er den Mann von dieser Operation abbringen könnte. Statt dessen sagte er: »Sie sind ja wohl auch bei den Grünen Listen? Ich habe Wahlplakate gesehen. Rechnen Sie sich denn Chancen aus?«

Weller lächelte. »Nein, natürlich nicht! Aber man muß ein Zeichen setzen, nicht wahr? Die etablierten Parteien und die Wirtschaft sind ein Komplott eingegangen. Den Wirtschaftsleuten geht es um den Profit und den Politikern um die Erhaltung ihrer Macht. So kurbeln sie die Produktion weiter an, um Bedürfnisse zu befriedigen, wie sie sagen. Und das geben sie als Fortschritt aus. Aber es ist keiner, es ist horrender, selbstmörderischer Wahnsinn! Fortschreiten in den menschlichen Beziehungen, in den Gedanken, im Moralbewußtsein der Menschen, wo bleibt denn das alles?«

War der Mann ein Spinner, fragte sich Robert Carlsson, nichts anderes als ein liebenswerter Don Quichotte? Das konnte eigentlich nicht sein, denn Doktor Weller leitete die Forschungsabteilung in einem großen amerikanischen Konzern. Und Carlsson war bekannt, daß sich die Amerikaner nur die Besten aus dem wissenschaftlichen Nachwuchs herauspickten. Was war er dann? Ein Prophet? So einer, von denen die Bibel voll ist? Robert Carlsson würde es nicht ergründen. Dafür wurde ihm etwas anderes immer klarer. Er hatte tagelang gegrübelt, aber nun glaubte er auf einmal zu verstehen, weshalb dieser Doktor der Naturwissenschaften Detlev Weller ermordet werden sollte.

23

Robert Carlsson hatte keinen Blick mehr für das saftige Grün der Weiden links und rechts des Feldweges, der von Wellers Hof zur Straße führte. Er schaute nicht auf die zufriedenen schwarzweißen Kühe hinter den Gattern, achtete nicht auf das Blöken der Schafe, roch nicht den würzigen Duft von Vieh und Gras und Erde. Er dachte nur daran, daß den Doktor Detlev Weller nichts davon abbringen würde, sich von ihm operieren zu lassen. Nun könnte er Herrn Kruger noch eine Zeitlang hinhalten, bis der Termin endgültig heranrückte, ebensogut könnte er aber auch morgen zu Christine in die Alte Rabenstraße fahren, um ihr alles zu sagen. Sein Wagen stand noch so am Straßenrand, wie er ihn verlassen hatte. Er öffnete die Tür und setzte sich hinein.

Und dann zuckte er zurück, denn er merkte erst, daß sie da war, als er schon den Zündschlüssel eingesteckt hatte. Er fuhr herum. Sie saß ihm zugewandt und schaute ihn aus großen Augen an. Da hatte es in der vergangenen Woche kaum eine Stunde gegeben, in der er nicht an sie dachte. Aber wie sehr sie ihm im Blut steckte, das wußte er doch erst in diesem Augenblick.

»Eva –!« stammelte er.

Seine Hände hoben sich, und sie kam ihm entgegen. Sie sanken sich in die Arme und küßten sich. Sie wußten, welche Bewegungen sie machen und wie sie sich halten mußten, denn sie hatten in diesem Auto schon einschlägige Erfahrungen gesammelt.

»Ich liebe dich!« flüsterte er an ihrem Ohr.

Er spürte, wie ihr Körper immer enger an seinen kam. Und dann begann sie zu weinen. Die Tränen liefen an ihrer und seiner Wange herunter, tropften auf seinen Hemdkragen, liefen ihm zur Halsöffnung hinein. Er war sehr glücklich darüber. Es schien ihm wie ein alles reinigender Gewitterregen.

Er sagte: »Nicht weinen, Liebes, bitte hör auf!«

»Aber ich bin doch nur so verdammt glücklich!« schluchzte sie. Und auf einmal begann sie zu lachen. Weinen und Lachen vermischten sich. Dann ging auch dieser Anfall vorüber, und sie sagte ziemlich ruhig: »Weißt du, was inzwischen passiert ist, Robert? Nein, du weißt es nicht, und ich werde es dir sagen. Wir sind über den Berg! Ich habe die Beweise, weshalb man Weller umbringen will. Ab heute kann uns Kruger nicht mehr so viel!« Sie schnipste mit den Fingern. »Nichts kann er uns mehr, überhaupt nichts!«

Er hörte ihre Worte, aber er nahm den Inhalt kaum auf. Er hielt sie in den Armen und fühlte eine Art euphorischer Leichtigkeit. Plötzlich glaubte er, sie könnten alle Schwierigkeiten meistern, einfach dadurch, weil sie wieder zusammen waren. Und dann begann auch er zu lachen. Er drehte den Rückspiegel in ihre Richtung, damit sie ihr Gesicht sah. Der Gewitterregen hatte das Make-up weggeschwemmt. Sie begann, in ihrer Handtasche zu kramen, holte Kleenextücher und Farben und Pinsel und Lippenstift hervor.

»Wie hast du mich gefunden, Eva?« fragte er, während er ihr zuschaute.

»Du hast wohl den VW-Käfer gesehen, der dich in der letzten Woche begleitete«, meinte sie gelassen.

Er stotterte: »Der... kam von dir?«

»Natürlich!«

»Aber wieso?«

Sie zog gewissenhaft ihren Lidstrich. »Weil ich beschlossen habe, dich nie mehr aus den Augen zu lassen!«

Er lächelte. »Aber Eva! Dieser VW ist doch gar nicht in der Lage, einen anderen Wagen zu verfolgen.«

»Deine Fahrten gingen zwischen Wohnhaus und Klinik hin und her, und dafür reichte es.«

»Und heute? Da hatte dein junger Mann doch wirklich nicht die geringste Möglichkeit!«

»Aber ja, Robert! Für unsere Zwecke ausreichend, denn er brauchte nur deine Richtung zu wissen. Du fuhrst zur Bundesstraße 73, und damit war klar, daß du zu Weller wolltest. Er rief mich aus Altendorf an, und schon bin ich zur Stelle!«

Robert fragte: »Und was ist mit den Beweisen? Weshalb kann uns Kruger nichts mehr?«

Sie war fertig mit ihrem Make-up und sah ihn aus strahlenden

Augen an. »Alles zu Hause, Robert! Du hast heute und morgen frei, weißt du das eigentlich? Du hast nicht einmal Bereitschaftsdienst!«

Er schüttelte den Kopf. »Die Vorstellung, mit einer Detektivin meine Tage zu verbringen, richtet mich seelisch zugrunde. Natürlich hast du Frau Kuhlmann angerufen!«

»Natürlich!«

»Und sie hat dir meinen Zeitplan gegeben!«

»Sie mag mich eben.«

»Sie hat einen Blick für Menschen.«

»Wie ich!«

Er lachte. »Zwei freie Tage, Eva, laß uns bloß schnell nach Hause kommen!«

Er wendete den Wagen, und sie fuhren über Basbek zur Autofähre an der Elbe zurück. Als sie in Wischhafen eintrafen, stellten sie fest, daß sie erst in einer Stunde hinüber konnten. Sie hatten beide kein Mittag gegessen, aber sie spürten auch nicht den geringsten Hunger. Sie stiegen wieder ins Auto und rollten in Richtung Krautsand. Dort kamen sie nah ans Elbufer heran. In Sichtweite des Stromes hielten sie an. Sie blieben sitzen, und sie rutschte herüber zu ihm.

Drüben auf der anderen Flußseite, die er nur schemenhaft erkennen konnte, lag Strohdeich. Dort gab es eine scharfe Linkskurve. Und einen Seitenweg, der zu einer abgelegenen Stelle am Ufer führte. Er mußte an Hettie denken. Heute war dieser Sonnabend nach Pfingsten, der zwanzigste Mai. Sie würde endgültig wissen wollen, wie er sich entschieden habe. Hettie war bei allem ein ungelöstes Problem!

»Nachdem ich aus München zurückkehrte, habe ich mit einem Mitarbeiter aus Wellers Forschungsgruppe Kontakt aufgenommen«, hörte er Eva sagen. »Der Mann hat in letzter Zeit eine bedenkliche Entdeckung gemacht. Ihm untersteht die Kontrolle des Abwassers im Werk. Die Befunde kamen mehrmals an, immer in bestimmten Abständen. Da er sie nicht deuten konnte, ging er damit zu seinem Chef. Weller nahm ihm das Zwischenergebnis aus den Händen. Dann zog er eine neue Probe und machte die ganze Untersuchung noch einmal von vorn und führte sie weiter. Dies nun allerdings hinter verschlossenen Türen. Über das Resultat erfuhr der Mitarbeiter nichts. Weller teilte ihm nur mit, der Mann habe sich bei seiner anfänglichen Untersuchung geirrt, Weller selbst sei zu einem anderen, harmlosen Ergebnis gekommen.«

»Das war gelogen?«

»Ja.«

»Und was ist mit Wellers Ergebnis? Ist es so schlimm?«

»Es könnte gar nicht brisanter sein!« Eva machte eine Pause und sah Carlsson an.

»Nun spann mich nicht auf die Folter«, meinte er ungeduldig.

Sie sagte endlich: »Die ›William Snyder incorporated‹ hat kanzerogene Stoffe in die Elbe gelassen!«

»Krebsverursacher?«

»Ja!«

»Das ist wirklich schwerwiegend!« Robert Carlsson blickte auf den träge dahingehenden Strom.

Eva fuhr fort: »Und es sieht danach aus, als ob sie auch jetzt nicht damit aufhören wollten! Nachdem Weller seine Untersuchung beendete, hat er sorgfältig die Vorgeschichte recherchiert. Dann hat er sich hingesetzt und einen Bericht gemacht. Der liegt mir vor!«

»Wie?« fragte er verwirrt. »Wie kann dir der vorliegen?«

»Ich habe ihn eben!« Sie sah ihn siegesbewußt an. Dann öffnete sie ihre Handtasche und holte eine winzige Filmspule hervor.

»Darauf ist er abgelichtet!« Sie nahm seine Hand, legte den Film hinein und schloß die Finger darüber.

»Wie bist du an das Ding gekommen?«

»Aber das ist doch im Moment unwichtig!« Sie erkannte die Schatten auf seinem Gesicht. »Später werde ich dir alles erklären, Robert! Wie du dir denken kannst, ist es keine sehr schöne Geschichte.«

Er öffnete die Hand und starrte auf die Filmspule. Er hätte nun wohl erleichtert sein müssen, aber seltsamerweise war er es nicht.

»Begreifst du nicht, daß uns Kruger nicht mehr erpressen

kann? Das ist doch wichtig, und nicht, wie ich daran gekommen bin.«

Sie nahm ihm die Spule aus der Hand und tat sie in seine Jakkentasche. Sie beobachtete ihn und sah, wie er sich innerlich einen Ruck gab.

»Entschuldige!« sagte er nach einer Weile.

»Ich bin ganz froh darüber, wie du reagierst. Weißt du, daß ich mir immer einen Mann wie dich gewünscht habe?«

Er versuchte, seine Verwirrung zu überwinden, und fragte sachlich: »Weißt du schon, was in diesem Bericht drinsteht?«

»Ja! Obwohl ich zugeben muß, daß ich das wenigste davon verstehe. Aber soviel ist klar: Es geht um eine neue Technologie, die sie bei den Snyders einführen wollen. Dabei soll ein Aluminium herauskommen, das alle Rekorde bricht. In der Konzernleitung nennen sie es das ›Wunder-Alu‹. Sie sind sicher, daß es die Snyder-Tochter aus den roten Zahlen herausholen wird. Nun hat aber Weller recherchiert, daß sie im Stammwerk in den USA mit ebendieser Technologie eine Bauchlandung gemacht haben. Dort hat sich sofort die Umweltbehörde eingeschaltet und einen Stopp des Verfahrens auf amerikanischem Boden erwirkt.«

»Wegen der kanzerogenen Stoffe im Abwasser?«

»Zweifellos! Sie erreichen nämlich die neue Qualität, soweit ich das verstehe, durch eine spezielle Beschichtung des Metalls. Und das geschieht während des Ziehprozesses. Da wird das Aluminium durch Bäder mit verschiedenen organischen Verbindungen gezogen. Und die nicht gebundenen Anteile, die jene kritischen Stoffe enthalten, werden mit dem Wasser herausgelöst, passieren auch die werkseigenen Klärbecken und gehen in die Elbe.«

»Schwer zu verstehen«, sagte er.

»Ja, natürlich! Ich habe den Bericht dutzendemal gelesen und bin auch nicht viel klüger. Aber eines ist sicher! Wer ihn hat, hält eine Ladung Dynamit in den Händen. Die kann den Konzern hochgehen lassen.«

Robert Carlsson blickte auf die Elbe. Fast konnte man meinen, sie hätten ein Stück unberührter Natur vor sich. In diesen

Minuten sahen sie nicht einmal ein Boot auf dem Strom. Und es war sehr still. Bis zur Flußmündung konnten es nur noch etwa dreißig Kilometer sein. Was machten auf dieser kurzen Strecke schon ein paar krebserregende Stoffe aus, hatten sie wohl in der Konzernleitung gedacht. Auf einmal kam ihm der Doktor der Naturwissenschaften gar nicht mehr wie ein Don Quichotte vor.

»Weller hat seinen Bericht der Konzernleitung vorgelegt«, sagte Robert nachdenklich. »Nur so kann es sein! Er muß verlangt haben, daß man das neue Verfahren vom Programm absetzt. Was auf amerikanischem Boden nicht sein darf, soll auch auf deutschem nicht geschehen!«

Eva nickte. »Zuerst versuchten sie, ihn von hier wegzuloben. Sie boten ihm im Stammwerk eine noch bessere Stellung an. Aber er lehnte ab, weil er seine Kinder an diesem Fluß aufwachsen sehen will. Sagte er. Aber im Grunde mißtraut er wohl einfach der Konzernleitung. Sie haben das Verfahren zwar gestoppt, aber was wird geschehen, wenn er von hier fortgeht?«

»Und da er es freiwillig nicht tut, versuchen sie es auf andere Weise!« Er sah Eva zweifelnd an. »Aber Mord?«

Sie erwiderte: »Nicht Mord, Robert, sondern Herzversagen oder was in der Art auf dem Operationstisch! Es geht doch nicht raffinierter, wenn sie dich dazu gebracht hätten. Und eines darfst du auch nicht vergessen! Sie haben die Krebserreger hier bereits ins Wasser gelassen, und zwar wissentlich! Sie kannten die einschlägigen Erfahrungen aus ihrem Stammwerk. Und in den vergangenen Jahren hatten sie schon eine Kette von Prozessen mit den Umweltschützern, damals ging es um Fluor! Was meinst du, was passiert, wenn von dieser Sache etwas an die Öffentlichkeit dringt?«

Carlsson sagte: »Weller ist bei den Grünen Listen, er kandidiert für die!«

»Das kommt hinzu. Bisher hat er zum Werk gehalten, aber können die seiner sicher sein? Nein, sie müssen ihn loswerden!«

»Wirst du Kruger den Weller-Bericht auch von deiner Seite zukommen lassen?«

»Eine Kopie davon!« Sie sah ihn lächelnd an. »Und nicht nur

die! Ich habe den Mann auf verschiedenen Bändern. Da wird deutlich, wie er dich in die Sache hineinziehen wollte. Wenn er die Niederschriften davon gelesen hat, wird er dich in Ruhe lassen, Robert, da bin ich sicher. Du wirst von diesem Kruger niemals wieder etwas hören.«

Schon seit einer Weile dämmerte es Robert Carlsson, daß Eva dabei war, ihn aus einer akuten Gefahr zu retten. Eine Frau tat das für ihn! Das kam ihm unwahrscheinlich vor, und die tiefere Bedeutung konnte er auch noch gar nicht erfassen. So verlor er sich in Nebensächlichkeiten. »Das Abhörgerät bei mir im Haus«, meinte er zögernd. »Das stammt also wirklich von dir?«

»Aber Robert! Die Geräte habe ich zu einer Zeit angebracht, als ich noch nicht wußte, wie es um uns steht.«

»Die Geräte? Also mehrere?«

»Du hast nur das Ding hinter dem Schreibtisch gefunden?« Er nickte.

»Dein Wohnbereich ist viel zu weitläufig. Es gibt noch eins hinter der Liege, bevor man zur Bar kommt.«

»Und der Tonträger?«

»Befindet sich im Weinkeller.«

»Hätte ich doch sehen müssen. Ich habe erst kürzlich...«

»Du trinkst keinen Rotwein, nicht wahr?«

»Das stimmt allerdings.«

»Ich merkte es an den Spinnweben in den Regalen.« Sie sah das tiefe Unbehagen auf seinem Gesicht und fuhr beschwörend fort: »In zehn Minuten sind die Dinger abmontiert, Lieber, und dann ist das alles für uns vorbei!«

Er spürte ihre Zuneigung, und da gelang es ihm endlich, sich zu überwinden. Er begann zu lächeln.

»Bleibt deine frühere Frau?« fragte sie.

»Vielleicht gibt sie sich mit Geld zufrieden, mit viel Geld...«

»Und wenn nicht?«

Darauf mochte er nicht antworten. Er dachte an Hettie und an ihren angekündigten Besuch heute abend.

»Es gibt noch eine Möglichkeit«, hörte er Eva sagen.

»Und welche?«

»Du gehst zur Polizei und machst reinen Tisch! Es ist ein schwerer Weg, und er hat Konsequenzen, aber danach bietest du keine Angriffsfläche mehr!«

Minutenlang blieb es still. Dann sagte er mit leiser Stimme: »Ich möchte es Christines wegen nicht tun.«

»Christine wird für alles Verständnis haben, was ihren Vater anlangt, Robert, nur für eines nicht: Sie wird dir nicht verzeihen, wenn du dich vor deiner Verantwortung drückst.«

Wieder entstand eine lange Pause. Dann fragte er: »Und du, Eva, was möchtest du?«

»Ich möchte, daß du dich stellst!«

»Und danach?«

»Ich werde bei dir sein, Robert, ich steh' es mit dir durch!«

24
Niederschrift nach vorliegender Tonkassette
G 5/MR 11 T/30-4-78, 19. 5. 78, 14 Uhr 00
(Die Abhöranlage wurde im Appartement 727 installiert)

Hänschen: Ganz erstaunlich, wie Sie auf meinen Namen gekommen sind.

Kruger: Unsere gemeinsame Freundin brachte mich darauf.

Hänschen: Marlies Rohr?

Kruger: Ja.

Hänschen: Na, nicht doch! Das denn doch nicht –! Wie –?

Kruger: Natürlich nicht so direkt, nicht mit Namen und Anschrift, aber für einen, der zuhören kann, deutlich genug. Sie recherchierte ja am Anfang Wellers Vergangenheit für uns. In diesem Zusammenhang erzählte sie mir, daß er bei der Ermordung von Benno Ohnesorg in dessen Nähe gestanden habe. Zwar habe er an den Umtrieben anläßlich des Schah-Besuchs keinen aktiven Anteil gehabt, sei aber mit aufgegriffen worden und so in den Computer gekommen. Und da sei er bis heute dringeblieben. Wieso wußte Frau Rohr davon, fragte ich mich, und um welchen Computer konnte es sich schon handeln? Also, ich bitte Sie! Nun habe ich ganz gute Verbindungen nach Washington, und so bekam ich Ihren Namen herübergekabelt.

Hänschen: Schön und gut! Nur weiß ich nicht, wie ich Ihnen weiterhelfen kann.

Kruger: Sie sollen mir nicht helfen, mein Freund! Ich hielt es für nötig, Sie von den Vorgängen zu unterrichten. Und vielleicht wäre es nicht schlecht, wenn wir darauf einige mögliche Varianten durchspielten. Okay?

Hänschen: Okay!

Kruger: Zunächst die Fakten! Sie fuhr nach München, um über einen gewissen Doktor Robert Carlsson zu recherchieren. Sie kam am vierundzwanzigsten April von dort zurück. Mit einer Verspätung von vierzehn Tagen nahm sie endlich Kontakt mit mir auf. Sie gab den Auftrag zurück! Einen Auftrag, der überdurchschnittlich hoch honoriert werden sollte. Sie sagte mir, sie sei nicht fündig geworden, und sie könne nicht ein Dutzend weiterer Universitäten aufsuchen. Das führe zu nichts.

Hänschen: Ja, ich weiß. Wir haben auch nichts über diesen Arzt, ganz merkwürdig. Ich nannte ihn einen Mann ohne Spur.

Kruger: Ich kann Sie auf seine Spur setzen, mein Freund! Er hieß ursprünglich Roland Carl. Umstände zwangen ihn, diesen Namen zu ändern. Sie erfanden einen Kunstnamen für ihn. Da kam seinerzeit ein gewisser Perlsson um, der gerade aus den Staaten heimgekehrt war. Dessen Paß nahmen sie her und änderten zwei Buchstaben darin – »C« und »a«. Inzwischen ist dieser gefälschte Paß längst gegen einen neuen, echten auf den Falschnamen Carlsson ausgetauscht worden.

Hänschen: Tolle Geschichte!

Kruger: Es kommt noch besser! Unsere gemeinsame Freundin ist in München sehr wohl fündig geworden. Und später in Grafingen, das ist so ein Nest in Bayern, hat sie auch brav die Hintergründe recherchiert, die die Namensänderung des Roland Carl notwendig machten. Dieses Wissen hielt sie jedoch zurück. Trotz des sehr hoch angesetzten Honorars. Was kann das wohl bedeuten?

Hänschen: Das Honorar reicht ihr nicht. Sie meint, sie könnte eines Tages mehr von Ihnen bekommen.

Kruger: Trauen Sie ihr das zu?

Hänschen: Was weiß man schon von den Menschen –?

Kruger: Ja, sicher! Und was kann noch dahinterstecken?
Hänschen: Ich bin überfragt.
Kruger: Ich auch. Aber ich halte die Entwicklung für brandgefährlich. Deshalb ließ ich sie auch beobachten. Die Frau ist wirklich nicht schlecht. Leider konnte ich nur zwei Männer einsetzen, ein bißchen wenig, um einen Profi zu beschatten. Und das ist sie wirklich, denn sie hatte die beiden Schatten bald erkannt und abgehängt. Seitdem ist sie verschwunden. Sie tauchte weder in ihrem Büro noch in ihrer Wohnung auf. Sie ist einfach weg.
Hänschen: Es scheint mir tatsächlich gefährlich zu sein.
Kruger: Genau das ist es, was ich Ihnen die ganze Zeit über begreiflich machen möchte. Wollen wir aber erst einmal ins Restaurant hinuntergehen, ich habe noch kein Mittag gehabt. Und wie ist das mit Ihnen?
Hänschen: Ich auch nicht.
Kruger: Sehen Sie mal an! Ich denke mir, wir können auch beim Essen weiterreden...

Sie hörten das Band mitten auf der Elbe, eingezwängt zwischen anderen Fahrzeugen, die ebenfalls mit der Autofähre übersetzten. Sie hatten die Wagenfenster hochgekurbelt, damit nichts von den Stimmen nach außen dringen konnte. Auf dem Fährdeck blickten sie in lachende Gesichter, aber ihnen war nicht nach Lachen zumute.

»Und wohin bist du verschwunden?« fragte Robert Carlsson.

»Ich habe für ein paar Tage in der Maria-Louisen-Straße gelebt, in Evas Wohnung.« Sie deutete gegen den Recorder. »Sie tun so, als seien sie supergescheit, diese Fatzken, aber so weit her ist es nicht mit ihnen!«

Doktor Robert Carlsson sah recht besorgt aus. »Immerhin weiß nun auch der andere über meine Identität Bescheid.«

»Auch dieser Herr wird eine Kopie sämtlicher Bandniederschriften bekommen«, antwortete sie. »Daraufhin wird auch er seinen Mund halten. Diese Aufzeichnungen sind unsere Lebensversicherung, Robert. Wir müssen sie nur schleunigst alle in unsere Hände bringen.«

»Was denn? Du hast sie gar nicht?«

»Ich habe sie zum Teil bei mir, die meisten sind aber in meinem Büro.«

»Du willst doch nicht etwa sagen, daß du dieses wichtige Zeug in deinem Büro aufbewahrst?«

»Na, nicht doch!« Sie lachte vergnügt. »Die Kassetten sind in einem Schließfach auf dem Hauptbahnhof. Aber der Schlüssel dazu, der befindet sich tatsächlich in meinem Büro.«

»Wir müssen ihn noch heute herausholen!«

»Ja, das wäre wirklich gut.«

»Ich mach' es! Ich setze dich nur schnell zu Hause ab, und dann sause ich nach Hamburg rüber.«

Von jetzt an schwiegen sie, denn Robert Carlsson mußte sich konzentrieren. Die Autofähre hatte festgemacht, und die ersten Fahrzeuge rollten vom Deck herunter. Carlsson schloß sich an. Sie begleiteten die Wagen ein Stück, die meisten nahmen die Richtung nach Hamburg, dann bogen sie hinter dem Marktplatz ab. Als sie durch stillere Straßen fuhren, fragte er: »Wo hast du den Schließfachschlüssel versteckt?«

Sie antwortete: »Der Schlüssel an der Verbindungstür von meinem Büro zum Vorzimmer steckt von meiner Seite. An diesem Schlüssel befindet sich ein Ring, und daran hängt noch ein zweiter.«

»Ja, und?«

»Der ist es!«

»Der zum Schließfach?«

»Ja!«

Er warf einen Blick zu ihr hinüber. »Bist du denn zu retten, Eva?«

Sie erwiderte lächelnd: »Hör mal, Robert, du magst dich in den Leibern der Menschen auskennen, ich tue es in ihren Köpfen. Die offenen Verstecke sind die besten.«

»Du meinst, über die man sozusagen stolpert?«

»Ja, man erkennt sie nicht als Versteck.«

Das gab ihm zu denken. Erst nach einer Weile meinte er: »Ich werde für den Rest meines Lebens auf der Hut sein müssen vor dir!«

Sie antwortete nicht darauf, lachte nur leise. Er legte die rechte Hand hinüber auf ihr Knie, und da ließ er sie liegen, bis sie in die Grundstückseinfahrt einbogen. Als sie vor der Haustür anhielten, zeigte die Uhr am Armaturenbrett genau sechzehn Uhr. Sie gingen in die Küche, und Eva machte ihnen ein Butterbrot zurecht. Dazu tranken sie ein Glas Milch. Sie blieben gleich in der Küche, saßen auf dem Tisch beim Fenster und ließen die Beine baumeln.

»Merkwürdig!« meinte er kauend.

Und sie: »Was ist merkwürdig?«

»Daß Kruger nicht über uns beide Bescheid weiß.«

Sie meinte geringschätzig: »Diese Geheimdienstärsche kennen sich in der höheren Mathematik aus, glauben sie, aber zwei und zwei zusammenzählen, das können sie nicht. Außerdem beobachteten Krugers Leute mich erst seit kurzem, und auch da nicht für lange Zeit. Du hast es ja von ihm selbst gehört: Ich bin ein Profi!« Sie schaute ihn lächelnd an, aber er erwiderte es nicht. Statt dessen fragte er: »Warum schickte Kruger überhaupt seine Leute hinter dir her?«

Darauf antwortete sie nicht.

»Du hast den gleichen Gedanken?« fragte er weiter.

»Kann schon sein.«

»Er will dich haben!«

»Ja, sicher!«

»Du bist Mitwisserin...«

Sie legte ihm einen Arm um die Schulter und sagte beruhigend: »Warte nur, bis der Mann die Tonbandniederschriften gelesen hat.«

»Er hat keine Ahnung, daß es solche Mitschnitte von Gesprächen zwischen euch gibt?«

»Doch, doch! Er hat mich sogar mal mit einem Sender erwischt, das war zu einem frühen Zeitpunkt unserer Geschäftsverbindung. Aber natürlich weiß er nichts von der Wanze in seinem Appartement. Und er ahnt nicht, daß ich den Weller-Bericht habe.«

»Mir ist gar nicht wohl bei allem!« sagte er.

»Laß ihn nur erst das alles lesen, Robert, da wirst du sehen, daß er unser Leben wie seinen Augapfel hüten wird. Und dasselbe trifft dann auch auf Weller zu. Kruger wird dich geradezu anflehen, nur hübsch vorsichtig zu sein bei der Operation.« Sie begann laut zu lachen bei dem Gedanken.

Er sagte: »Wir werden die Bänder bei einem Anwalt hinterlegen.«

»Natürlich!« erwiderte sie gutmütig.

»Trotzdem, mir ist alles andere als wohl!« Er schaute sie besorgt an. »Wir haben uns eine Woche nicht gesehen, Eva! Ich möchte, daß du mich nach Hamburg begleitest!«

Sie legte ihm beide Hände auf die Schultern. »Du hast Angst um mich, Robert?«

»Ja.«

Sie lächelte. »Ich liebe dich!«

Er zog sie an sich und küßte sie. »Warum sollten wir überhaupt nach Hamburg reinfahren«, sagte er dann. »Morgen ist schließlich auch ein Tag.«

»Wir wollen nicht unvernünftig sein, Robert, schließlich liegt ein langes Leben vor uns. Ich habe ein Gefühl, als ob Kruger meinem Büro einen Besuch abstatten wird, um nach den Tonbändern, von denen er ahnt, zu suchen. Und der günstigste Zeitpunkt wäre natürlich das Wochenende für einen Einbruch. Deshalb wäre es schon wichtig, wir holten den Schlüssel noch heute heraus.«

Er seufzte. »Na schön, dann aber los!« Er zog sie mit sich fort.

Aber in der Diele stoppte sie ihn. »Es ist reiner Schwachsinn!«

»Was –?«

»Du kannst in zwei Stunden zurück sein?«

»Leicht!«

»Was soll ich da mitkommen?« fragte sie. »Ich könnte unterdessen ein Bad nehmen. Anschließend würde ich die Tiefkühltruhe inspizieren und uns ein Essen zaubern.«

Er wußte nicht, was sie tun sollten. Alles, was sie sagte, klang vernünftig. Und sie hörte nicht auf, über seine Besorgtheit zu lachen. Da pfiff er schließlich auf das ungute Gefühl, aber er nahm sie bei der Hand und stieg mit ihr bis zur zweiten Etage hinauf. Dort rüttelte er an den Klinken zu Frau Peters' Wohnung. Alle Türen waren abgeschlossen, auch die zu den Gästezimmern. Die Schlüssel steckten von außen. Im ersten Stock gingen sie durch die Zimmerflucht der Schlafräume. Er öffnete Schränke und guckte unter Betten. Evas Lachen wurde immer lauter. Er nahm sie auch mit durch den Wohntrakt. Natürlich fand er nichts und niemanden. Er hatte es auch nicht erwartet. Trotzdem beruhigte es ihn. Und ein zusätzliches Gefühl der Sicherheit gab es ihm, als er vor den Türen zum Garten die schweren Rolladen herunterfahren ließ. Er konnte sich nicht vorstellen, daß sich jemand an den metallgefaßten schweren Doppelfenstern versuchen würde. Dafür machte er noch einen Rundgang durch den Keller und kontrollierte die Eisentüren. Alles hatte seine Ordnung. Diesmal war sie oben geblieben, und als er zurückkam, sah er sie immer noch lachen.

»Amüsier dich nur!« meinte er. »Am Montag lass' ich eine Alarmanlage einbauen, die sich gewaschen hat. In der Truhe muß eine Lammkeule liegen.«

»Die taut nicht auf bis dahin. Außerdem ißt man grüne Klöße dazu, und das dauert zu lange. Kennst du grüne Klöße, Robert?«

»Nein.«

Sie kam dicht an ihn heran. »Da siehst du mal, wie du an den Besonderheiten dieses Lebens vorbeigegangen bist.«

»Auf dem Hauptbahnhof?«

»Ja, das Schließfach einhundertelf. Das wirst du dir wohl merken können?«

»Gerade so!«

»Das Geschäftshaus ist Raboisen, Ecke Gertrudenstraße. Das Büro liegt im vierten Stock, Nummer vierhundertvierzig. Komm bald zurück!«

»In zwei Stunden!«

»Fahr vorsichtig!«

»Natürlich.«

»Nimm niemanden per Autostop mit, besonders keine hübschen jungen Mädchen.«

»Nein.«

»Denke daran, daß du jetzt eine Frau hast, die sich Sorgen um dich macht.«

»Ja.«

»Und die auf dich wartet.«

»Tschüs!«

»Mach's gut, mein lieber Robert!«

Das waren die letzten Worte, die er je von ihr gehört hat.

25

Doktor Robert Carlsson war schon vor einer ganzen Weile herübergekommen und hatte sich neben die tote Eva gesetzt. Ihm wurde nicht mehr bewußt, daß sie in Wirklichkeit so ja nicht geheißen hatte. In seiner Vorstellung würde sie es immer bleiben. Es war ein glücklicher Augenblick gewesen, als er sie auf der anderen Flußseite in seinem Auto fand. Und eine beschwingte Fahrt, als er sie nach Haus zurückbrachte.

Robert spürte, wie ihn zu frösteln begann. Er stand auf, ging in die Diele und holte seinen Mantel. Die Klimaanlage hatte den Raum, in dem sie lag, inzwischen ganz ausgekühlt. Er kam zurück und setzte sich wieder neben sie. Ihm war nicht mehr unheimlich in ihrer Nähe. Er fühlte sich nur sehr müde. Und allmählich drang auch der Schmerz in sein Bewußtsein. Kruger hatte die Niederschrift eben noch nicht gelesen, dachte er, und so hatte er sie umgebracht. In den letzten Stunden, bevor ihre Lebensversicherung in Kraft treten sollte.

Und auch dieser Mord, dachte er weiter, war schließlich auf jene Nacht von Grafingen zurückzuführen und ohne die Unglücksoperation nicht denkbar. Wieder einmal hatte ihn diese Tat eingeholt. Als er Jahre darauf seinen Namen änderte, geschah es für Christine, hatte er sich immer wieder gesagt. Aber es stimmte nicht! Mehr noch tat er es für sich selbst. Er glaubte die Last nicht länger ertragen zu können. Deshalb hatte er seine Identität geändert. In diesen Minuten, als er in Evas Gesicht blickte, begriff er endlich, daß er nicht länger davonlaufen konnte. Aber gleichzeitig wünschte er, daß Kruger für alles büßen sollte.

»Laß nur, Eva, ich mach' das schon!« murmelte er und stand auf. Er schlurfte hinüber in den anderen Raum zum Schreibtisch und zum Telefon. Es gelang ihm kaum, die Beine zu heben. Es hatte sich so viel ereignet an diesem Tag, so verdammt viel!

Er war schnell bis nach Hamburg gekommen, und er fand das Geschäftshaus an den Raboisen. Er kriegte auch einen Parkplatz direkt davor; es war ja Wochenende. Er fuhr mit dem Fahrstuhl in den vierten Stock hinauf. Und als er vor der Bürosuite mit der Nummer 440 stand, begriff er, daß sein ungutes Gefühl nicht getrogen hatte. In das Büro war eingebrochen worden. Er stieß die Tür weiter auf. Im ersten Augenblick zögerte er, weil er dachte, der Einbrecher könnte noch drinnen sein. Aber dann überwand er sich. Es sah schlimm aus in den Räumen. Das Vorzimmer und das Büro waren durchwühlt worden. Schranktüren standen offen, ein hohes Regal lag umgestürzt, die Ordner daraus verstreut. Den Fußboden in beiden Räumen bedeckte eine Flut von weißem bedrucktem, beschriebenem und leerem Papier. Der Einbrecher hatte nicht gefunden, wonach er suchte, und als ihm das klar wurde, schien sich sein Jähzorn entladen zu haben. Man sah es an zerbrochenem Geschirr und zertrümmerten Blumenvasen. Die Blumen lagen auf dem Boden inmitten dunkler Flecke, wo das Wasser in den Spannteppich gesickert war. Hinter dem Schreibtisch in Evas Büro ruhte eine ungemein häßliche Plastik auf einem Piedestal und schaute voller Hochmut auf dieses Sodom. Robert Carlsson wiederum blickte verwirrt auf das Gebilde von Metall und Glas und Email und wußte nicht, was es darstellen sollte. Der Schlüssel steckte übrigens unangetastet von der Büroseite her in der Tür. An dem Schlüssel befand sich ein Ring, und daran hing noch ein zweiter. Akkurat so, wie Eva es vorausgesagt hatte. Er war voller Bewunderung für sie. Er zog den Schlüssel ab und machte, daß er davonkam. Er holte die Tasche mit den Tonbändern vom Bahnhof und fuhr nach Duselburg zurück.

Als er dann vor ihrer Leiche stand, rief er mehrmals: »He, Eva, aufwachen! Eva, steh doch auf, ich bin zurück!«

Völlig unsinnig, denn er sah, daß sie tot war. Das erkannte er mit einem Blick. Schließlich war er Arzt. Und ein leichter Druck seiner Finger gegen die Halsschlagader bestätigte es ihm. Aber er wollte es nicht wahrhaben. Und deshalb rief er sie an. Mehrmals! Und dann geschah etwas höchst Merkwürdiges mit ihm. Plötzlich begann sich das Bild seiner Tochter Christine zwischen ihn und Eva zu schieben. Er könnte für die arme Frau auf der Liege nichts mehr tun, dachte er, nun müsse er alles unternehmen, seine Tochter zu schützen.

Ihm wurde bewußt, daß er schon eine Weile lang auf dem Schreibtischrand saß und den Telefonhörer in der Hand hielt. Er hörte das Freizeichen. Weshalb hockte er eigentlich hier? Er wollte jemand anrufen, aber wen? Dieser Kruger ging in Evas Büro, durchsuchte alles, und nachdem er nichts fand, kam er hierher. Eva hatte ihn unterschätzt, denn der Mann konnte sehr wohl zwei und zwei zusammenzählen. Warum hatte er, Robert, vor ein paar Stunden nur nicht seinem Gefühl vertraut und darauf bestanden, daß sie mit ihm nach Hamburg fuhr. Dann lebte sie nämlich noch.

Robert zündete sich eine Zigarette an, und dann kam ihm ein Gedanke. Auf einem der frühen Videobänder hatte der Geheimdienstmann, der Hänschen genannt wurde, Eva eine Telefonnummer gegeben, unter der er Tag wie Nacht zu erreichen sei. Er hatte die Nummer auf einem Stück Papier über den Schreibtisch geschoben, damit Eva sie auswendig lernte. Die Nummer war deutlich im Bild zu sehen gewesen. Anschließend sollte sie den Zettel vernichten. Eva hatte sich mokiert deswegen, und auch er hatte sich über die Geheimnistuerei amüsiert. Komisch, als er jetzt daran zurückdachte, lächelte er nicht mehr. Dieser Mann gehörte ja auch so einer Art Polizei an. Robert wollte das Band mit der Nummer heraussuchen und ihn anrufen. Die beiden arbeiteten schließlich jahrelang zusammen, und so konnte er wohl beanspruchen, daß er von dem Mord erfuhr. Und vielleicht würde er ihm raten, was am besten zu tun sei. Er fing an, zwischen den Videobändern und Tonkassetten herumzukramen. Aber mitten darin hielt er wieder ein, ließ alles liegen und richtete sich auf. Er hatte auf einmal eine neue

Idee. An seiner Sprunghaftigkeit merkte er, wie sehr er erschöpft war. Er machte eine vage, flatternde Geste zur Schiebetür hinüber und sagte: »Einen Moment noch, Eva, gleich! Gleich bin ich soweit! Gleich!«

Und dann lächelte er ein bißchen, denn da fiel ihm ein, daß es ihr nun mit nichts mehr eilig sein könne. Er stand noch sekundenlang im Arbeitszimmer, rauchend und mit törichtem Gesichtsausdruck, dann machte er auf dem Absatz kehrt und stieg in den Keller hinunter.

Er fand den Recorder sofort zwischen den Rotweinflaschen. Er entnahm ihm die Tonkassette und kam wieder herauf. Er tat sie in das Gerät, ging damit hinüber zu Eva und setzte sich neben sie. Er fand schnell die Stelle, auf die es ankam, und während er in ihr Gesicht schaute, drückte er auf den Abspielknopf.

Eva: Hallo –! Hallo, da ist doch jemand! Kommen Sie heraus!

Eva: Ich weiß, daß Sie da sind. Sie können also hervorkommen... Na, machen Sie schon!

Eva: Du... du bist es?
Hänschen: Ja, ich!
Eva: Wieso bist du hier?
Hänschen: Ich war schon vor euch da. Als du mit deinem Freund durchs Haus gingst, war ich dir einmal sehr nah, ich hätte dir glatt die Nase abbeißen können.
Eva: Was willst du?
Hänschen: Ich will, daß du aus dem Wasser steigst!
Eva: Ich bin ganz nackend.
Hänschen: Tu nicht so, als ob ich dich nie nackend gesehen hätte... Wird es nun bald, oder muß ich dich holen?

Hänschen: Na also, so ist es besser. Komm nur näher, du wirst doch keine Angst vor mir haben... Wo willst du hin?
Eva: An meine Kleider!
Hänschen: Du brauchst keine Kleider, setz dich da hinein!
Eva: Ich warne dich, er wird gleich zurück sein.

Hänschen: Er wird nicht unter zwei Stunden zurück sein, ich habe euren Abschied belauscht.

Eva: Was hast du noch gehört?

Hänschen: Das hat mir schon gereicht. Du bist doch wirklich ein selten dämliches Stück! Nicht nur, daß du dich in diesen Arzt vergaffst, das könnte man noch hingehen lassen, nein, sofort wirfst du auch alle Grundsätze über den Haufen. Du pfeifst auf ein Geschäft von zwanzigtausend Mark.

Eva: Du hast zweitausend verdient an der Geschichte.

Hänschen: Es hätten siebentausend sein müssen, wenn du richtig gearbeitet hättest.

Eva: Wie wäre es, wenn du mal auf dem Teppich bliebest? Du mußt in den letzten drei Jahren über fünfzigtausend Mark durch mich bekommen haben. Was willst du also noch?

Hänschen: Nichts! Ich kann wirklich nur bedauern, daß es damit aus sein wird.

Eva: Wie meinst du das?

Hänschen: Du willst aussteigen, nicht wahr? Du mußt aber wissen, daß man aus diesem Zug nicht aussteigt. Und noch einen Fehler hast du gemacht in deiner Blödheit! Du hast uns beiden eine Blöße gegeben, uns beiden, also auch mir. Und wenn man über alles hinweggehen könnte, darüber nicht! Du hast diesem CIA-Knilch Kruger etwas von unserem Computer vorgefaselt. Darauf hat der mit seiner Zentrale in Washington gekabelt, und die haben mich glatt herausgefischt. Im Zusammenhang mit dir, und das ist nun wirklich gefährlich.

Eva: Wieso denn CIA, was redest du da für einen Unsinn? Der Mann leitet den Sicherheitsdienst bei den Snyders.

Hänschen: Solche Leute laufen immer mehrspurig. Das ist dir völlig neu, wie? Halt, bleib stehen!

Eva: Du wirst damit nicht durchkommen!

Hänschen: Solange du lebst, sicher nicht!

Eva: Wenn du... laß mich... wenn du mir etwas antust... sie werden dich erwischen!

Hänschen: Aber nicht doch! Sie werden denken, dein Arzt hat es getan. Du hast ihn bespitzelt, werden sie herausfinden, und da hat er dich umgebracht.

Eva: Nein... nein –!

Hänschen: Ich... ich will dir nicht... weh tun, aber... aber... verflucht! Du sollst nicht...

Eva: Mo-Moment! Einen... Moment!

Hänschen: Was denn...

Eva: Hier... ist... einen Moment, ich krieg' keine Luft... Hier im Raum ist ein Abhörgerät. Alles, was du sagst, wird aufgezeichnet. Du wirst nicht davonkommen!

Hänschen: Und du glaubst, ich krieche dir auf diesen Leim? Du bist doch wirklich ein dummes Stück! Du weißt doch nicht einmal, wie man eine Wanze anbringt.

Eva: Nein... Hilfe... oh... Robert... hilf mir... Ro... hilf... Ro... Hilfe... oh... oh... a... ach...

Sie lag noch so da, wie ihr Mörder sie hatte fallen lassen. Gern hätte er eine Decke über sie gebreitet, um ihre Blöße zu bedecken. Das war übrigens sein erster Impuls gewesen, als er aus Hamburg zurückkam. Aber er wußte, daß er das nicht durfte. Nichts durfte in der Umgebung einer ermordeten Person verändert werden.

Was hatte er eben gedacht?

Er saß noch immer da und schaute in ihr Gesicht. Auf seinem Schoß lag der Kassettenrecorder, den hütete er, weil er die Stimme des Mörders enthielt. Kruger hatte es also gar nicht getan! Der war viel zu gescheit. Auf jeden Fall klug genug, um diesen anderen vorzuschicken. Aber wie gleichgültig war das alles! Jetzt, nachdem man sie umgebracht hatte!

Was hatte er eben gedacht? Er wollte gleich zu Anfang eine Decke über sie breiten und tat es nur nicht, weil nichts vor dem Eintreffen der Polizei verändert werden durfte? Ja, so war es gewesen. Und daran merkte er, daß er die tote Eva niemals hatte fortbringen wollen. Sein Unterbewußtsein mußte von Anfang an verständiger gewesen sein als er.

Dann stand er endlich auf und ging aus dem Raum. Er spürte die Tränen auf seinem Gesicht. Er konnte sie einfach nicht zurückhalten. Nur als er dann am Telefon die Nummer gewählt hatte und seine Stimme hörte, die ganz geschäftsmäßig klang, wunderte er sich darüber.

Er sagte: »Hier ist das Haus von Chefarzt Doktor Carlsson, Hinter dem Deich vier. Bitte, kommen Sie sofort! Hier ist ein Mord geschehen!«

Er legte den Hörer auf. Dann entnahm er dem Schreibtisch eine Pistole, für die er einen Waffenschein besaß. Er lud die Waffe durch und steckte sie in die Jackettasche. Es würde noch eine Weile dauern, bis die Polizei eintraf, und diesen Kassettenrecorder, den er unter dem Arm trug, würde er niemandem geben außer der Polizei. Sein Weg lag klar vor ihm. Eva hatte ihm geraten, mit seiner Vergangenheit reinen Tisch zu machen, und das wollte er tun. Christine würde ihm alles verzeihen, hatte Eva gesagt, nur eines nicht, wenn er sich vor seiner Verantwortung drückte.

Carlsson ging hinaus auf die Diele und knipste mehrere Schalter an. Darauf wurde es draußen taghell. Er schloß die Haustür auf, lief über den Kies zur Einfahrt und schob die Torflügel beiseite, damit die Fahrzeuge einfahren konnten. Als in der Ferne die Polizeisirene ertönte und schnell näher kam, blendeten die Scheinwerfer jenes Autos auf, das etwa fünfzig Meter von der Einfahrt entfernt parkte. Der Wagen stieß zurück und verschwand, noch bevor die Polizeifahrzeuge auftauchten. Sollte er sich davonmachen! Es gab Videobänder mit seinem Gesicht und die Aufzeichnung seiner Stimme von der Tat!

Und dann kamen sie, zwei Fahrzeuge. Er winkte ihnen zu, und sie rollten an ihm vorbei und den Weg hinauf. Das Jaulen der Sirenen erstarb. Polizeibeamte stiegen aus, in Uniform und auch in Zivil. Er hatte inzwischen die Torflügel zugeschoben, er tat es wohl nur, um sich zu betätigen. Dann gab er sich einen Ruck und ging ihnen entgegen.

DIE-Reihe: seit 20 Jahren *die* Reihe für den Krimifreund!

Aus unserem Programm 1991:

Helmut Mechtel
Unter der Yacht
6,80 DM · ISBN 3-360-00225-3

Rainer Erler
Unsterblichkeit
6,80 DM · ISBN 3-359-00500-7

Bärbel Balke
Pas de deux in den Tod
6,80 DM · ISBN 3-359-00501-5

Ingrid Hahnfeld
Die graue Dogge
6,80 DM · ISBN 3-359-00639-9

Harry Thürk
Der maskierte Buddha
6,80 DM · ISBN 3-359-00502-3

Robert Ruck
Rickys Messer
6,80 DM · ISBN 3-359-00638-0

Klaus Möckel
Eine dicke Dame
6,80 DM · ISBN 3-359-00644-5

Paul Evertier
Man stirbt nicht ungefragt
6,80 DM · ISBN 3-359-00642-9

Andris Kolbergs
Der tätowierte Mann
6,80 DM · ISBN 3-359-00503-1

Jan Eik
Wer nicht stirbt zur rechten Zeit
6,80 DM · ISBN 3-359-00643-7

Václav Erben
Maternas letzte Rolle
6,80 DM · ISBN 3-359-00645-3

Werner Toelcke
Die Operation
6,80 DM · ISBN 3-359-00654-2

Aus unserem Programm 1990:

Tom Wittgen
Nabobs Tochter
3,80 DM · ISBN 3-360-00345-4

Jan Müller
Mordgründe / Unter Männern
3,80 DM · ISBN 3-360-00383-7

Jan Eik
Dann eben Mord
3,80 DM · ISBN 3-360-00281-4

Spannende Kriminalromane aus dem Verlag Das Neue Berlin:

Karl-Heinz Jakobs
Die Frau im Strom
208 Seiten, Festeinband
12,80 DM · ISBN 3-360-00372-1

»Er ist als Kriminalroman deklariert, zu Recht, doch muß betont werden, daß dieses Buch nicht in die Kategorie gehört, die familiär als Krimi bezeichnet wird. Wollen wir es einreihen, so müssen wir in die höheren Etagen der Kriminalliteratur steigen, zu Dashiell Hammett, Raymond Chandler, Georges Simenon.«
Frankfurter Allgemeine Zeitung

Wolfgang Schreyer
Nebel
320 Seiten, Festeinband
12,80 DM · ISBN 3-360-00382-9

Der Schriftsteller Nebel kämpft um den großen DDR-Stoff: die DDR als Hort des organisierten Verbrechens, das von der Staatspartei SED inszeniert wurde. Plötzlich muß er sterben. Ein Politthriller über Anfang und Ende der friedlichen Novemberrevolution. Ein schockierendes, außergewöhnliches Buch, das aufdeckt, warum sich Menschen einem unmenschlichen System immer wieder dienstbar machen.